僕の町の戦争と平和

志田寿人

東京図書出版

亡き父と、母に
―尊敬と愛をこめて―

凡例

○紀年法については和暦に続いて（西暦）で記したが、文面から容易に分かる場合は和暦のみを記した。e.g. 昭和20年（１９４５年）

○引用文は〝……〟で引用であることを示し、文中に文献を明示した。

○参考文献は⑴の様式で文中に表記した。

○画像はWikipedia掲載のものはⓌで示し、使用の場合のタグが指定されている場合はそれに従った。

Pixabayからの著作権フリー画像はＰＢＦとした。

著作権を明示する必要がある画像は©に続いて所在を示した。

著者自身作成の画像は著作権を明示してはいないが帰属先は著者自身である。

集合記念写真は刊行物としてはすでに一番新しいもので１９６７年（昭和42年）以前に刊行されたものであり編集物著作権がないこと、またその中の写真についても１９５６年（昭和31年）以前で保護期間を過ぎているため、特に引用先を記載しなかった。

はじめに

日本地図を広げると山梨県は本州の真ん中付近に位置する山岳県であることが分かる。この県の県都が甲府市であり、今回語ろうとする舞台の中心でもある。とは言っても県もその県都も首都東京やその圏内の数県に隠れて政治、経済、文化のおもて舞台に登場することはほとんど零に近い。タイトルを見て最初に思うことは、国家間の生死を懸けた戦争とこの地味な県の組み合わせがいかにも不自然だということではないだろうか。戦国時代の〝戦《いくさ》〟とは違って、現代の戦争は国家間の利害・文化の衝突を背景として最初は小競り合い程度でも、それがみるみるうちに国民全体に波紋のようにひろがって、ついには国の持てる総力を動員した〝総力戦〟に突入してしまうような場合すらある。だから最初から言い訳がましいが、戦争そのものを主題としたのではなくて、甲府と言う舞台で生きた前半生の縦糸を戦争と平和の横糸で織ってみようとしたということになる。これではいかにも分かりづらいのでもう少し説明を加えると、まず最初に、僕と言う一人の田舎町の少年が安定に自足してのんびりと生きるには、あまりにもこの時代は日常がはりつめた緊張の中にあったということがある。富士山や南アルプス連峰の美しい山々に囲まれた盆地で東西を笛吹、釜無の2清流で縁取られた世帯数‥2万2000、人口‥11万人程の中都市‥甲府で僕が昭和14年（1939年）に産声を上げた時、日本は周辺アジア各国といざこざを起こしている最中であった。中国や当時のソ連等との衝突には「事変」とか「事件」とかいう名前がついていたが、これらは事実上は戦争だったことには間違いない。いや東アジアだけでなく、同じ頃ヨーロッパではナチス・ドイツが武力による拡張を仕掛けては戦争の火種をばらまき、耐えかねた英・仏がついに9月にはドイツに宣戦布告、第二次世界大戦が始まっていたのだ。それから2年経った昭和16年には早くも日本は真珠湾攻撃から米・英との宣戦布告による公然たる戦争に戦線を拡大し、日本も含めて世界中の多くの国が戦禍の炎に包まれることとなってしまった。また僕達の父母の世代が創り出したこの血みどろの戦争の時代は、一方では全体主義と呼ばれた新しい形の政治体制が大手を振ってのし歩いた時代でもあった。要するに国レベルだけでなく、一人一人をとりまくさまざまな場で暴力というものが極限にまで増長した時代ではなかったかと思う。それではその頃の僕等の生活はどうだったのかということになるのだが、これは初期の段階では国民の置かれていた地位や環境によって受け止め方は全然違っていたというのが真相だろう。しかし戦局の終盤ではこうした違いは平板化し、地位、階層、階級にかかわりなく等しく相応の苦悩と犠牲を強いられることになった。その一つのピークが中都市、大都市へのB29大編隊による絨毯爆撃であり、仕上げが広島、長崎への原爆投下であった。甲府市もまた空襲の業火につつまれ、一晩にして死者の山が築かれ美しかった町は灰燼に帰した。昭和20年（1945年）、日本は死者と廃墟の中で降伏し、ひとまず戦争は終わった。しかし何という悲惨な遺産だろうか！　国土は荒廃し、親を失った孤児達が名ばかりの町という瓦礫の中をさまよっていたころ、そこかしこの家々には係累の誰かを失った悲嘆の声が木霊するようになった。希望という明日の設計図を想像することすら困難となった弱者達の罵声が地に満ちて、人々の数だけ怒りと苦痛が降り積もる時代が来たのだ。しかし人は簡単には死ねないし、死なない。今日の一個のジャガイモを手にすることすら難しい時、昨日の敵国の情けすら有りがたく受け取ったのが僕等日本人である。やがて暗闇に微かな光が見え出した頃には、役人達は統計の仕事に再び戻ったり、歴史家達はあれやこれやの資料を探し出しては日本が負けたその病根について詮索を始めたりしたと思うのだが、その世界に無知な僕には事情はよくはわからない。しかし、これが難問であることは確かだとしても、前代未聞と言うほどのものではないから僕等はいずれその一致したところを読むことができるだろう。なにしろ先の大戦が終わってもう今年で74年にもなるし、それに加えるに繁栄を誇った帝国の衰退などは歴史上珍しくもなんでもないことだからだ。

敗戦直後の暗い雰囲気ばかり強調したが実際はそんなことではなくて、驚いたことに敗戦のその年、秋には甲府の一角で祭り神輿が通りを練り歩いたそうだ。復興の速さは想像を超えるものとなり、街角のあちらこちらで大小の欲望が渦巻いては、いたるところで創意工夫の生活が展開されるようになった。1955年には早くも日本は占領から脱出し、その後の驚異の経済成長を準備するかのように戦後復興の方向性ははっきりと形をとってその姿を現すようになってきたのである。

さてそこで、国の失敗と再生という大きな物語を僕等のような有象無象、その他大勢はどう捉えたらよいのだろうか。この時代を生き抜いた体験を募集すると告知したなら、それこそ十人十色どころではない多様な物語が集まるに違いない。しかし、この多様性は多数性を貫く大河のような普遍的な物語に合流し、意味において大きな物語と拮抗するような強度を持つかと言えば疑問である。なぜなら、一つの物語はいくつかの類型に分類され、それらのパターンが出揃うと多様性は均一性に収束してそれ以上の展開が見られなくなるという現象がしばしば生じることを僕等は知っているからである。証言がいずれも生々しい現実を踏まえたものである限り、切実さにおいて読むに値するものであることは間違いない。だから戦中・戦後体験にはどのようなものであろうと襟を正して向き合う必要があるのは当然なのだ。しかし一人の体験を人々の中に持ち込んでそれを集団的遺産にすることは、なぜこんなにも難しいのだろうか。これは僕にもよく分からないのだが、体験するということと体験を考えるということは別だということがあるように思う。あたりまえのことだが体験を語るということは体験した過去を回想し、その意味を考えて語ることだから録画や録音を再生するのとは違う。回想には必ず思考が入り込むから体験談・体験記から見えてくるのはその事件・事実と関連する人間の行動・行為だけでなく語るものの思考の深化の程度を知ることになる。だとしたら体験を思考するということは何を意味するのだろうか。ふだん考えることとは何かなどと自分に対して問うことなどしてこなかった僕だから、ここで思考独特の特性を語る資格は無い。そうだとすれば、ここでこの日記風の体験談を止めなければならないことになる。それでは困る。無い頭をしぼって考えていたら、というよりはぼんやりしていたら一つの事に気が付いた。これから書こうとしていることは何十年も前のことだという事実である。もし僕が体験したての青年だったならばその体験をまとめることなど出来ただろうか。能力が有る無しにかかわらず体験を回想するためにはその体験と距離をとる必要があるのではないかという疑念である。つまり体験した時点の現実に密着し過ぎると、その思考はまるで標本の蝶のように狭い現実にピンで止められてしまい身動きできない硬直した思考停止に陥ってしまう恐れがある。過去は回想しない限りは永遠に過去に止まり意味に到達することは難しい。だとすれば回想という形式をとりながらも現実から時に離れることを恐れず、そこに大きな物語という網目を被せて考える必要があるのだろう。

これからちょうど千一夜物語のように、一話毎に区切って僕が生まれた戦争の時代から、敗戦、戦後復興、高度成長前夜までを語ろうと思う。話は必ずしも順を追ったものではないが、一話一話が時系列になっていないだけで章としては時にしたがって時代を追えるようにしたつもりだ。その中には当然父や母、友人、地域、学校、甲府、日本、世界に係る事項や事件が無数の糸のように連なって、最終的には一つの織物が登場することになるだろう。しかしここで断っておかなくてはいけないのは、語る僕は成功を夢みる若者でもなければ権勢を得ようともがいている中年でもないということである。人生の終わりにありながら、いやそうだからこそ自分の生きた過去に何かの意味を、それは結局無意味だったかもしれないのだから書くということ自体が大きなリスクではあるが、発見しようと書くことを始めた徒然草として読んでもらいたいと思う。

２０１９年11月

志田寿人

僕の町の戦争と平和 ◇ 目次

人・遊び／初めての映画――シー・ホーク、いざ出航！／『黄金バット』登場――ほろ苦い思い出／危うい正義と活力／『少年王者』――肉体の復権、科学、献身、愛情、冒険／大人達の〝俗悪〟子供雑誌批判――子供達の反乱／下町中心街周辺にて――自宅という子供社交場／言語で物語ること／一枚の絵ではどこまで？／戦後マンガ隆盛の哲学／僕には見えなかった子供達のグループ抗争／屋台と最初のコーヒー／あばら家の中の箏曲「6段の調」／ガリ版刷り華道テキストブック／果樹園の田舎町――石和へ／〝いじめ〟という子供達の集団暴行／電車通学――石和駅での捕物劇／「サンサシオン」、オイカワを追って小川を遡る日々／石和最後の夏／竜王へ――通勤・通学地獄／和紙・竹ヒゴ・糸・空／国策と模型飛行機／模型工作物への挽歌／家庭科授業／二つの異なる子守の絵／竜王から再び甲府市へ。太田町と動物園／絵物語から手塚ストーリー・マンガへ／知らない世界に出て行こう！／先憂後楽／教室という公空間、意見発表の権利・義務／家路――小学校、別れと出発／マンガの快進撃開始と学童社／聖地：学童社訪問／〝悪書追放運動〟

第Ⅲ章　中高時代——宴の前夜

第Ⅰ章　近代の黄昏 ―― 空腹、暴力、夢の中の僕

第1話　プロメテウスよ怒れ、水晶と絹の町炎上

平成30年（2018年）4月5日に映画やアニメの演出、制作など多様な分野で活躍された高畑勲氏が他界した。氏は「ホルスの大冒険」のように時代に先駆けた画期的名品はもちろんだが、脚本、監督を担当した作品である太平洋戦争末期の空襲を正面から描いたアニメ「火垂るの墓」でも良く知られている。この中で主人公の清太、節子兄妹が神戸空襲に遭遇し、焼夷弾の火の雨の中を死に物狂いで逃げ回るのであるが、この焼夷弾、正確にはM69焼夷弾が落下する際、火を放っていたのかどうかが今もって議論になっているようである。アニメでは尾部に火の帯をたなびかせて弾が落下する姿が描かれている。野坂昭如氏の原作(1)にはそれを示すような記述は無いのだが「火垂」は蛍をダブらせていることから考えると、アニメと同じ姿を想定しているように思われる。現実考証を重視してきた高畑監督がこの点をおろそかにしたとは到底考えられないので、焼夷弾の構造から推定する疑問はあるにしても地上に近いところでは後方に火が蛍のように灯っていたという証言は事実なのではないかと僕も思う。なぜこん

な細かいことをのっけから詮索するのかと言うと、甲府空襲を遠方から目撃していた僕にとっては重大なことだからである。

1945年7月6日深夜11時頃、甲府から30㎞ほど北西に離れた小さな町：長坂町はB29の大編隊の轟音に包まれていた。家族全員が警察署長官舎付近の防空壕に駆け込んだまでは良かったが、その時母が電燈一つを消し忘れたと言った時には全員が凍り付いてしまった。消灯しようにも母は腰が抜けたように立てなくなり、編隊の通り過ぎるのを待つ以外手はなかったように思う。どのぐらい時がすぎたろうか、静寂の中でまず父が壕を出て外の様子を観に行った。しばらくして父の呼ぶ声が聴こえた。「甲府が燃えているぞ！」

急いで僕も外に飛び出すと、そこは高台になっていて遥か遠くの甲府盆地全体が炎に包まれていた。空から火の雨のように何かが音も無く落ちていくのは爆弾だろうか。不思議と僕の目ではその爆弾を投下しているはずの機影は発見できなかった。『甲府空襲の記録』(2)によると出撃機数138機、攻撃開始時間は7月6日午後11時43分頃、攻撃停止は翌7日午前1時45分、死者740名、重軽傷者1248名、被害戸数1万8094戸、実に市街地の74％以上が灰燼に帰したという。他の空襲の記録もそうであるが、遠方から空襲を目撃した証言は今に至るまで読んだことがない。当時の僕は5歳である。この年齢の目撃場面の記憶がどの程度のものであるのか自信はないのだが、ここに書いたことに誇張は入れなかったつもりだ。しかし、138機というようなB29の大編隊がこの灯火管制下の山間部を正確に認識してどのように甲府に侵入できたのだろうか。迎え撃つはずの日本側の戦闘機の姿も無ければ、高射砲の轟音も聞こえなかったのは何を意味するのか。もはや敵機の蹂躙に任すしかない戦局ならば、当時の軍、政府、天皇の方針はどこに有ったのか、こうした疑念はその後いろいろなことを知れば知るほど黒い流れとなって僕の中で生き続けるようになったと思う。

第2話　遥かなる長坂

山梨県北部で長野県との県境に近いところに位置する長坂地区は昭和20年当時日野春村に属していた。甲府からは30㎞ほどであろうか、北に

Fig. 1　2018年制作の油絵「epilogue」の背景は甲府空襲の目撃に基づいている。前景は怒れるプロメテウスが鎖をひきちぎる姿で、タイトルとの関連が示唆される。しかし作者による過剰な解説は鑑賞の妨げになるかもしれないのでこれ以上は試みない。

八ヶ岳を望み、南西には甲斐駒ヶ岳がせまる小さな町である。こう書いている内に不思議に思ったのはどのようなルートでB29：138機の大編隊が甲府を襲ったのかという疑問である。前述した『甲府空襲の記録』記載の「大本営発表」では駿河湾を北上、静岡地区を経て東北に進行と記述しているものの大雑把すぎて判然としない。空襲の拠点滑走路を抱えるマリアナ基地を出たと考えられるが、そこから静岡県のどこを目印にしたのか、夜間飛行だから3000m級の南ア連峰を避けながら爆撃高度3000mを目標に盆地に侵入、まず愛宕山に照明弾を投下して家屋密集地を区画で区切りながら絨毯爆撃方式で焼夷弾の雨を降らせたと一応解釈できる。

自分の関心事はB29の飛行ルートの中に長坂の空域が入っていたのかどうかということと、この空襲をこの目で目撃した高台がどこに有ったのかということである。今まで何度も機会があるごとに今の長坂町に出向き、かつて住んでいた住居の痕跡を捜し回ったが、その度に何の収穫もないまま手ぶらで帰るという記録を重ねただけであった。今回はかなりの決意を固めて事前の調査もして出発したのだが、どうなるのかは自信がない。自家用車を駅前の駐車場にとめて、まず防空壕の位置を捜すことを目標に長坂駅周辺を中心に徒歩で歩き回って見た。しかし、田舎町とは言え70年以上前の家々の有無も位置もとうに変わってしまっている。当時を知る者は殆ど消え、存命で有ったとしても会話すら成り立つかどうか定かではないと分かってくるに従いどっと疲れが出てきた。

ここに古い一枚の写真がある。撮ったのは敗戦の次の年の正月で、父の妹の祝儀が勤務先の官舎の自宅で有ったと記憶している。小学校2年生の姉と前年の暮れに生まれた末妹とは写真に収まっているが、僕の下の妹は着物のまま撮影の場から逃げ出して写ってはいない。長坂（日野春）警察署（着任時は日野春警察署であったが同署は昭和23年に長坂警察署と改名された。さらに現在では市町村合併にともない北杜警察署となっている。ここでは別地区に設置されている日野春駐在所と混同しないよう長坂警察署とした）の署長をしていた父がジープで列をなしてやって来た進駐軍と対応したのもこの年のことだと思うが、そのことよりは栄養失調寸前の食料難の方が僕の記憶には鮮明に残っている。写真を見ると父も母も戦争が終わったのに、安堵よりは緊張と憂愁の気配が見てとれる。この苦難の時代の証言の一つとして始めたこの小さな物語だが本当に終わりまで行くことが出来るのだろうか。長坂の場所捜しは最初からつまずいてしまったが、甲府からここに引っ越した程度の記録さえ自宅には何一つ残っていないのには驚いた。戸籍原本も移動で戸籍記載が変更となると古い方は短い期間を経て抹消されてしまうのだ。転居を繰り返してきた僕の家では、家族の生活の記録は転居のたびに自分達の手で焼却してしまい今は殆ど残ってはいない。一枚のセピア色に褪せたモノクロ写真がこれほど重要なものだと今になって気が付くとは何とうかつな生き方をしてきたものかと反省したところでもう手遅れだ。それでも気をとりなおして、次回、空襲と戦時の日本について書いてみようと思う。その間に戦中甲府での生活の記録が少しは出てくるかもしれないから。

Fig. 2　1946年正月、警察署長官舎の玄関先で撮った記念写真。結婚祝儀で訪問中だった父方の叔母夫妻（後列）の姿も見える。後列左端が父、末妹を抱いている前列中央が母でその左右が姉と僕である。

第3話　沈黙 ―― 甲府空襲ではなぜ日本側の反撃が皆無だったのか

米国国立公文書館に所蔵された資料によると昭和20年（1945年）7月6日から7日の深夜にかけての甲府空襲では迎撃日本機数：0、撃墜日本機数：0、対するB29損失：0となっていて日本側の反撃は完全に沈黙していたことが分かる（『甲府空襲の記録』399頁）。今回はこの空襲に対する日本側の反応について少し考えてみたい。

3月9日から10日にかけての東京大空襲は、それまでの高度1万mからの軍需工場を標的としたピンポイント攻撃から無差別絨毯爆撃に方針を転じていた。300機以上のB29で2万トンの爆弾・焼夷弾を低空から投下する正確な炎上作戦はたちまち下町を焼き尽くし、一夜にして10万人を超える死者が街路に山と重なる惨状となった。しかも東京に対するこの種の絨毯爆撃は4月、5月と休み無く続けられ帝都東京全体が焦土と化した。東京に対する攻撃は大都市攻撃の類型を示すものであり、被害は東京が例外的に大きかったわけではない。3月13日には大阪、3月17日には神戸、3月19日は名古屋という風に攻撃は連続的で6月中ごろには大都市から中都市へと同様の絨毯爆撃が拡大していった。しかも中都市攻撃では日本近海の米空母から発進した艦載機が新たに攻撃に加わるようになったことから、機銃掃射など目視による民間人抹殺が横行するようになった。

したがって甲府空襲の段階で甲府の防衛側には、一旦爆撃が始まったなら他の都市同様その都市全体が焦土と化すおそれがあるということは完全に予想されていたと考えてよい。つまり焦土化の被害を減らそうと本気で考えていたなら、侵入米軍機に対して対空砲火や戦闘機による何らかの反撃が必須ということになる。ところが現実はどうだったのかというと、まるで無人の地を飛ぶように138機の巨大な空の要塞は3000mの低空でも侵入から撤退に至るまで何一つ反撃を受けることなく全機が無傷で帰還できたというのだ。これは日本側の保有していた戦闘機数や燃料、弾薬、高射砲などの防空網の脆弱性や対応作戦なしの日本陸海軍の無策で説明できることだろうか。

この実情を理解するためには「本土決戦」という太平洋戦争の最終局面に対処するため採られた陸海軍の方針と、そこから必然的に生じたであろう玉砕的戦術の帰結を直視する必要がある。大本営は昭和20年の年初にまとめた「陸海軍作戦計画大綱」に沿って「決号作戦準備要綱」をすでに春までには策定していた。これを4月9日には各総軍司令官および関係方面軍司令官に示達済みだったというのだから作戦計画も無く混乱していたのではないことが分かる(『本土決戦』(3)、土門周平ほか、光人社NF文庫、2015年、71頁)。この作戦を成功裏に実行に移すためには航空戦力を五月雨式に消耗するわけにはいかないと考えたとしても不思議ではない。同書によると洋上で侵攻する敵戦力に対して殆ど壊滅状態にある艦艇部隊に代わって主力として考えられたのが〝特攻機〟だったと言う(*ibid.*, p.209)。おそらくこれが原因だと考えていいと思うのだが、昭和20年7月に入ると総ては本土決戦のために温存ということで、

Fig. 3　「桜花」滑空特攻機（22型）スミソニアン博物館展示Ⓦ。©Jarek Tuszyński/CC-BY-SA-3.0 & GDFL。本土決戦を迎えるためだけでなく、大戦末期には兵器の技術的劣勢を補うべく水上、水中、空中の戦闘場面で一撃・必殺・玉砕を旨とする各種の「特攻兵器」が開発され、実戦に投入された。これらの大部分は既存兵器の改変・改修によるものだが、それとは別に新たな先進技術を含むものもあった。その代表例が液体燃料ロケットエンジンを使う「秋水」戦闘機、ターボ・ジェットエンジンを使う「橘花」（きっか）戦闘機、それに固体ロケットエンジンによる特殊滑空特攻機：「桜花」等である。この中でも実戦に投入された「桜花」は、機体重量の殆どを爆弾が占め、急降下時の突撃最高速度が800 km/hを超える等現在の巡航ミサイル的な性格を持つことに加えて単純な構造のため量産が容易であるという特徴があった。人間を完全な一部品と化して脱出装置無しの機体内に閉じ込め自爆させるこの兵器は、本土決戦のため艦隊を迎え撃つ切り札の一つとして地上カタパルト発射が可能な43乙型も開発され実戦部隊も編成された。

出動は皆無となったと言わざるをえない。それではどれぐらいの特攻航空戦力が有ったのかといえば、使い物になるかどうかは別にすれば総計8000機を数えることが出来たという。つまり〝本土決戦〟の大事の前では都市焦土化など〝小事〟ということだ。この「大事の前の小事」という奇妙な現実逃避と彼我の間に共犯関係を創りだす理屈こそ、軍事分野を越えた日本的生きかたの核心部分ではないかと思う。しかしこれを論じたら長くなる。ここではとりあえずこの〝生き方〟の考察については素通りして、「本土決戦」(決号作戦)がどのような事態を想定しどのような地獄絵図を招来する可能性が有ったのかを念頭におきながら、甲府空襲の実相に戻ることにする。

第4話　無差別絨毯爆撃の論理

2018年7月19日、NHK・BS1スペシャルで『なぜ日本は焼き尽くされたのか―米空軍幹部が語った〝真相〟―』というドキュメントが放映された。これは今まであまり注目されてこなかった米軍内部の激しい日本攻略をめぐる綱引きに光を当てたもので活目すべき内容が含まれている。番組の全体像をここで紹介することはできないが、僕が強く印象付けられたのは米軍空爆に戦術目的の転換点が有ったという箇所である。前話で触れたように、昭和20年(1945年)3月10日の東京大空襲では、それまでの高高度からのB29ピンポイント精密爆撃ではなく無差別絨毯爆撃に方針転換がなされたことにより10万人の死者が焦土に山為すこととなった。この方針転換の論理は何かということである。それは米空軍創設の野望に燃える勢力の成果獲得：１人でも多い死者を、に明確な方向性を与えたからだと断じている。この方針は６月からの中小都市空襲にも引き継がれたのは当然であろう。従来の一般的解釈では日本の中小都市空襲の目的は①日本側の疎開努力を無意味にする、②中小部品製造工場の無力化、③国民の戦意を挫くの三点（*e. g.*『米国戦略爆撃調査団報告書』）にあるとされていたが無差別絨毯爆撃はその遂行のための技術的根拠を与えているからだ。この意味では軍関連施設の有無は空爆の標的としてはもはやそれほどの意味は持たないことになろう。

　甲府空襲を伝えた１９４５年７月７日付*New York Times*紙の記事では〝甲府

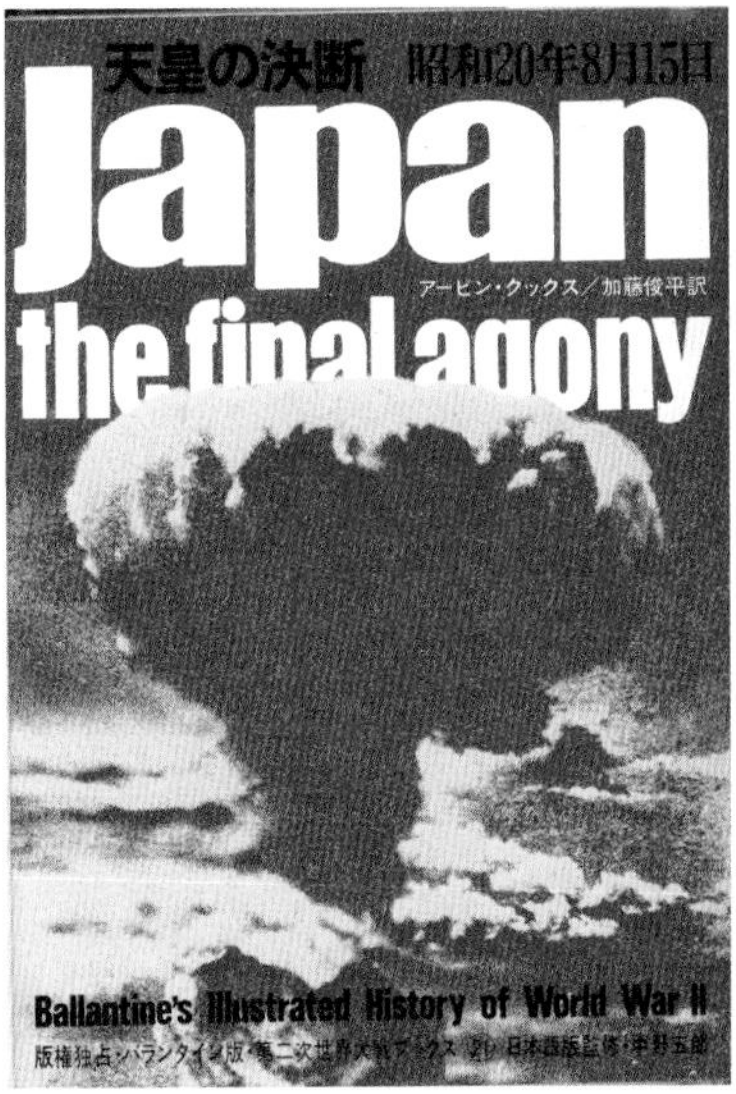

Fig. 4　アービン・クックスによる『天皇の決断』は“太平洋戦争”の終結に至るまでの日本の動き、その中で天皇の果たした役割を詳細な資料を基に追った力作(4)。書影使用許可：「扶桑社」。『Japan the final agony』であるが断末魔と言った表現とは裏腹に日本近代史の深い理解をふまえた戦争終結の困難に迫っている。

上空の我々爆撃手は、主要な鉄道、商店、紡績工場、機械工場、兵舎などがつめこまれた長方形の市街地の上に、破壊するための爆弾を投下するようとくに努力した〟と書いている。実際はどうだったのだろうか。甲府の周辺にも玉幡飛行場という軍民共用の飛行場があり、被害地域の一市一町十二村のなかに玉幡村が含まれていたことは事実である。しかし、主要被害はむしろ木造家屋群がひしめく琢美、相川、湯田地区で、特に僕が父の長坂への転居にともなって（後述）かろうじて難を逃れた湯田地区などは全犠牲者1127人の内、実に427人がこの地域の住人であった。焼失家屋のリストを見ると湯田高女、甲府高女、英和高女、甲府商業、山梨医専、琢美、相生、湯田、春日、新紺屋等の国民学校、銀行、市役所等国民生活の中心部に打撃を与えたことは明らかで、歩兵第49連隊関連の建物などはリストには見当たらない。要するに3月10日の東京大空襲を境に空襲は非戦闘員を文字通り標的とした無差別絨毯爆撃に転換したのだ。そしてこの延長線上に広島、長崎の原爆投下が有る。その目的の一つに頑強に抵抗する日本国民の戦意を挫き、できるだけ旧体制の温存に有利な条件で講和を勝ち取ろうとする日本の支配層を無条件降伏に追い込むことが有ったことは否定できないだろう。それでも僕の中にこの悪魔のような無差別大量虐殺の目的に疑義が湧きあがってくるのは、戦争を支えている日本という敵国国民への人間的視線が一切ないからだ。ましてや米空軍創設の悲願等、何十万の死者と天秤にかけるのは論外である。それよりもずっと苦悩が深まる主張の一つは〝戦争の早期終結は米軍将兵の犠牲を最小限にする〟というものである。残念ながら戦争では敵味方の死は計量される。平均的日本人の1人の命と平均的米国人の1人の命を秤にかけて軽重を判断するという馬鹿なことを主張しているわけではない。1人の人間レベルで価値を測る絶対的尺度などどこにもないというのは何かを論ずる場合の基本中の基本である。一方で兵器の使用は多数の人間の死を不可避にする。だとすれば敵であろうと味方であろうと効果が同一なら兵器使用による犠牲者を最小限にするのは命令主体に対する絶対的要請だろう。ところが航空機の大型化と投下爆弾の性能向上は近代の戦争様態を一変させてしまった。原爆の出現で近代は完全に終わり現代社会が登場したのだ。数百機のB29で出来たことを（原爆ならこれを1〜2発で成し遂げられる）数千機の戦闘機と数万の戦闘員で対抗出来ると主張する敵国日本の軍部が崩壊する見通しが立たないなら、原爆投下による死者数は見込まれる米将兵の死者数と平衡するはずだと米側が考えたとしても不思議ではない。これは戦争の力学だけを考えた功利的主張だから、当然米側にも米軍関係者や原爆製造にかかわった科学者の中から原爆投下に反対する声が生じてきた。日本に降伏の意図が生まれていないのならともかく、もはや大局は決した感がある。だとしたら日本国民の頭上に原爆を投下する前に原爆の威力を示し、日本国民に降伏拒否の結果生じる帰結を考えさせる機会を与えるべきだという意見である。しかし残念なことに広島、長崎の悲劇は現実となってしまった。

第5話　侵入、爆撃、焦土の中の甲府

甲府空襲の概略についてはすでに書いたが、航空機パイロット経験者によるさらに専門的な分析を交えた迫真の体験談が有ることが分かった。それは元日航機長で航空評論家である諸星廣夫氏による2007年発行の体験記で、重要点をほとんど網羅したブックレットである(『甲府空襲の実相「諸星廣夫体験記」』(5))。基本的なところは前回の内容を変更する箇所は無いのだが、一つ重大な事実として飛行ルートの詳細が確認できた。マリアナから出撃したB29はまず静岡にある御前崎を目指し、ここから巡航速度・高度を一定にしてある範囲の角度で甲府をめざしたこと、したがって甲府から30㎞程離れている長坂近辺の上空も通過した可能性は充分ある。爆撃高度からみた甲府の視界は10分の8程度で夜間爆撃ということもあり、目標の確認は不十分だったこと、爆撃方式はパスファインダーと呼ばれる13機が先導、これらの機がまず東西南北の位置にM47マーカー焼夷弾を投下、これらは消防車でも消火困難なため後続機の目標となること、そこに良く知られたM69集束焼夷弾で絨毯的攻撃を加えたということである。

驚いたことに、14歳だった諸星氏は偶然にも玉幡飛行場の格納庫で陸軍2式単座戦闘機「鍾馗」を空襲2~3日前に目撃、にもかかわらず空襲当日一機も飛ばず愛宕山にあると噂された高射砲も火を噴かなかったと述べている。これらは「決号作戦」のための温存を示すもので、

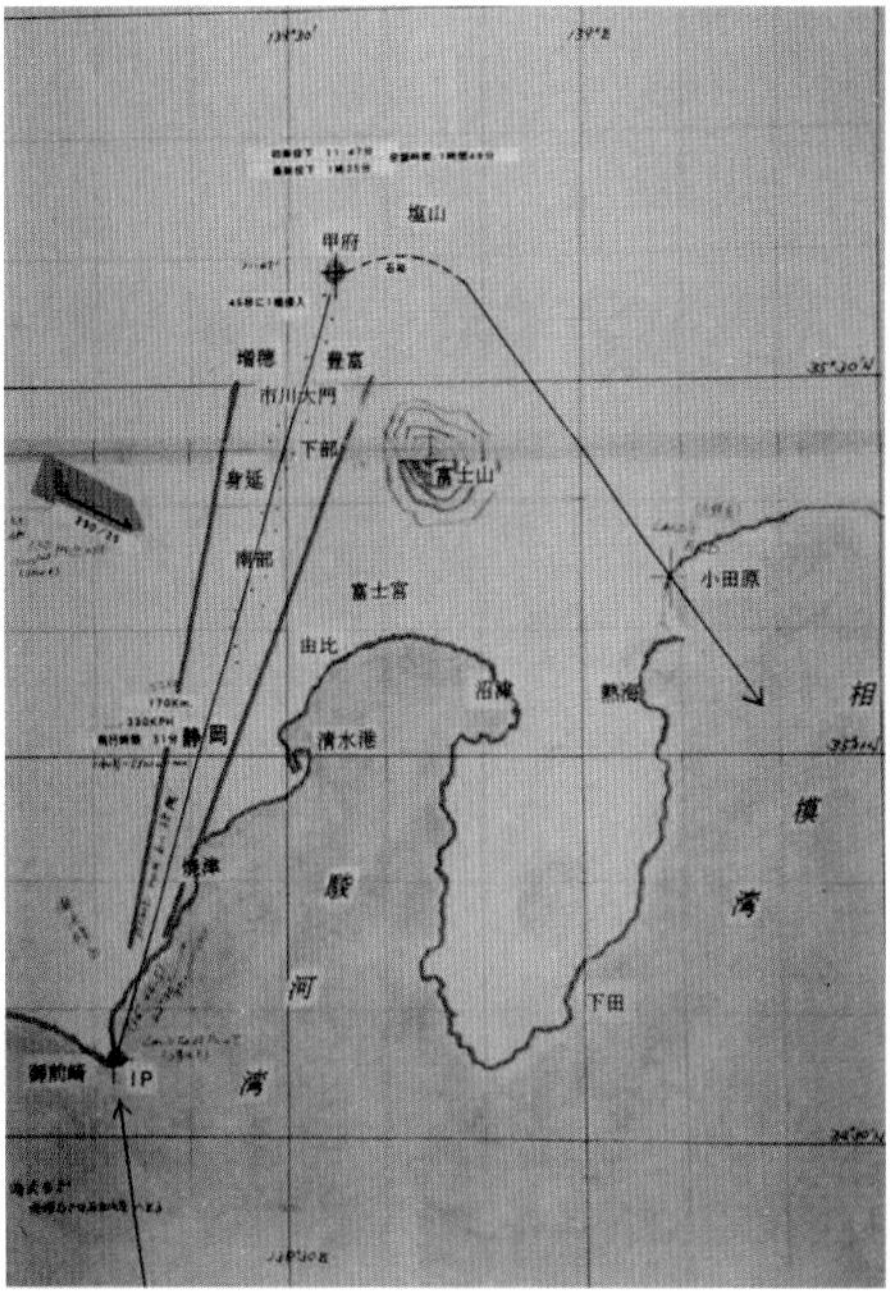

Fig. 5a　甲府空襲時のB29編隊の侵入航路；諸星原図(5)。©Hiroo Moroboshi

Fig. 5b　陸軍２式単座戦闘機「鍾馗」Ⓦ

各地での同様の事象と符合するものであろう。

震撼したのは諸星氏の父上を含めた多くの被災者の実相である。火傷した皮膚が垂れ下がり、その皮膚を押し戻しながら火ぶくれした顔で水を求め亡くなっていった方も目撃されたという。3000mもの上空に黒煙をあげ、紅蓮の炎が渦巻くなかで響く人々の〝南無妙法蓮華経〟の叫び、地獄とはこのことを言うのだろうか。瀕死の父上を焼けたリヤカーに乗せて諸星氏はなんとか甲府の南に位置する玉穂までたどりついたが、そこで父上は事切れてしまった。自宅の焼け跡を掘り返したら黒焦げの遺体が3体出てきて、背中に背負った貯金通帳から母上と分かる、

Fig. 5c　甲府空襲後の甲府市街地。焼け残った松林軒ビルが確認できるⓌ。

それでも無縁仏にならなくて良かったというのがこの空襲の偽らざる姿である。

こうした状況でなおも続けられた本土決戦の準備、それは昭和天皇、陸海軍、行政府の三角形がきしみながら降伏を指向する動きが権力中枢に生じた中でも、まるで集団自殺を望むかのように軍の中で秘密裏に執拗な努力が続けられて行くのだが、しかし、物語の着地点はそこにはない。それには理由があって、当時の直接の関係者が殆ど黙して語らず具体的な事項を冥界に運んでいってしまったからだ。しかし、僕としては自分が体験したことの意味を忘れたくはない。だから点として浮かびあがっては記憶の中に沈む事実の断片が、実は無意識の中に収められていると信じて海図の無い海を漂流して行こうと思う。

第6話　森と高原と石炭の臭い

父が長坂（日野春）警察署長として甲府から北巨摩郡日野春村長坂に赴任したのは昭和19年（1944年）9月28日付となっている。この日か、それより数日前に甲府を離れたはずなのだが、実際の引っ越しの日付は分からない。家の中にはそれを示す記録が何もないからだ。父の原戸籍を調べると僕が誕生したのは甲府市湯田町で姉はそこと隣り合わせの町、東二条通りとなっていて、どうやら父は勤務先によって転居を盛んにくりかえしていたらしいことが分かる。しかし僕の記憶の中では長坂に移る前は甲府市寿町だという確信のようなものが焼き付いていて、推定4歳の頃なのに沢山の思い出がこの町名と絡み合っているのが不思議でならない。中でも重要なのはその年（昭和19年）の或る日、父が招集されたことだった。残念ながら公的記録はもちろん、家にあるいろいろ雑多な書類を探しても入営日さえ今に至るまで分かってはいない。唯一見つかったのは召集記念に撮ったと思われる一枚の記念写真なのだが、これが少し奇妙ではある。この手の写真で見たことのある町内の万歳の声のようなものは一切感じられず、ただ姿勢を正した父だけが1人ぽつんと写っているのだ。粛然とした雰囲気の中にどこか別れを予感させる気配のようなものがあり、生前の父にこの召集日のことを聞きそびれてしまった。ともあれ、入隊後の父の姿は何度か目にしたことがある。家族が面会するのは許されていたらしく、甲府市の北部に有った六三部隊の練兵場でしごかれている父の慰問のため、母に手を引かれ酒瓶を持って朝日町の暗いガード下をくぐったことは覚えている。2歳の妹を背負って、姉と僕を連れた母の姿は疲労と苦悩のせいだろうか、夏の日のかげろうのように揺れて定まらない。父の〝盟友〟（これは70歳で他界した父の告別式での別れの言葉からの引用）‥佐々木秀春氏は父に赤紙が来た時〝泥だらけになって浴びる程、友、友、友と飲んで軍歌を歌いまくった〟と記している。写真の父から立ち上るたたずまいは、盟友との永別の予感を感じたのか、またそれには母や僕を含めた子供達とのそれも有ったのかはもう永遠に分からなくなってしまった。その父が驚いたことにしばらくして〝余人をもって換え難し〟という理由で除隊となり、それと同時に昭和19年9月の末、長坂に赴任となった。奇しくも佐々木氏が山梨

Fig. 6　1944年（昭和19年）、父召集記念写真、於：寿町宿舎前

県東部の東京寄りに位置する上野原町の警察署長として赴任していったその日のことである(6)。

国鉄中央線を使った長坂への最初の旅のことはもちろんはっきりとは憶えていない。しかし、蒸気機関車を待つ甲府駅は異様に殺気立った人々でざわついていたように思う。それから先のことは何かと混同しているのかもしれないが妙に生々しく想いだすことができる。人々の黒い熊のような群れは、列車のきしむ音も待たずに我勝ちに煤煙で汚れたデッキに、窓にしがみつき、僕はといえば父から離れまいとするのがやっとだった。不思議なことにその時、母や姉妹は登場しないので、もしかしたら旅の危険を感じて何か別の方法で長坂に彼等だけはたどりついたのかもしれない。やがて混雑した車内も落ち着き、父や僕の周囲には何か表現しがたい優しさのようなものが生まれてきたように思う。それが何で有ったのかは分かるはずもないのだが……。喘ぐように高原を登っていく蒸気機関車、鋭く響く汽笛、そして甲府ではかつて一度も目にしたことが無いような深い森、森。こうして僕等一家は長坂という、甲府から30㎞ほど離れた見知らぬ地で太平洋戦争の最終局面を生きることになった。

第7話　真昼の孤独と赤唐辛子

昭和19年9月26日から次の転居地：韮崎に転居した昭和21年2月23日までのわずか1年と5

カ月の間が長坂生活となるのだが、僕は未だ5歳、保育所も幼稚園も無い時代で文字からの情報も限られているとなれば、残るは刻み込まれた体験と記憶だけということになる。写真も一枚の家族写真のみで、よほど心して執りかからないと感傷や脚色の誘惑に負けることになるだろう。それでもこれを続ける意味があると考える一つの理由は戦時&敗戦時の実相の一部分がそこに含まれていて、そのジグソーパズルの一片が巨大な日本現代史の一角にすっぽりと収まるのではないかという期待があるからだ。

昭和19年末から20年にかけて国民生活全体の逼迫度は一層強まり、衣食住全体が急速に貧しくなっていった。長坂の冬は長く厳しいのだが、山岳の太陽は晩秋でもギラギラと照りつける。キリコ（ジョルジョ・デ・キリコ Giorgio de Chirico）の絵の中の風景のように、強烈な

Fig. 7a　陰影の強い風景は未知の感情を呼び覚ます。2018年筆者工房テラスの夕昏

陽射しが建物や木立の長い陰影を辺りに刻む光景が僕を虜にしてしまった。しかし、冬の到来は早く、上着も厚手のものに変えなくてはいけない季節はすぐやってきた。僕の上着は殆ど母の手作りで冬着と言っても重ね着とセーターしか方法がない。洗濯も硬い石鹸と洗濯板を使って洗い桶で母がしたのだから、厚手のオーバー等を日常着にするのは無理だったということが今なら良く分かる。そこで下着を重ねて外気の侵入を少なくし、その上に毛糸のセーターを着ることが僕のファッションということになった。しかし、このセーターも買ったものではなく、いろいろな毛織物を解いて糸毬にし、そこから母が僕の寸法に合わせて編み上げたものだった。ウールの感触がチクチクと首筋に痛かったのだが、灰色・黒・茶色の混じった撚糸が気に入って毎日着ていたことを憶えている。

ところが、秋から冬になると僕の衣類に関して大問題が生じてしまった。或る日、母が僕のセーターを洗濯しようとして網目に何か白いものを発見した。後に聞いたところでは、その時恐ろしさのあまり震えたそうだ。びっしりとシラミが卵を産み付けていて払った程度では網目から落ちるような相手ではない。そこで、着ているものを総て脱がされてその衣類を鍋に投げ込み熱湯で退治したというのだが、髪の毛についてはどうしたのだろうか。写真を見ると坊主頭だったから僕の場合は問題なかったと思いたいところだが真相は聞いていない。甲府のそれとは桁違いに辛かったのが八ヶ岳から吹き下ろして来る厳冬の身を切るような北風だった。手はポケットに突っ込んで居ればなんとか耐えられたが、帽子の無い頭や耳たぶはどうしたのだろうか。きっとそんな時はひたすら家にこもって外に出ないようにしたのだろう。

食についても困難は日を追って増していった。麦飯などはご馳走で、食えるものはサツマイモの蔓も炒めて食べた。トウモロコシは保存が利くよう石臼で粉にして団子料理で工夫していたのだが、当時その芯まで保存して使ったところもあると聞いたことがある。おかず等も肉や卵などは手に入らないので漬物だけという日もあった。でも鰹節、煮干、乾物は有る程度使えたのか、味噌汁を飲んでいれば家では風邪で熱を出した程度で誰も寝込むことはなかったように思う。

しかし、食について僕には苦い失敗がいくつかある。季節は秋だったろうか。官舎の脇の畑に出たとき見慣れない綺麗な赤い色の細長い実を見つけた。たくさんは無く、それがまるでこれが最後だよと誘っているようで思わず口に入れてしまった。赤唐辛子を噛んで飲み込んだのだから堪らない。苦しさで狂いそうになりながら傍らを流れる溝の水で口を何度もすすいでようやく落ち着いた。この事件は誰にも口外しな

Fig. 7b　路傍のアカザ。筆者撮影場所：甲斐市大垈

かったのでそれで終わったのだが、次の事件は近隣も巻き込む大騒ぎとなった。食べられる野草を採集するのは当時どの家庭でもしたことだが、長坂にはその類いのものがいくつかあった。アカザはその代表例で湯がいて醤油をかければホウレンソウの代用になる。こういった料理をしなくても、スカンポなどは軟らかい茎の皮をむけば食べられなくは無いと聞いて線路を越えた山に入ったことがある。母や数人の子供達が連れ立って探しに行ったのだが、しばらくすると周りには僕しか居ない。恐怖に駆られて探し回ったのだが人の気配が何もなく突然頭の中が真っ白になってしまった。小さな声が、次第に大きくなり、最後はあらんかぎり大声で泣きわめいた。その声が線路を越えて捜索に入った皆の耳に届いたということで一件落着となったのだが、その時の恐怖というのは完全に独りになることと死の感覚が背中合わせになった時から生まれたものだと思う。

第8話　苦悶する帝国

甲府空襲の中で都市防空の中核である防空戦力‥対空砲火も迎撃機発進も完全に沈黙していたことはすでに触れてきた。この理由は「本土決戦」のための戦力温存にあったと僕は確信している。その具体的実行計画が「決号作戦」であるが、それではその実態は明らかになっているかというと今もって殆どが謎のままだと言ってよいだろう。占領軍到着以前に多量の証拠書類焼却や施設、設備の破壊・隠滅が行われたこと、さらには当事者の他界等に加えて、多様な理由があるのだろうが、この課題を解明することに対する冷ややかな視線のようなものを感じる時がある。しかし、戦争遺跡として注目が集まる事例が僕等の周りに皆無というわけではない。大本営の移転先として長野県・松代が考えられていたことを考えれば、その途中ルートの重要拠点である山梨県で何も軍事遺構が残されていないという方がむしろ不自然であろう。この点に関しては後の13話でも振り返ってみたい。いずれにしてもその後分かって来た事実の方を優先して話を前に進めることにしよう。

Fig. 8a　「ロタコ」山梨県内位置(7)

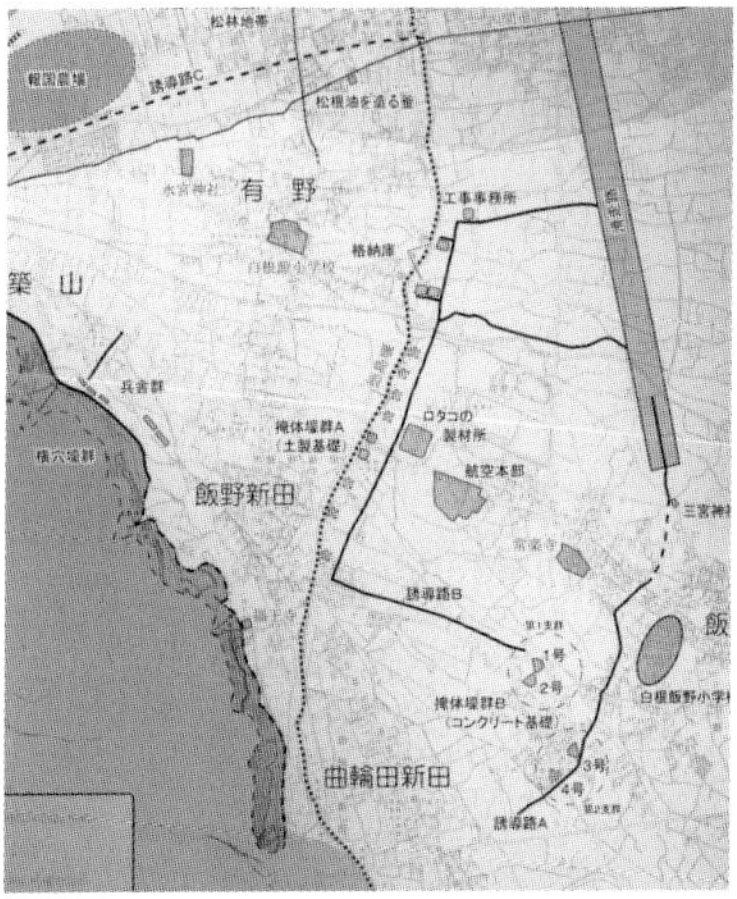

Fig. 8b　「ロタコ」の跡地は甲府盆地西部の御勅使河原の直径3 km、800 haの広大な地域に分散している。100 m×1500 mの滑走路や横穴壕、本部施設、掩体壕等が図示されている(7)。

昭和20年に入ると「決号作戦」は全国各地で具体的姿をはっきりと見せるようになった。例えば多数の掩体壕（航空機を秘匿、空爆から保護する壕）を擁する航空機用秘密基地が関東だけでも何十も準備されたという(3)（『本土決戦』土門周平ほか、光人社、2015年、211頁、本土決戦準備と日本の状況〈熊谷直〉）。山梨県の例を見てみよう。以前触れたように玉幡飛行場は軍民共用としてよく知られているのだが、それを上回る規模の大工事が有ったことについては僕の周囲ではあまり話題にはなってこなかった。戦争遺跡を掘り起こす運動が各地で進展する中で、本県でも「南アルプス市教育委員会」が国、県の補助金を得て大規模な現地調査を行い、「ロタコ（御勅使河原飛行場跡）」として2007年その報告書をまとめた(7)。この聞きなれないロタコというのはロは第二を、タは立川、コは航空廠を表す旧陸軍の暗号名であるといわれている。東西約3000m、南北約2700m、800haの敷地には1000～1500m×1450～1500mの滑走路、横穴壕、掩体壕を含み、昭和19年秋から昭和20年の終戦まで工事が続けられたが、特に20年3月からは釜無川西岸地域一帯から日に3000人の地域住民を動員しての文字通り総動員体制での工事となったという証言がある。長野県松代大本営の工事は軍内部でも一部しか知らされていなかったほどの極秘工事だったと言われているので、「ロタコ」工事にかんしても「決号作戦」下の工事だから極秘扱いで進められたと考えた方がいいだろう。

県下にはまだまだ明るみに出ていないか、現実を示す証拠が有っても歴史を掘り起こし、裏付ける作業が全く見られない事案が他にも沢山あるのかもしれない。例えば元近衛歩兵第九連隊・陸軍中尉：斎藤譲氏によると第三大隊は昭和20年1月、敷島村登美の高地に3m×20mの大洞窟を掘ったと証言している（文献(3) 138～139頁）。当時甲府には第一総軍の軍事物資が続々と運びこまれて来たことから、おそらくこれは兵站基地を示すものと推察できよう。この坑道は自動車が納まる大きさで、この作業は一カ月続けられ十数個の洞窟と残土を用いた自動車道路を建設したとあるのだが。この大工事の行方はどうなったのか地元紙で見たことは寡聞にしてない。登美は僕の現在の仕事場である「シンプレクサス工房」近くに位置するため、そこかしこを車で

Fig. 8c　甲斐市より茅ヶ岳を遠望（2018年筆者撮影）。広い裾野を囲んで韮崎七里岩地下壕群や甲斐市大久保の地下壕群など多数の戦争遺跡がある。この他にも兵站施設の大規模工事が行われたはずであるが、その痕跡を探し出すのは容易ではない。

走ってみたことがあるが、この程度のおざなりな探索では極秘工事の痕跡すら発見することは出来ないのは当然である。

第9話　夢の中の犬

長坂での生活で衣・食については触れたので、今回は残りの住について触れてみたい。僕の記憶では家の南側には緩斜面の畑が広がり、塀も無い縁側からは赤茶けた畑がそのまま続いているのが見えた。天気のよい日にはそこに布団が並べられて乾されるのが日課だったが、冬でもガラス戸を透して強い山岳の陽光が布団の上に照りつけ暖かかった。これは誰でもそうだと思うが、この乾燥して日光を貪った煎餅布団の上に寝転ぶのが僕は好きだった。目を閉じて顔を強烈な日光にさらして居ると、手で光を遮らないと耐えられないような光の中で孤独感のようなものが迫ってくるから不思議だ。以前は鋭く長い影が作り出す人気の無い風景が象徴する長坂の話をしたが、それは空気の薄い乾燥した冬そのものが造りだす光景と結びついて出現したものだろう。しかし影の無い光の充満した絶対的空間の中の孤独といった感じはその対極にあり、今もって上手く説明できない体験となった。

夜になると天井裏でネズミ達が走り回ることもひんぱんで、眠れぬ夜もあった。それも1〜2匹ではなく、隊列をなした集団の足音で入眠できないので、父をはじめ総出で巣の探索が始まったのだが、どうやら物置らしいということになった。そこで一計を案じた父が同僚の助けを借りて物置を包囲した。皆借りてきた近所のネコ達を抱えていて、掛け声と一緒に木製の扉を開けると何匹かのネズミが飛び出してきた。放たれたネコ達との大捕物はもちろんネコ達の勝利で終わったことは言うまでもない。

とにかく厳冬の長坂の寒さは格別だった。母の話では戸棚の油が（何の油か不明だが）凍ったそうである。寒さの上に北風が加わると建てつけの悪い木造家屋は保温も考慮外で、火鉢や炬燵にしがみついていても芯まで冷え込んでしまう。食うや食わずの空きっ腹をかかえて、とにかく春を待ちわびるしかなかった。

天井までとどくような家具がほとんど無い木軸構造の古い家屋では、目立つのは柱ぐらいのものである。ここには両親の結婚祝いの昭和11年製柱時計が掛けられていて、定刻となるとジー・ボン、ボンと時を告げていた。1人で留守番をしているとぜんまい仕掛けのチック・タック音がだんだん大きくなったりする。天井を見上げていると木目が気になりだし、

Fig. 9a　父母の結婚祝いである昭和11年製柱時計

見たくないのに目をそらすことが出来なくなってしまう。その内、木目模様から怖い形相が浮かんできたが、これは僕の孤独な心が木目に加工をほどこして創りだした投影画像であることはいうまでもない。しかし、そういった対象が何もないのに夢とも覚醒とも違う状態でもっと現実感を感じさせる場面が登場した不思議な体験が一度だけあった。

ある朝目がさめると枕元に大きなイヌが黙って座っていた。格別吼えることもなく折り目正しく不動で控える姿は美しくもあったが、驚きが大きかったのか大声で叫んで皆を起こすことになってしまった。「イヌがイヌが……」と僕が訴えても「何を言ってるの。どこにも居ないよ」と父も母も取り合ってくれない。もう周囲と会話しているのだから目を覚ましているはずなのに、枕元にはそのままイヌが控えているのを僕だけが目にしているのだ。結局この話はずっと自分を納得させる説明をできないで来たが、目覚めた後もイヌが居て周囲との会話を憶えていたことが不可解さを増しているのかもしれない。それにイヌを飼ったことはそれまで一度も無かったし、近くで見かけた記憶も残っていないので、僕が当時読んでいた物語や絵本の中にそうした内容が含まれていなかったのか亡くなった母に聞いておけばよかったと、今では心残りの一つとなってしまっている。

Fig. 9b 「枕元の犬と夢」、筆者による鉛筆デッサン、2018年

第10話　探索――長坂の記憶跡を訪ねて

昭和19年秋、長坂地区のどこに引っ越したのか現地を捜し歩いてもはっきりとした場所が特定できなかったことは以前にも書いた。70年を越える歳月は、その間の開発、衰退、再興、人々の移動を考えれば記憶の痕跡も洗い流すに充分なほど長い年月だったということだろう。今まで得られた情報としては、長坂駅はほぼ同位置に留まっていること、スイッチバックという中央線長坂駅の方式は廃止となったこと、長坂上条2350－6に有った日野春警察署は昭和23年3月の警察法の施行にともない長坂地区警察署となって受け持ち範囲を拡大、さらに昭和29年には県警所属の長坂署として上条2575に新築移転、旧庁舎は取り壊されたこと、さらに平成の大合併により長坂を含む8町が合併し北巨摩郡が消滅、北杜市となったことにともない北杜警察署として警察業務を行っていること、等である。この旧庁舎の場所については昭和14年生まれの御夫人にたまたま遭遇し、駅近接の北側に有ったことを教えて頂いた。しかし、その庁舎の外形や規模については記憶していないという。

山梨県立図書館の資料に何かヒントらしいもの、例えば県北部の地図等が残っていないか調べたが、これも終戦前後となると何も残ってはいないようである。言わば僕も長坂地区も昭和20年前後については記憶喪失者のようなものだ。そこで今日（2018年8月17日）は最後の希望を託して朝より北杜市郷土資料館に出かけて何かきっかけとなるような関連資料がないか調べることにした。この資料館は市内に有る縄文時代から近・現代までの生活、産業にかかわる郷土資料を展示していると聞いていたので、かすかな希望を持ったのかもしれない。それと気付かずに来館したのでちょっと嬉しかったのは「北杜に汽笛が響いた日」という企画展が開かれていたことである。そこでは北杜市を取り囲む八ヶ岳、南アルプスの山々を示す詳細な地形模型が制作・展示されていて高山に挟まれた山峡を縫って川や道路、鉄道が走り甲府盆地に連なっていることが一目でわかる。その隣になにやらどこかの町の詳細な模型が造られていた。近づいて見ると、なんと開設まもないころの長坂駅周辺のジオラマである。蚕糸業に関与する物流の重要拠点駅として大正期、住民の運動を背景に設置されたと記されている。スイッチバックの複雑な線路配置や駅舎、待合室、職員官舎、それに駅前の建物群と人々の賑わいまで表現されている労作だった。個人的には駅近辺に有った旧長坂警察署が知りたかったのだが、この模型の中でその所在を確認することは難しいようだ。職員の方にそのことを尋ねたところ、何か資料が見つかったら連絡をいただけるとのことで電話番号をメモして外に出た。

甲府盆地の暑さが嘘のように乾いた風が吹いていた。高原の秋はもうそこまで来ているのだろうか。車を市役所駐車場に停めてそれから2時間ほど駅の南側、上条2500番地辺りを見たり、聞いたりしたのだが、これだという場所は特定できない。たまたま北杜警察署の署員の一人が親切な方で、それなら歴代署長の官舎位置を事務方に調べてもらいましょうということで、あれこれ書類を探索していただいたのだが、前述したような警察署自体の複雑な経緯もあって簡単ではないことが分かったに留まった。しかしそれにしても自分の執拗な追究の意志はどこからくるのだろうか。自分を分裂させ自分自身と対話することならお手のものだが、今の探索は猟犬が獲物を追求するに等しい。彼等は本能にしたがって、獲物を捕らえた未来からの贈物を想定してかすかな感覚の振動にも反応しているのだろう。僕の場合未来からは贈物ではなく胸が張り裂けるような悲しい知らせということも有りうるのだ。

Fig. 10　2018年、北杜市郷土資料館の企画展として開かれた「北杜に汽笛が響いた日」の会場には詳細な古い長坂駅のジオラマが作成、展示されていた。当時の鉄道線路の配置が正確に再現されて興味深い（筆者撮影）。

第11話　旋回する鋼鉄の鳥

或る日僕にとって、とてつもなく重大な事件が起こった。〝或る日〟というのは昭和20年8月15日の玉音放送より前であることは確かなように記憶しているが、7月7日の甲府空襲との前後関係は微妙である。ただ夏の薄着ではなかったことを考えると初夏のような体感から7月7日の甲府空襲より前の方が可能性は強い気がする。他にも不確かなことがあるのだが、とにかく話を進めよう。

その日は天気の良い日で前の広い畑の緩斜面で一人で遊ぶことにした。大体妹や姉とは遊びの種類が合わなくて、ほとんど遊ぶ時、というかぼんやり時間を過ごす時は僕一人だった。そこは家からわずかな距離のうえ見通しがいいから自宅の在り処も確認できる。以前僕が起こした大騒動のような山中と違って、ここなら迷う心配も無いと安心していた。畑というか茶褐色の枯れた草地にはまだ嫌な蚊もとんでいない。ミツバチの羽音もなく風は柔らかですぐに幸福感に包まれて僕の大好きなゆったり流れる時間がやってきた。あーなんて素敵なんだろうと思っていたその時、突然グワーという爆音と共に一機の飛行機が僕の目の中に飛び込んできた。見上げると戦闘機らしい形をした黒っぽい色の飛行機が僕を中心に旋回して行くではないか。当時、総動員体制下の日本では沢山の国威発揚のための画集が発行されていて、例えば〝肉弾三勇士〟や戦艦、戦車等日の丸がらみの姿が僕の脳裏にも焼きついていた。しかし、その機体に★のマークがついていたのか●印なのかどうしても思い出せない。逃げるという発想は一切なく、ただ顔を上げて機影だけを全身で追っていた。僕は一体何を見ていたのだろうか？　放心して天井の木目を注視した時とはちがい、ただ見たこともない巨大な鳥がひたすら美しく低空で旋回する姿に魅了されていたのではないかと思う。実は防風窓を開けて操縦士が覗き込むようにしていたと瞬間思ったのだが、これは夢を見ているようで確かではない。その飛行機は機銃を一発も発することなく高速でどこかに消えていってしまった。一体これはどう言うことなのか、その後の詮索でも結論は得られていない。ただかなりの信憑性を持っていえることは日本軍の戦闘機では無いのではないかということである。この時期制空権を失った危険な空を意味も無く日本軍の戦闘機が飛び回ることなど考えられない。ガソリンの一滴は血の一滴と例えられた時である。おそらく米軍の艦載機が内陸の偵察任務についていたのではないかというのがもっともらしい真相であろう。しかし、それでは各地で告発が相次いだ悲惨な民間人への機銃掃射はなぜこの時起こらなかったのだろうか。顔が見えるほどの低空、そこに逃げるのでもなく不動のまま機体を凝視する一人の敵国の少年、それを遊びでバラバラにするには超低空過ぎたのではないか。この場合、具体的な姿を目にして人が鬼になるのは難しいと考えたいのだ。でも、「天安門事件」では人民解放軍兵士操縦の戦車が幾人もそこに立ちはだかる学生達を轢殺したではないかと反論されると困ってしまう。イデオロギー崇拝という「文明」の中の野蛮が見せる鬼畜の姿こそ現代とも言えるのだから。僕がもしここで人間性とか人間の本性と

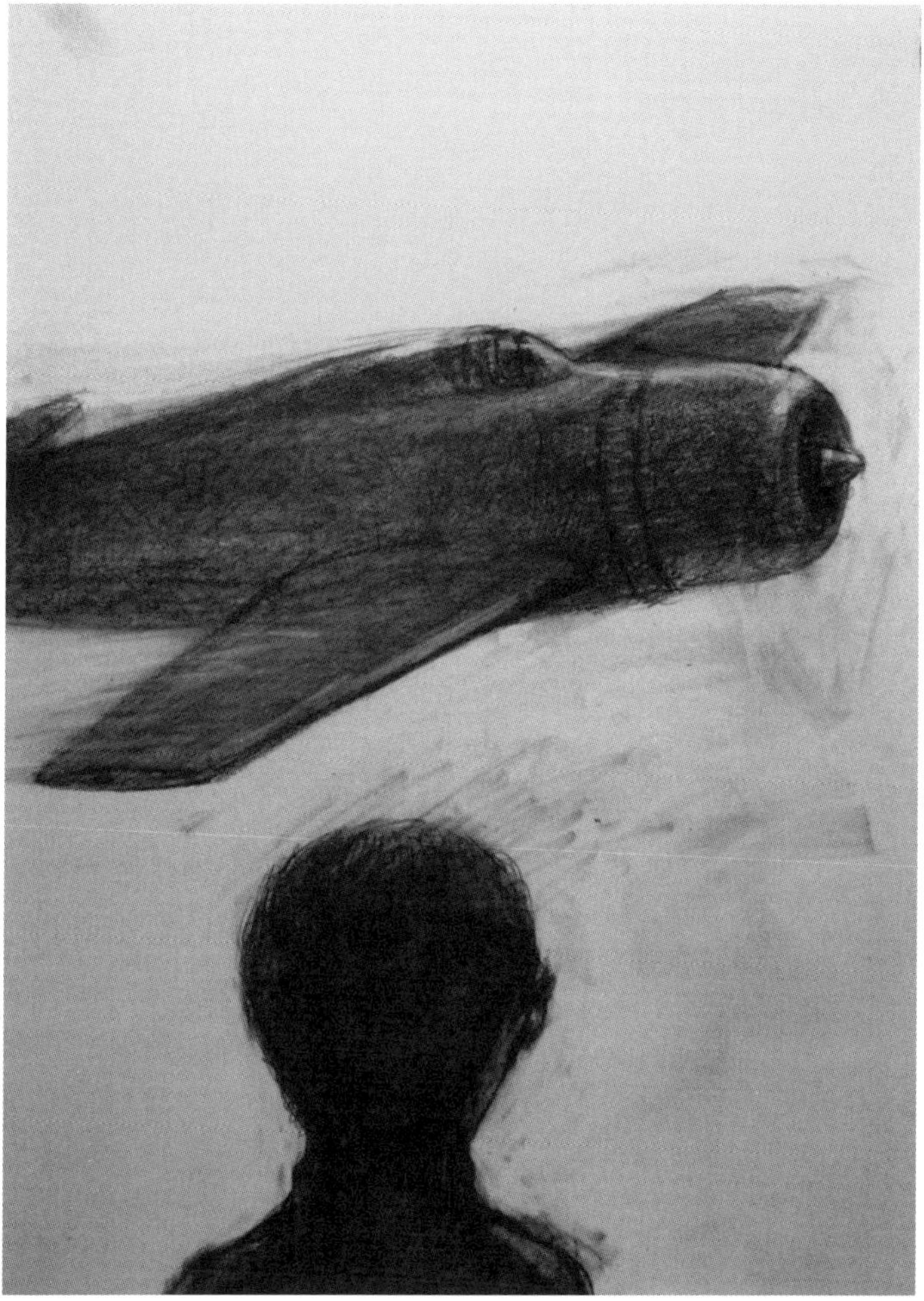

Fig. 11　「鋼鉄の鳥と少年」、筆者による鉛筆デッサン。2018年

かを引っ張り出してきたらそれこそ沢山の非難・嘲笑が飛んでくるだろう。人間の本性が善であるという見解は今極めて評判が悪い。いや評判が悪いどころかそれに対しては憎しみすら投げられるだろう。人間という集団を論じる問題の立て方自体がおかしいのかもしれない。それに、平和な時代の僕等は嫌となるほど人間の多様を極めた極悪の姿を見せられて絶望しているのだ。僕もそれに近いといえば近い。ただ泥沼に美しい一輪の蓮の花が咲くのも事実だと考える。ならば自分はどちらを選ぶのか。そこに美しい生き方という判断が断固下され、できることなら意志的に生きてみたいと思うのではなかろうか。

第12話　玉砕と内乱の結合——近衛文麿の警告

今回は長坂から少し離れて日本の中枢部に目を転じ、当時の日本の指導者層の中で台頭してきた戦争終結の動きを呼び込む契機となったある出来事をとりあげてみたいと思う。昭和20年2月14日近衛文麿が天皇に拝謁、上奏するという重要事件がおこった。これは元駐英大使・吉田茂、陸軍皇道派の小畑敏四郎等の水面下の働きかけで実現した重臣達の一連の「天皇奉伺」の一環として秘密裏に行われたもので、内容が軍多数派の意向にそうものなら何ら事件性を持たないものであった。事実2月9日の平沼男爵から26日東條英機の全7名の重臣の中で連合軍本土上陸の可能性をふまえた戦局収拾を直言したものは近衛を除いて一人も居なかったことからも分かる。近衛の大方の評価は大局を貫く意志の強さが欠けた薄弱の輩というものだが、この時の上奏文は驚くべき出だしで始まっていた。「敗戦ハ遺憾ナカラ最早必至ナリト存候」とする8ページにわたる長大なもので（外務省編、日本外交年表・文書）、天皇との会見「天皇奉伺」も一時間におよんだという。その中で近衛はこのまま戦争を続けていると、日本には必ず共産主義革命が軍の一部将校と結びついて勃発、「国体護持」ができなくなると主張した。

ここに唐突に登場する共産主義革命とは何を意味するのだろうか。近衛の主張には〝一億玉砕〟を叫ぶ声が次第に勢いを強めてきているがこれを右翼運動としてみるのは表面的すぎる、むしろ混乱に乗じて革命を引き起こし「国体」を変えようとするものだという極めて強い危機感が表されていた。もちろん、すでに中央指導部の多くが投獄され完全な機能停止に追い込まれていた日本共産党などを念頭にこのような上奏をしたとは到底考えられない。たとえアメリカの無線傍受から亡命した大山郁夫を首班とする日本共和国建設の動きを知っていたとしてもである。それでは具体的には何か。「軍部ノ一部ハイカナル犠牲ヲハラヒテモソ連ト手ヲ握ルヘシトサヘ論スルモノモアリ、延安ト提携ヲ考ヘ居ル者モアリ」として〝軍部〟内の複雑な動向に注目するよう警鐘を鳴らしているのだ。近衛文麿はかつて東京帝国大学哲学科に学び、さらにマルクス経済学を学ぶため京都帝大に転学、河上肇に私淑している。近衛がレーニンやロシア革命についてどの程度知っていたのか手元には資料がないが、レーニンは少数ボリシェヴィキの暴力的政権奪取のため「戦争を内乱に」を合言葉にカイゼル・ドイツの資金援助を得て10月革命に成功、ロシアを内戦に叩き込んだ中心人物である。このレーニンの方針と〝一億玉砕〟を叫ぶ動向との符合はあまりにも奇妙すぎる想像だからこれ以上議論しないが、「軍部」と一括りにすると実相が見えなくなることは確かだと思う。「決号作戦」は実行されたなら確実に沖縄戦が直面した凄惨な戦いを、それを何十倍もしたような規模で日本人に、アメリカ人に、世界中に見せ付ける事態を呼んだだろう。しかし、それを手段として期待する動きが軍内部に有ったと近衛は指摘しているのだ。歴史的に見ると近衛上奏は支配層の中の戦争終結の流れの起点となった。情報収集力が弱く、外交的分析が貧弱な日本はアジア各国の犠牲者２０００万人、日本人３００万人の犠牲を払ってようやく敗戦にたどり着くのだが、どうもその悲劇の分析は戦後70年以上経ても依然として中途半端のように思えてならない。敗戦直後が戦争を振り返る時期にふさわしいとは思わないが、戦後という過程そのものが一つの自覚の時期であったはずだ。しかし、これは何も僕等の国に限ったことではないが、資料の多少にかかわりなく運

Fig. 12　1938年近衛文麿47歳頃の写真。「写真週報」創刊号、内閣情報部作Ⓦ

命的に直近の過去は意識の中にとりこむことが難しい。その時代を生きた過去に強烈なこだわりを持つ年配者が櫛の歯が欠けるようにこの世から去っていく、その時がこだわりなく歴史の意味を解明する好機であるはずだが、その過去を引き継ぎ現在を生きる者達は過去を切り捨てることに熱中して記憶喪失の反省さえ持とうとしない恐れが有る。だから僕が戦中・戦後幼い少年だったということは、これも奇妙な逆説かもしれないが戦争を論じる位置としては不利ではないとも思う。

第13話　沈む帝国 ―― 夢想家達の終章

8月14日の午前10時50分から開かれた「御前会議」の結論は天皇の決断を受けてポツダム宣言受諾となった。これが合法的な戦争終結の道であることは明らかだが、阿南惟幾陸軍大臣の辞職によって内閣閣議の一角がくずれ、局面打開が可能になるのではないかと考える者も居た。しかし阿南は御前会議での天皇の真意を痛切に受け止めていてこれに賛同しなかった。軍人としての矜持もあったのだろう。阿南の決意は徹底抗戦派の最後の希望を断ち切ったともいえる。後は超法規的なクーデターしか彼等には残されていない。そして実際それを実行に移そうと動き出したものが出た(4)(8)(9)。椎崎中佐、井田中佐、畑中少佐等の近衛師団を中心とする何人かである。彼等はまず近衛第一師団森師団長に決起を促すが聞き入れられず、師団長室に居た白石中佐もろとも射殺、斬殺し、近衛師団に偽命令を発し宮城を占拠する。外部との通信・交通が遮断された宮城内ではNHKの放送関係者が拘束され録音盤の存在が知れることになった。録音盤が反乱軍に確保されクーデターに向けた動きが拡大すれば日本は未曾有の混乱に突入する。しかしいくつかの偶然が重なって録音盤は奪われずにすみ、反乱軍は説得・鎮圧された。この件に関しては13日陸相官邸において陸軍将校等6名が阿南に戒厳令を含む緊急軍兵力動員計画を報告しているので責任が無いわけではないが、彼自身は責任を感じて割腹自決した。「大君の深き恵みに浴みし身は言ひ遺すへき片言もなし」、「一死以テ大罪ヲ謝シ奉ル」が辞世と遺言であった。

この顛末を後に知った僕は、歴史の進行が磐石の必然法則の下に進行するものではなく、いかにもろい偶然の組み合わせの中で動いていくかを知ったように思う。御前会議の天皇の一言ですべてが終わったわけではないのだ。「決号作戦」にしても米軍上陸への対応として準備は大きく遅れていたことは確かであるが、この遅れによって非現実的作戦が実現に移されなかったという保障はない。むしろ日本軍の戦いぶりを見れば、指揮の中枢を占める作戦本部の数々の非合理な方針の帰結を精神力と味方の累々たる犠牲をものともしない非情さで乗り切ろうとした事例で溢れているではないか。しかも最後は直接の戦闘に参加した将兵に責任を転嫁し、自らの不明を恥じないばかりか彼等に自決をうながすかのような事例に事欠かない。

これに関しては今までどうしても他人に言えなかった僕自身にもかかわる疑問が一つある。

戦後の長坂でのできごとだが、簞笥の引き出しから見覚えの無い小さな薬のようなものが入った小瓶を母が見つけて父に訊いたことがある。それは米軍の上陸作戦が内陸のここにも迫ったなら、僕のような小さな子供までも戦車に火炎瓶を持って飛び込ませる方針が出されていたこと、その敗残の戦いの最後には自決用として青酸カリが役に立つだろうと配られたものだという。父はその指示がどこから出たとは言わなかったが、僕のほうもにわかには信じられなくていつのまにか戦時の狂気として忘却の中に沈んでしまっていた。ところが『甲府空襲の記録』を最近読んでいた時、慄然とする手記に出会い驚いた。知合いの陸軍の将校が世話になったお礼として一家の自決用にと青酸カリの入った茶色の小瓶を置いていったという（『甲府空襲の記録』２７３頁、武内なか子著〝空襲・終戦・その後〟より(2)）。僕の聴き違いではなく、そうしたことが事実として複数有ったことがこれで確認できた。しかし、劇物の提供がどの程度の範囲で広まったのか、「決号作戦」の一環として民間人の最後を手榴弾配布による軍人の自決と同様の理屈ですみやかに実行に移すための要綱の一つだったのか、それとも単なる個人的な〝好意〟として行われた思いつき程度のものだったのかは分からない。いずれにしても「決号作戦」は遊びではない。民族の消滅も想定しなくてはいけないような悲惨な事態を軍の指導者層は想定して、リアルな布石を実行に移していたことを忘れてはいけないと思う。竹槍等のあまりに現代戦を無視した戦術から、この構想の悪魔性を一種の冗談と受け取って笑うことが本当の批判になるのだろうか。総力戦の本質は国民が有する資産のすべてを国家という全体のために完全に余すことなく使い尽くすことにある。この大事にとっては個人の持つ全てが小事であって、この原則を理解して眉一つ動かさず徒手になっても必殺の鬼となり敵陣に突進できる者達が強者である。弱者なるなかれ、民族の強者となれ、これが「決号作戦」が語る中心的思想だと思う。よく戦争の悲惨さを強調する年配者の方々の警告を報道ではとりあげる。もちろん人間性に反する極みである戦争はどのようなものでも悲惨である。しかし、理不尽と不合理、非情への批判を欠くならそれは万人に必ず訪れる死が悲惨というように等しい。

他にも気懸かりな事が僕の頭の中でずっと燻ってきた。日本軍の本土決戦構想の内、関東方面の作戦図を調べると長野の大本営と前線を結ぶルートは二つが想定されていた。一方は群馬県前橋・高崎を経由するものであり、他方は

Fig. 13　旧長坂町を含む北杜市から甲斐駒ヶ岳を望む。筆者撮影

山梨県甲府を経由するルートである。父の突然の除隊と長坂警察署への辞令が、この山梨県経由ルートの治安確保布陣と関係が有ったのかどうかというのが僕の根拠の乏しい憶測である。昭和19年の年初頃からすでに大本営の長野県（松代大本営）への移転計画はすすめられていたとすると(3)、松代に至るルートの民情把握と治安確保は軍特定のグループにとっては常に脳裏から消えない重要課題で有ったことは充分考えられるとするものだが、残る資料は何も無く父も他界し今は聞く術もない。

第14話　敗戦――「終戦の詔勅」から占領軍進駐

そしていよいよ昭和20年8月15日正午、天皇による「終戦の詔勅」、〝玉音放送〟を僕等の家族も長坂で聴くことになる。ここに至るまで政府・軍部内で激しい対立があり、近衛第一師団内でクーデターをめざす動きまで有ったなどということはもちろん国民には知らされてはいない。だから当日一家がしていたことは何かというと、暑い中でただ土を掘っていただけである。目的は正直言って何をしているのかは分からなかった。防空壕かなと勝手に想像して大人達の仕事を手伝っていたが、暑い陽射しの中で皆しきりにやかんから水を飲んでいた。昼近くになると重大な放送が有ると言って父がラジオのスイッチを入れた。当時のラジオは今のように音質も良くなく、時報の後なんだかんだと誰かがしゃべった後、君が代が流れた。それからしばらくして昭和天皇がものすごく特徴ある抑揚でしゃべり出したのが聴こえた。僕には一言もその意味を汲み取れなかったのだが、母も違う意味で判然としなかったらしい。父になにやらくどくど確認している声が聞こえたように思う。そのやり取りの詳しいことは忘れたが「……終わったぞ」と父がはっきりと応えると、「私にはなんのことだか良くはわからんけど、終わったんだね」と今度は母もこの質問はそこで収めるつもりになったのか、僕等に向かってその結論を説明し始めた。「寿人、戦争が終わったんだって」と母が僕にも声をかけてきたが、この時はさすがに僕も戦争の終了のような重大事態が起こったらしいということは理解できるようにはなっていた。それにしてもこの玉音放送の中身について誰も触れようとしないのは変だなと思った。少なくとも僕の家族に関しては、しばしば報道写真で目にしたような光景‥例えば地面に泣き伏して号泣するといった類いの光景は無かったと断言できる。だから5歳の僕の8月15日は他人に語るほどの劇的な場面ではなく、あっけない幕切れという感じで終わった。後になって調べたところでは「終戦の詔勅」は「朕深ク世界ノ大勢ト帝国ノ現状トニ鑑ミ非常ノ措置ヲ以テ時局ヲ収拾セムト欲シ」に始まり、明確に「米英支蘇四国ニ対シ其ノ共同宣言ヲ受諾スル旨通告セシメタリ」と続くもので、ポツダム宣言受諾と、受諾後の国民苦難の道を示したもので当時の僕が聴き取れる内容では無かったことが分かった。指導者が国の敗北を覚悟した時、ヒトラーが〝ドイツにはもはや優れたものは一人も残ってはいない〟としてドイツ全土の主要施設自爆を命令する「ネロ指令」を出したことを思えば、この昭和天皇の文言はその対極にあるものだろう。ともあれここに国としての〝大日本帝国〟は敗戦の中に沈んだ。新生日本は昭和20年8月15日をもってとりあえず動き出したと言うか動き出そうとしていたということだろう。ここでとりあえずと言ったのは僕にとっての戦争は謎のかたまりのような怪物で、簡単に死んだと宣言されても信じられなかったという意味を含んでいるからだ。

父のそれからの大仕事は占領軍がジープでやって来る、その対応をどうするのかということになった。その正確な日時は記録が残っていないので分からないが当時の一枚の写真だけは見たことがある。

Fig. 14　長坂地区に進駐した占領軍と長坂（日野春）警察署員との記念写真(10)。元の写真は自宅で見たはずだが今回は発見できず、「長坂町史」掲載分をご好意で引用させていただいた。撮影日は不明だが、首都圏では９月から進駐が始まっているので、おそらく昭和20年の秋頃と推測される。

米将兵達は姿勢もラフで見方によっては横柄な感じもするが、そこに緊張は無い。一方父達は未だサーベルも手放さない状態で、こちらも敗残の国民というよりは対等の演出の方が目立つ。しかし、9月より各地に展開された占領軍の目的は武装解除と日本軍を想像させるものの一切の禁止であるから、場所によっては対立が激化し事件化したところもある。特に占領軍によって広い面積を接収された横浜では毎日数十件の事件が起こったという。これは日本統治の安定という視点から見ると占領政策の中に一種の自己矛盾を生み出す危険性がある。対立が激化し制御困難となった場合、占領軍が前面にでて鎮圧するわけにはいかない。当然日本の警察が不法行為を取り締まることになるが、翌年昭和21年7月30日には警察官のサーベル帯刀は禁止となった。ＧＨＱは武装解除の例外として警察官に拳銃の携帯を早急に検討せざるをえなくなるのだ。

第15話　何かが始まる前

進駐軍が長坂にやって来てから、父がそこを離任して同じ北部山梨の小都市：韮崎に着任するまでの数カ月は殆ど憶えていない。食料事情はさらに悪化し、国家統制下の配給に頼っていたのでは餓死、病死は避けられない時代が続いていた。これがどの程度深刻かといっても後代には伝わらないだろう。ただ絶対的に食料が不足し、流通機構は壊滅していたというしかない。

頼りになるのは公的流通機構を無視した違法なヤミ・ルートと自給自足の家庭菜園だけである。厳密に調べたことはないが、この時代を生き延びた人々は大なり小なり違法行為をどこかで容認していたはずだと思う。これは主食に関してだけではなく、人によっては欠ければ生きていくことが危うくなるタバコ等でもそうだ。それゆえ現在ではその中毒症状が医療の治療対象となる。父は僕が見ても終日タバコを手放せない重症の依存症であった。その警察官である父は僕等が長坂駅とか街路でタバコの吸殻を探してくることを期待していた。吸殻を解体して中身を紙に包めば即席の巻きタバコとなるからである。後にはこの手間をはぶいてキセルでちびちびふかしていた。そんなご機嫌な父の姿をすごく好きだった僕もだから同罪だと思う。小さな悪を口角泡を飛ばして攻撃するタイプの〝自称人格者〟に本能的とも思える嫌悪感を感じる僕のルーツはここにある。

この間、子供の僕と大いに関係が有ったのは浮浪児である。空襲の無かった長坂で戦災孤児が町をうろついていたわけではない。大都会から何かの理由で流れてくるとそれが警察の保護対象となるのだ。或る日、僕と同じぐらいの歳に見える男の子を夕方父が家に連れてきた。可哀想な身の上だから一晩遊んでやってくれと僕に言った。服はぼろぼろで目はどこか虚ろに据わっていて、父は無口に黙っているその子の頭を撫でていたが僕はどうして良いのか分からなかった。僕がしたことはただ側に居て一緒に行動を共にしただけだったのだが、夜になると疲れて眠ってしまった。翌朝起きるとその子が側にいない。父に尋ねたら夜にこっそり抜け出てどこかに行ってしまったらしい。「しかたがないな」と父は憮然としていたが、僕は計り知れないような何かを背負ったその子のことが頭から離れなかった。戦災により孤児となった何万という子供達のかなりが浮浪児として過酷な運命を背負って生きたのがこの時代である。大人さえ生きるのが難しいのに、彼等が飢えをしのぐのに何をしたかは僕の想像を越えていた。

姉と妹のことに僕はほとんど関心はなかったが、姉は2歳年上だから時に面白いと思うような話もすることが有った。駅前通りの床屋でおかっぱ頭の髪の毛を整えてもらったらそれがどうこうといった日常の他愛も無い話ではなく、街で朝鮮人の男が何かを食べていた、それがおいしそうだから何かと尋ねたら蜂の蛹だという。「こりこりしておいちいよ、って言うんだから！　気持ち悪い」と本当に嫌そうだった。僕はそうか食えるのかと思っただけで特別の感情はなかった。大体あらゆる山野草を食べることの工夫に熱中しても、昆虫食やネズミ、ヘビの料理には周囲はどんな食料難でも冷淡で有ったように思う。しかし、少しするとイナゴの甘露煮やツボの佃煮などが店にならぶようになった。

ご馳走が長坂時代になかったわけではない。この辺りの事は玉音放送より前か後か時系列がだいぶ怪しく、ここで話すのが適当かどうか疑問である。昭和21年の2月には僕等一家は長坂を離れて甲府に近い韮崎に転居しているから、むしろ大部分の事件は進駐軍が来る前に起こっていると考えた方がよい。いずれにしてもその事は八ヶ岳の山林での山火事発生と関係がある。消防団員が消火に当たったっても簡単に鎮火せず、警察も出動するような大きな山火事だったと思う。夜になっても赤々と燃える光景が遠目にも確認できた。一日で消火活動は終わらず夜になると怖いほどの美しさで炎が点滅していた。何日目の朝だろうか、その山火事は鎮火したらしく作業の荒々しさそのままで父達が帰ってきた。誰か消火隊の1人が「おいしいぞ、寿人君！」といって、肉の塊のようなものを僕に突き出した。それを恐る恐るほおばると、とんでもない美味しさである。黙って夢中でほおばる僕を見て満足そうに皆が笑っていた。山火事で焼死した鹿の肉だと後で教えてもらった。後にも先にもこんなに美味しい肉を食べたことはない。だから食の味は絶対的な基準にそって一列に美味しさ順に並べられるものではなく、僕自身と僕をとりまく環境の中で決まる僕自身の主観の最たる例だと思う。

山火事の光景になると僕はどうしても甲府空

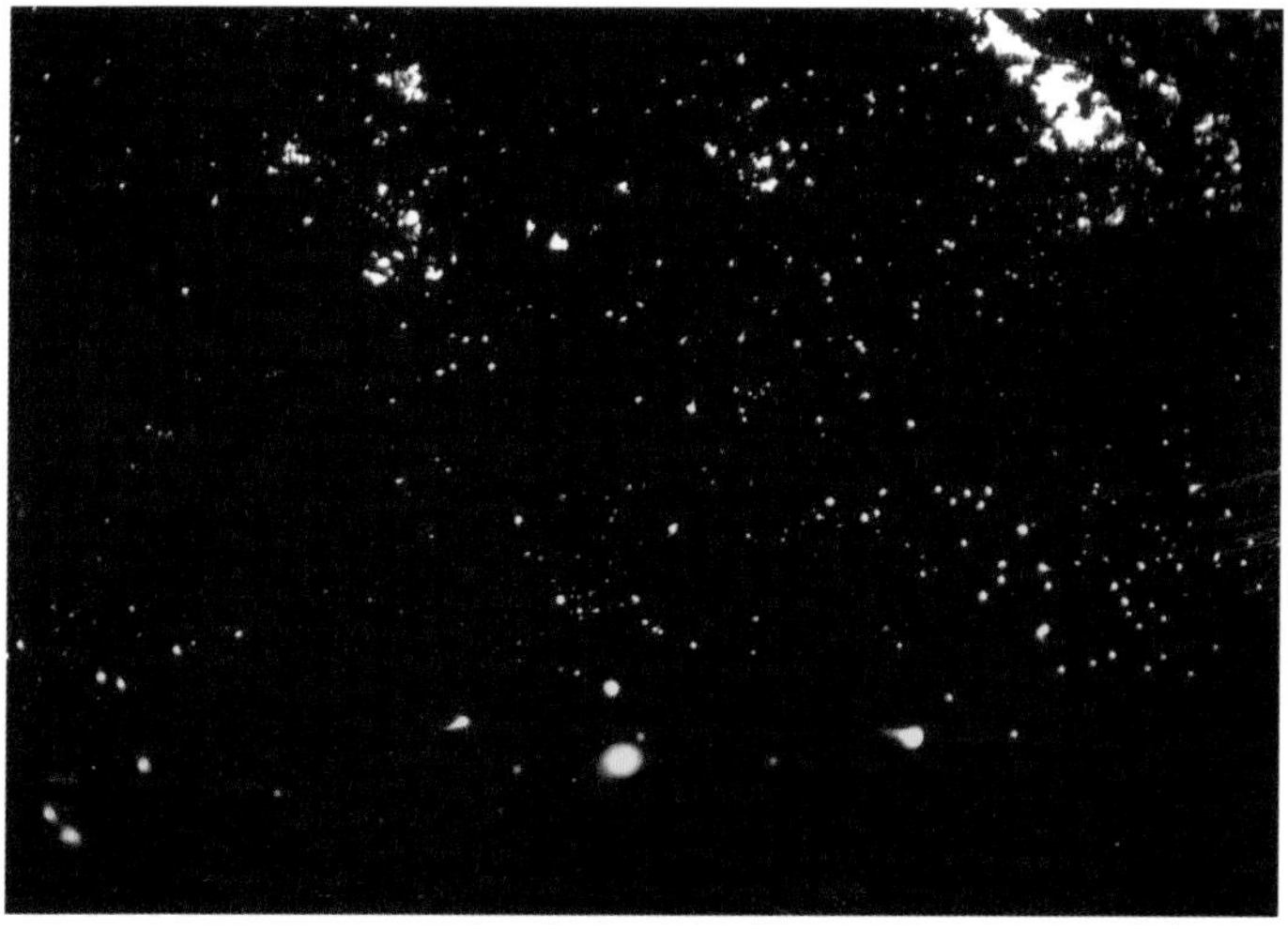

Fig. 15　蛍の大群。筆者撮影　於：米国プリンストン、1979年

襲のことを思い出してしまう。あの業火の中で亡くなっていった大勢の魂は戦の終わった後どこへ行ったのだろうか。『火垂るの墓』(1)の物語では三ノ宮駅構内で衰弱し倒れた清太の手から〝ドロップ缶〟が転げ落ちる、その遺骸は駅員によって運ばれ、缶は草叢のなかに投げ捨てられてしまう。中から飛び出してきたのは栄養失調で亡くなった妹節子の骨の一片だ。その周りを蛍がまつわり飛び交うが、この蛍は鎮魂か、亡くなった子供達の魂の象徴だろう。後年身延線沿いの花輪駅付近で宵の小川の岸辺で点滅する蛍の黄緑色の灯を見た時、何故か言葉に成らない不思議な感覚に包まれたことがある。死者の魂を感ずるためには、その死の悲惨の強調の中にそれを迎えることは出来ないようにも思う。

第16話　第I章、それぞれのエピローグ

長坂を去り、次の話に移るには、8月15日のポツダム宣言受諾では終わらなかった国家間の駆け引き、憎悪がからむ沢山の話が語られなくてはいけないだろう。8月8日午後5時、モスクワの佐藤尚武駐ソ大使はモロトフ外相より日本への宣戦布告文を手渡される。翌9日より戦争状態に入るというが満州との時差は6時間ある。だとするとソ満国境に集結していたソ連軍は形式的には一時間後程度で合法的に攻撃を開始できる。事実9日午前0時過ぎには破竹の勢いでソ連軍の進軍が始まった。日本側の幼稚な情勢分析に基づく近衛文麿のソ連への休戦仲介

運動など何の意味も持たなかったことが分かる。

関東軍の狡猾さも負けてはいない(9)。ソ連参戦を知った関東軍は10日より軍属を安全地帯に移動させ司令部も早々と朝鮮付近の通化に移動を開始した。参戦を知った開拓団が抵抗しようにも北部の軍隊はからっぽである。ソ連軍はこうした状況下で統制を失い、略奪、暴行が横行する無政府状態となった。現地の復讐心もソ連軍の残虐非道と呼応する形で合流するともう止める力はどこにも無い。8月15日以降も民間邦人の犠牲は積み重なり正確な死者は把握困難なほどこの地での引揚者の苦難は続いた。朝鮮からの引揚者も同様の状況にさらされたことはいうまでも無い。戦後、全国の体験作文入選作品を読んだことがあるが、同世代の引揚者達の心に刻まれた悲しみと怒りは国を問わない非情な暴力行為に真っ直ぐ向けられていることが分かる。

僕自身も次の転居地・韮崎で同様の恐怖を味わったことがある。署長官舎で一家が夕食後の団欒に有った時、突然激しく玄関を叩く音が鳴り響いた。「逃げなー！　こっち！」。母の悲鳴に僕等は一斉に走って奥の部屋に逃げ込んだ。数人の男達の罵声が外からは聞こえたが何の言葉か分からない。生憎父は不在だったが、遊びに来ていた父の弟・冨士義叔父が玄関にすっ飛んで行き大声で怒鳴り返した。両方とも朝鮮語であった。大勢と対決した叔父の剣幕と朝鮮語でその暴徒は引いていった。叔父は朝鮮で仕事をしていたことが有り、朝鮮語が堪能だったのが幸いした。後で聞いたところでは「この大馬鹿野郎！」と叱ったそうである。この時期全国各地で在日朝鮮人の不法暴力行為が頻発したというのだが、それがどの程度政治的で組織立ったものだったのかについては僕は調べたことが無いので真相を語る資格はない。しかし家族のこの件については、民族的な怨念を個人宅に持ち込んで暴発させる手法は引揚者に対して振るわれた暴行と同じレベルで許せないと今でも思っている。もっと大きな視点から見ればどうなるのかといった部外者の意見も、それは歴史検証の場で時間をかけて議論することで、自ら結論を決めて法の執行官を気取ることでは結論は得られないだろう。

みずから死を実行し命を断った軍人軍属の延々と続くリストを見るのはつらい。600人を超える中には戦闘命令中止を無視して特攻攻撃を敢行した宇垣中将等17人も入る。この特攻攻撃の創設者の1人である大西瀧治郎海軍中将も軍司令部官邸で自決した。しかし責任を痛切に感じてそれを背負い生きた軍人もいる。米内光政海軍大臣はむしろ開戦を避ける努力をし、戦時にあっても終結の道をさぐってきた人物である。戦後の日本海軍の解体までも見届けた米内の心中には自決以上の責任感が重く蓄積していたのではないかと思う。一体責任をとるとはどういうことだろうかと考えると問題が問題だけに難しさに圧倒されてしまう。そもそも責任をとることなど不可能だという考えが背後にあるからだ。死は生に回収できない。何十万、何百万の命を返せの怨嗟が押し寄せても、それは不可能である。だから人間としての責任は問えないなどというのはもちろん暴論である。行為への倫理的判断は罪とそれに伴う罰の問題だろう。責任は常に罪の深さの認識と切り離せない。そしてこの罪に対応する罰はどこかで人間の再生の物語に結びつくものであって欲しいと思う。

僕にとっての長坂とは何か一言で言えといわれたら何と応えるのだろうか。欠乏と戦いの時代なのに、深いところではそれらが心を揺さぶるわけではない。僕はよく家の屋根に登り眼下の蒸気機関車が牽引する貨車を一台、二台と数えるのが好きだった。咆哮する汽笛の音が山々に木霊し、やがて日没となるとまるで祝祭のように夕焼けが空を彩る。それがしだいに色あせて雲の淡い灰色を縁取るように濃い藍の空が夜を連れてくる。何かが終わり何かが新たに始まるのだ。そして僕は一つの時を失い、この今の、この心の、この振動は、ここで永遠に終わったのだと思う。だからといって涙が湧いて来るわけではないが、遥か人生の

Fig. 16　2016年９月24日筆者撮影。南アルプス方向の夕焼け

縁までやって来てこう思う。そうだ、あの夕焼けは未来の僕への贈物だったのだと。幸福を求めないということは不幸と同じではない。美しいと感じ、何故だろうと思い、死にたくないと、つまりこの世界から消えたくないと決意すれば生きられる。何事も為しえなかった僕を、父も母も大切にしてくれた。だとすればその時の僕に欠けていたのはなんだろう。他者という不可解な宇宙ではないのか。他者というのは友達とも、そして愛する者とも違う。最愛の者でもそれとの同意の中に僕の生きることを解消することは不可能だ。同意の中に無理やり取り込まれたなら、その時の僕はきっと不可解な人間に変身するに違いない。多数の大人達があんなにも熱中しているもの、その中にこれからは僕も入って行こう。勝ち負けは分からない。それは誰にも分からないのだから。

第II章　小学生時代 ―― 解体と再建の中都市

第17話　小学校入学 ―― 変わらない採集・狩猟生活の日々

昭和21年（1946年）2月23日、僕等一家は前の長坂と同じ北巨摩郡に属する韮崎町に引っ越した。今度の父の仕事は韮崎警察署長である。自宅は今回も官舎で商店街がならぶ一角に在ったたと思う。近くには土手を挟んで釜無川が悠然と流れていたという記憶が残っている。しかし、記憶はそれまでだ。例によって僕の家には住んでいた住所はもとより、それを示す写真すら一枚も残ってはいない。が、それでも今回は小学一年生として入学している。市立韮崎小学校に問い合わせれば何か分かるのではないかと思い立った。しかし、何しろ戦争が終わった翌年で、学校が再開したかも不明な昭和21年4月である。無謀とは思ったが電話したところ教頭先生に快く調査を約束して頂いた。しかし一週間ほどしての連絡では、残念ながら僕のように2カ月で転出していった生徒の記録は残っていないということであった。

国の記録では「国民学校」（六・三制義務教育が施行されるのは昭和22年3月から）の入学式は4月8日に行われたようだが、正式の教科書が用意されたのは翌昭和22年からである。学校によっては16ページほどの簡易教科書を上級生が配布したとの記録もあるが、僕の記憶には教室の風景がぼんやりと残っているにすぎない。覚えているのは何かというと初日から無断で学校を早退して帰宅してしまったことだけである。不思議なことに周囲もまったくそれを咎めなかった。教科書も教材も無く、それを運ぶ鞄も無いところで授業が成立したのかもはっきりしない時代であった。

それでは韮崎が面白く無い所だったかというと、新しい遊び場がその気になれば直ぐに見つかるような場所であった。特に釜無川の広大な河原では綺麗な丸い玉石が一杯発見できるので退屈しない。それに父と釜無川の河原の水溜りを渡り歩くと、カジカ、沢蟹等が面白いように捕れる。それを母がてんぷらにして夕食を変化有るものにしてくれた。こんなことが有ったせいか食料事情は最悪な状態が続いていたはずなのに、長坂に居た時ほどの飢餓感は記憶には無い。

これは直接関係無い話だが、本当に時代の変化を感じさせる出来事がそれから30年ほど経って有った。長女が小学校に入学することになったからである。ランドセルが欲しくて堪らず、色は赤い色に決めて買いに行く日を心待ちにしていたという記憶が残っている。家にその時の一枚の写真が残っていて、赤いランドセルを背負って笑いが止まらない娘が写っている。入学式用の藍色のセーラー服も新調したもので、ノートから教材から総て新品、教科書も美しいカラー印刷の立派なものである。僕の時代から見たら夢のような豊かさで、子供達が安心して通学し、当たり前にのびのびと学べる場…それが学校だというのはなんと素晴らしい時代かとその時の僕も感無量であった。

今はさらに進んで就学前の幼児教育まで大人達は知恵を絞って充実したものにしようとしている。母親との密接な愛情こもった養育に加えて、多数の幼児が遊び学ぶ場を公的に確保し、母親の自由度と子供達の視野の広がりを統合的に充実させようという発想など僕が生きた戦時の日本には完全に欠落していたと思う。

昭和20年（１９４５年）11月30日で満6歳になった僕には学校という集団生活の経験はまったくないにしても、では読み書きのリテラシーはどうだったのかというと、そこそこに有ったようである。なぜかというと「小国民」向けの戦意高

Fig. 17　昭和51年（1976年）。長女の小学校入学時に撮った記念写真。筆者撮影

揚絵本などを読んだ記憶があるからだ。今なら保育所や幼稚園で、学童前から何時間かは母親との密着から離れて少なくとも一日数時間は同年代と一緒に幼児教育を体験する例が多いだろう。だから文字も数字も覚えて入学する子供達が多いと聞く。しかし戦時日本では家庭での幼児教育の主体は父親というよりは母親と年長の兄弟姉妹だった。そのため小学校入学時から家庭環境の違いによる学力の差が大きく出る可能性が高そうだが、実際には学力差が混在することによる混乱と言う話は聞いたことがない。もちろん小学校に入学してからの物語はこれから始まるのだが、その中ではちょっと肩透かしになってしまうが、直接教育現場を語ることはほとんどしないつもりだ。やはり今までと同様、僕の目に映る町やそれを取り巻く世界の話ということになるだろう。

第18話　長屋宿舎——登場した子供世界

韮崎を後にして転居したのは昭和21年6月12日ということはほぼ確かだと思うが、その転居先については今回もまたその記録は見つからなかった。大体調べる手段としては県立図書館に所蔵されている行政記録だけだから無理がある。しかし、もう小学1年生という年齢だから自分の記憶もそれなりに頼りになるのでは、と思って検討した結論は甲府市日向町（この町名は現在の甲府市からは消えてしまっている）の県職員官舎しか考えられないということに成った。

この町はもともと甲府城郭内の武家屋敷の敷地：森下小路を改称し、堀の埋め立てと道路新設で出来上がった町である。甲府市街地の中心部に位置したため、県庁職員の官舎が建てられ、県の中心産業の一つであった蚕業・製糸関連もここに設置された。それでは甲府空襲時全焼したかというと逆で、日向町は被害をほとんど免れている。甲府駅舎も焼失せず残ったため比較的早く運行が開始されたと聞く。

今の甲府駅北口はどうなっているかと言うと駅の北部を取り囲む広場があり、その広場の上を南北に横切る形で、信号十字路の北側と駅とが結ばれている。この信号交差点を中心に東には舞鶴城、山日ＹＢＳビル、北には県立図書館、その先の山梨大学、西にはＮＨＫ甲府、ベル・クラシックのビルとなっている。駅ビルを挟んで南側は駅前広場で、ここからは県庁舎や甲府市庁舎、県警本部、甲府警察署、銀行等の大型商業ビル等がひしめいていることからも、この駅北口が北部甲府の要となっていることが分かる。

Fig. 18a　昭和20年代甲府駅北口。『甲府物語』(11)より

しかし、僕が住んでいた当時の駅北口該当域の写真を見ると、愕然とするほど何も無い風景が広がっているだけだ。焼失を免れた平屋の駅舎が頭を覗かせ、その先に破壊を免れた舞鶴城の石垣や謝恩塔、武徳殿などがそのままの姿を見せているが、甲府駅北側は荒涼とした荒地である。現在甲府市に在住している殆どの目からすればこの写真は違和感そのものだと思うが、僕にとってはむしろこの風景は現実の記憶の中にすっぽり収まるものである。たまたま閲覧できた1956年発行の甲府市明細地図のこの箇所を検索すると、今は移転したり消えてしまったりした山梨県立盲学校や繭検定所等が確認できる。記憶をたどると甲府駅北側の殺伐たる広場を横切れば、そこがもう長屋タイプの県庁職員宿舎だった。細長く平べったい長屋には隣り合わせで何軒かが並んで住んでいたため、うっかりすると別の家に上がりこんでしまうような配置で有った。実際、僕自身一度〝ただいま〜〟と元気よく知らない家に飛び込み、「僕の家は違うよ」と優しく教えてもらったことがある。その時は別に誰も問題にしなかったので、長屋の行き来が良かったたか、全く知らない仲の家では無かったかだったのだろう。一番南側ではなく、何列目からの1棟である自宅から新紺屋小学校に通ったはずなのだが、学校や授業そのものの記憶は何もない。憶えていることと言えば盲学校のカラタチの生垣だろうか、棘だらけの奥に黄金色の実が生ってまるで歌の文句のようであった。

通学の途中で気の合う友達はすぐにできた。名前は秋山君だったと思う。帰りに自宅に誘ってくれて、彼の家にあった戦前からの古い本を見せてもらった。その中にはお姉さんの蔵書だというビアズリー風の挿絵（もちろんこれは僕が大人になってから記憶をたどって推測したのだが）がついた怖いお話もあって、大人と子供の世界の境界が曖昧な時代だったと思う。

近所の子供仲間と放課後夕食までメンコをしたことなら比較的はっきりと覚えている。メンコはかなり上手だったせいか相手を打ち負かしてかき集めた枚数が小さなミカン箱に一杯になるほどだった。遊び仲間の中には負けることに興奮を抑えきれなくなるものもいたりして、夕食時なのに僕が負けるまで帰さないのには参った。結局夕食に帰らないといけなくなって、その時持っていた戦利品全部のメンコを投げ出して遊びから解放された。子供達が勉強するのは、学校というよりはこうした遊びの真剣勝負の方が影響が大きいのかもしれない。

Fig. 18b　オーブリー・ビアズリーによる「ヨハネとサロメ」Ⓦ

第19話　黄泉平坂《よもつひらさか》からの生還

そうこうしている内に僕にとっては一大事が起こった。肺炎に罹って生死の境をさまようことになったのだ。肺炎に罹る以前にもあやうく死にかかったことは何度かあった。それどころかこれ以降にもまるで定期的に生きる価値が試されているかのように、いろいろな試練が待っていて今日がある。それは病気だけではなく、自分から買って出たような無謀な試みも入っているので、性格や人格に特有のベクトルが潜んでいて病気がそれと共振しながら新しい平衡点を求めて動いているのかもしれない。

最初の重病は2歳前後に罹ったジフテリアだった。もちろんこのことは自分の記憶の中には無いので、母からの伝聞である。とにかく呼吸困難で苦しむ姿が看ていて辛かったとこぼされたのだが、僕には全く覚えがないのでその時は曖昧に相槌を打っただけだった。しかし、大人になってから感染症の疫学について調べたことがあるが、ジフテリアは僅か100年前には患者の半数近くが死亡する恐ろしい病気であったことが分かる。しかも死者の殆どが4歳未満の幼児で窒息死がその直接の死因であった。僕が2歳だった1940年の日本はどうかというと患者数は約4万人、死者は5000人程度とそれ以前よりは改善されて来たとはいえ、恐るべき感染症であったことには間違いない。その時の日本の医療水準を前提にして母の直面した不安と苦しみを少し想像するだけでも次のような状況が目に浮かんでくるようだ。

イヌが咆えるような咳をしてもがいていたのが僕で、それに対して有効な手立てがほとんど無かったのが母だったのだろう。しかし、治療が難しいからといって枕元から離れるわけにはいかないのが多くの母親の性だとも思う。眠れぬ夜が何日も続く中で、このまま死神が懐から子供をもぎ取っていくのではないかという恐怖がきっと母を捕らえたことだろう。まるで馬の背に無理やり乗せられ、死に向かって疾走する絵のようだ。これはアリ・シェフェールが描くレノーレ譚の絵のことだが、しかし馬上のレノーレは病んでいるわけではない。シューベルトの歌曲「魔王」（詩はゲーテ）では高熱によるものだろうか、幻視と幻聴に苦し

Fig. 19a　３歳頃の僕。父母の相談役だった大森茂作氏（山梨県剣道有段者会幹事長、小野派一刀流）宅を訪ねた時の記念写真。太平洋戦争開始２年目頃で、栄養状態も皆の表情も未だ悪くはないように見える。

む吾子を抱いて馬を駆る父の話だからこちらの方が譬《たと》えとしてはより直接的である。恐ろしい追っ手：魔王の誘いに怯え、お父さん、お父さんと叫ぶ子供と、追っ手の魔王（死）から逃れようとする父、この緊迫感はまさに重病の姿そのもののようだ。結局その歌の最後は父から叫ぶ息子を魔王が奪ってしまうのだが僕の病気の場合は母の看護も有って助かった！

ジフテリアの罹患は僕にとっては実際の記憶が残っていたわけではないので、あくまでも母の苦しみをどう理解するかの問題であった。しかし、小学1年生の肺炎では、文字通り自分自身の身体的な

Fig. 19b　アリ・シェフェールが描くレノーレ譚。19世紀を生きたフランスの画家シェフェールはタッチを消した躍動感に乏しい作風で知られるが、この作品は激情と死が画面を覆い別人の絵のようであるⓌ

体験として死の瀬戸際まで追い詰められる重病と対峙することになってしまった。

第20話　肺炎 ― 馬肉と陽光

肺炎が肺と言う器官を構成する組織の炎症であるとすれば、その原因は肺炎球菌だけではなく多様な病原性細菌や細菌以外の原核生物、ウイルス、真菌、さらにはある種の寄生虫等がその候補に入ってしまう。場合によっては化学汚染、放射線障害、さらにはアレルギーまでが考えられるのである。だから僕が罹った肺炎が何に起因したのかというのは記録がなくて分からないだけでなく特定するのは簡単ではない。大雑把に分けられている大葉性肺炎か、気管支肺炎かの分類についても、これは記録が無いから何とも言えないのだが、とにかく病気は突然襲ってきた。悪寒の有無についても不明であるが、40度以上の高熱が何日も続いたので、これは只事ではないと周囲の騒ぎが始まった。枕元に運ばれてくる葛湯も見向きもしなくなった僕の視野には、こうなると往診のお医者様すら意識の中に入らない。重症の肺炎である。

昭和22年の年明けから春にかけて罹患したと思うのだが、厚生省がペニシリン生産対策協議会を開催したのが昭和21年1月、アメリカから招へいされたテキサス大学フォスター教授の指導のもと多数の製薬会社がペニシリンの大量生産を開始したのは同年7月のことだった。早くも翌22年2月、国産ペニシリンの病院配布が始まったということに成っているのだが、甲府の末端医療機関にそのころ届いたとはどうも考えにくい。広く一般に出回るようになったのは昭和23年以降だったからである。事実困り果てた両親が執った治療法というのは大きな布切れのような馬肉を胸に貼ることだった。高熱のため胸一面に貼られた馬肉はたちまちのうちに赤い鮮紅色から茶色に変色し、それをすぐに新鮮なものに貼り替えることを繰り返したのだが、ペニシリンに替わる効果など期待できるはずも無かった。残念ながらというか案の定というか、病状は一向に変わる気配も無く策は尽きたと周囲は思い始めたのではないかと思う。藁をもすがる両親の窮状が病状を追っていくとこちらにも伝わってきて、病気というものは病人一人が苦しむものでは無いことが良く分かる。

そうこうしている内に何か重大な病状変化が起こったらしく、あわただしく父が動き出した。多量の輸血が必要だとお医者様から言われて、父の職場中で輸血可能な献血者を探すことになったのだ。当時の輸血は個人的にボランティアを募るしか方法は無かったのだろう。幸いすぐに準備が調い輸血が始まった。それからのことは良く覚えていないのだがぐっすりと眠ってしまったらしい。或る日目覚めた時には大量の汗とともに熱も下がっていた。周囲に安堵と喜びが広がり、僕の枕元に大人達が来ては「寿人君、良かった、良かった。これも田中さんのおかげだよ。田中さんには感謝しないと」と口々にお祝いの言葉をかけてくれたので、輸血は田中さんという方のご好意を受けたことが分かった。

こうしてなんとか重症の肺炎から生還できたのだが、回復の初めは立ち上がることも出来ず、歩行できるまでになるにはかなりの日数を要した。よろめきながら外に出て太陽を浴びた時は、小学1年生の終わりにさしかかった子供心にも何か表現できないような不思議な感動に包まれたことを覚えている。生きていることの実感を普段の日常の中で持つことは誰も無いだろう。もしそれが日常的に有るとしたら、それは不幸の極限にある者の言葉だ。区別があることは分かることの条件だから、死と生の境界を経て初めて死が実感のなかにとりこめる。ただこれはものすごく皮肉な言い方になってしまうが、生きているのか死んでいるのか分からないような無表情な生活が続いているると生も死も融合し不可解なものに解けてしまうということはある。僕の場合重い病気から回復した時はいつも何か美しい光のイメージに囲まれる傾向があるらしい。ちょうど雪解けの暖かい朝、輝く光に包まれてまぶしい水面を見た時のような幸福感と言ったら良いのだろうか。

Fig. 20　甲斐市団子新居に有る泉溜池で筆者撮影（2012年２月12日）

第21話　がらくた・工作人・遊び

肺炎から回復してから徐々に日常が戻り、日向町の官舎と新紺屋小学校との間の通学が始まったのだが、当時日本中の小学校は学制の未曾有の大改革で揺れ動いていた。戦前の初等・中等教育の学制は6年間の国民学校初等科はともかく、それに続く中等科は複雑を極め、4年間の中学校だけでなく2年間の国民学校高等科もあれば4年間の高等女学校もあるなど占領軍の批判を受けやすい制度となっていた。教育の機会均等や男女差別の撤廃という理念に加えて、学制の単純化を目指した六・三制がスタートしたのは昭和22年4月1日のことだった。義務教育は児童にとっては権利であり、国家、社会、家庭にとっては義務と規定されたのだから、理由を付けて実施を見送ることなど許されない。そこですぐに問題が生じてきた。焼け野原からの復興の途上にあった学校関係者は貧弱な設備の中でいかに最小限の教育を確保するかで四苦八苦することになったのである。特に新たに義務教育化された中学校は深刻だったという話を聞いたことが有る。

僕の通っていた新紺屋小学校でも2部授業と称する時間差授業や、近場の朝日小学校の教室を借りる間借り授業等が行われた。しかし、学校関係者の苦労は確かに有ったに違いないが、生徒側の僕等がどれだけそれを嫌な事として受け取ったかは定かではない。小学校2年生の僕等には学校教育そのものの重要度がそもそも低いのだ。教壇からの教師の声が届かなかったところで「それが何か？」みたいなことである。教師を馬鹿にするなどといった高度な感情ではなく、ボンボンを包むセロハン紙の透明で複雑な光の屈折の方が魅力的という程度の幼稚な感情に支配されていたと思えば良い。

学校以外の場での生活が重要であるとしても、言ってしまえばそれは総て遊びと感覚に結びつくことばかりである。例えば僕等の友達の1人が航空機の防風窓の欠片を持ってきたとする。それを板に強く当てて擦ると突然今まで嗅いだこともないような芳香が僕等の鼻をとらえる。そうするとその経験は波紋のように広がり、もう収拾がつかなくなる。どこかにそんな破片は落ちていないかの遊びが始まるというわけだ。僕等はまるで一匹の小さな野獣のようなものかもしれない。ただし、この小さな野獣は友人を傷つけることにも、ショート・カットでズルをしていい思いをしようとすることにも興味は無い。今まで押さえられてきた感覚を使って遊びとして楽しみたいと言ったら良いだろうか。

包装紙、新聞紙、空箱、木片、小石、道路、釘、水溜り、草、花……と、目に付くものは総て肥後の守というナイフ、ハサミ、木綿糸、御飯粒の餌食となって設計図なしの工作物やゲームの道具に変身してしまう。社会的な事件もまた〝ごっこ〟という演劇対象になってしまうので、遊び場が無いから遊べないなどという言い訳は僕等には無用なのだ。遊び場を提供するふりをして遊び場を指定しようとしたり、遊びが分からない子供達に遊び方を教えてやろうとする殊勝な心がけの大人達を僕等は本能的とも言える直感で用心してきたとも言える。まあ悪意は無いことを認めるにしても、それが遊びを腐敗させ遊びを弱いものにして衰退させることを知っていたのだろう。

でもこれらは今の言葉で定義するとアナログな遊びである。僕等の当時の言葉で表現するなら、手にふれることが出来る物を能力の限界で直接操作し、その結果を感覚で確認して操作しなければ思うような結果を生み出すことが出来ない世界だ。しかも教本が有るわけではないから怪我をしたり、痛い思いをするかもしれない。だが経験は常に物の強度や感触と切り離せないことが分かる。これが今では映像や音の仮想的なデジタル空間ですべては代行できるとの主張に押されて劣勢である。僕には身体の怠慢の上に築かれたこれら精神の圧制は、それをいかに最新の情報理論で美しく脚色して皿に盛り付けたとしても味

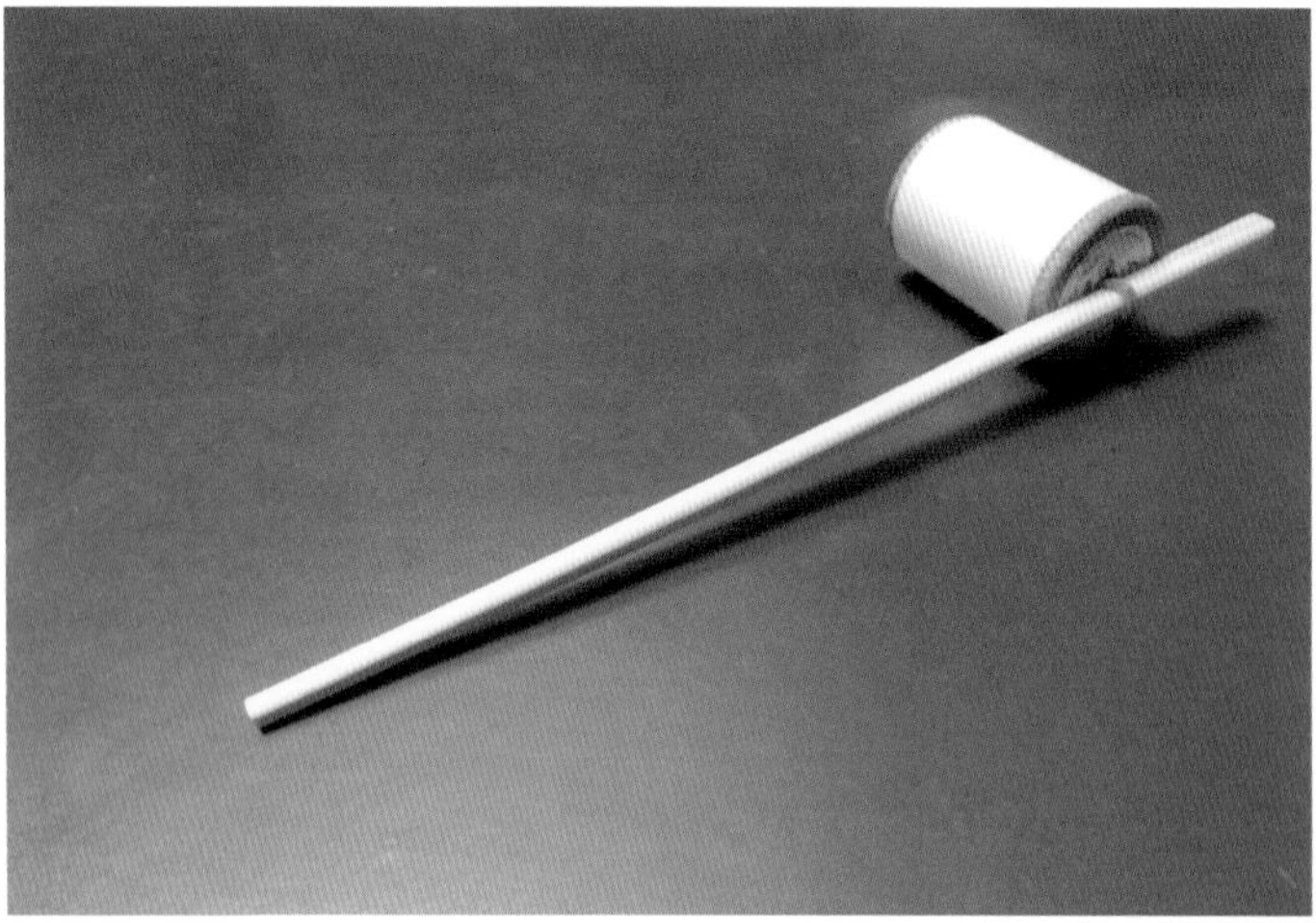

Fig. 21　糸巻き、爪楊枝、輪ゴム、割り箸で当時を再現した筆者自家製おもちゃの一例

の無い高分子ゲルの食えない食品見本にしか思えないのだが。

残念ながら当時僕等が遊んだ物や作り出したがらくたは一つも残ってはいない。参考写真は輪ゴムと糸巻きと割り箸であっと言う間に作れる〝糸巻き車〟で、駆動力は捻った輪ゴムの復元エネルギーだけである。これで何人とでもレースが可能だが輪ゴムの力が強すぎれば空回りして走れないので摩擦を考慮した工夫が必要となる。この類いの原始的手作りおもちゃは原理が外から見えるので、工夫を積み重ねれば改良の度に手ごたえを確認できる楽しさがある。しかし子供達の交流の場が学校、家庭、塾といった大人達の制御下にある点に収縮すると、こうした非商品素材による〝粗雑〟な遊びは消えていった。

第22話　初めての映画――シー・ホーク、いざ出航！

日向町での長屋生活で一番印象深かったことは何かと問われたなら、それは初めて町の映画館に出かけて観た映画だと答えたに違いない。昭和22年（１９４７年）といえばまだ敗戦から2年、空襲の傷跡が残る空腹の時代である。映画どころでは無いと普通なら考えるかもしれないが、実際は違う。今回登場する電気館というのは空襲で丸焼けとなって焼失した甲府館の跡地に、昭和20年12月29日再建された復興のさきがけとも言える映画館だった。今日明日の食事にも事欠く時代に於いても人々が求めるのは決して〝パンのみにあらず〟、生きる力を得たいという精神的な願望の方がむしろ切実に成るのだ。

父がこの電気館の招待状を数枚もらってきて、自分は仕事柄来館時間がとれないために僕にその出番が回って来た。小学2年生に映画を観て来いとは何とも大胆な父親だが、規則で縛るのは最小限にして自己責任に任すつもりだったか、仕事があまりに多忙で子供のことまで係ってはいられなかったかだったのだろう。僕も一人で行くのはもったいないので、同じ組の数人を誘って学校から歩いて30分以上かかる市内中心部の電気館に出かけた。映画館は駅の南側に位置する春日町という甲府の繁華街のど真ん中であるから、東西に走る中央線を越えることになる。日向町に駅入口としての北口が設置されたのは昭和35年（1960年）であるから駅構内を通って表玄関に出ることは出来ない。おそらく六三部隊に入隊した父の慰問の時と同様南に向かって緩やかに傾斜している朝日町を南下、朝日町ガード下を通って甲府駅を経由し橘町、錦町、春日町と歩いて行ったと考えられる。これらの町はいずれもこの先、僕の生活圏に登場して重要な意味を持つことになるのだが、この時はまだ町は復興期の端緒で僕同様少年時代の薄明の中にあった。電気館の看板とか入口とかどうだったのかと言うと、これが記憶に全く無いのである。ただ憶えているのは場内が真っ暗に近く、カタカタと映写機の回る音がする中を手探りで辿るように空席についたことである。切り替え時間をあらかじめ分かっていて到着したのではないから、話の途中から入場したのであろう。今と違って館内に留まり外に出なければ何回でも映画を鑑賞できた時代である。

映画の題名は『シー・ホーク』、１９４０年の白黒映画で日本語吹き替えなど無い時代だから字幕である。しかし、今になって不思議に思うのはこの戦前アメリカ・ワーナー・ブラザーズ制作の映画をなぜ戦後2年目の日本の田舎町で観ることができたのだろうか。ＧＨＱの占領下であるから、映画の配給・公開には何らかの占領政策との整合性が要求される。もちろん観る観客はそんなことは考えないが不思議と言えば不思議である。ともあれこんなことは考えても事実が見えてくることでは無いので映画の話に戻ることにしよう。話は16世紀末、無敵艦隊を擁するスペイン王国とイングランドのエリザベス一世女王配下の海賊船との確執をめぐる活劇で、もちろん僕等にこまかい筋書きなど分かるはずもない。定番のラブ・ロマンスなど論外といったところだが、女王周辺にはスペインに通ずる裏切り者がいて内部の動向が筒抜けになるところは重要な伏線なので一応分かった。ハンサムなエロール・フリン演じる配下の海賊船の船長が主役で、これが無法な海賊稼業が目的ではなく、海洋世界の覇者を目指すスペインに対抗すべく女王陛下にいろいろ進言しているらしい。結局彼等は陸路でスペイン軍を攻撃すべく新大陸アメリカに上陸するが、この場面に息を呑んだ。山刀で枝や蔦をなぎ倒しながら密林を進むのだが、なぜかその苦闘がリアリティーを持って僕の心を捉えた。突然出現した船長の一団によってスペイン軍は混乱するかに見えたが、すでに内通者からの情報が届いていて彼等は一網打尽になってしまう。その先は囚人として鎖に繋がれるガレー船の漕ぎ手だ。ここからが僕が最も感動した場面である。囚人達は一本の長い鎖によって連結しているのだが、これを休息時に密かに外して全員が自由に動けるようにしてしまう。看守が気付く間もなく、あっと言う間に船を乗っ取り、歌声と共に帆を上げてイギリスに向かう場面である。ガレー船の暗い船倉、鎖に繋がれ一塊の漕ぐ機械として鞭打たれる奴隷状態、そこから自らの反乱で鎖を切って解放を勝ち取る行為のまばゆいばかりの輝き、帆を高々と挙げ、風を孕んだ帆船が海に乗り出して行く場面で僕は心中何かが硬い殻を破って鼓動するような感覚を覚えた。「帆を挙げろ！　船出だ!!」と思ったのだろうか。

物語はイギリスに戻り内通者と船長の激しい一騎打ちとなる。ロウソ

Fig. 22　この映画のヒーローを演じたのはエロール・フリンだが、颯爽とした勇姿は僕等の高揚感とシンクロして強い残像を残したように思う。映画の一場面はⓌより。https// archive.org/detail/TheSeaHawkTrailer Author:film trailer screenshot (Warner Bros) Permission:american film trailer in the public domain

クの炎がゆれ、壁に映る影が躍る剣戟の傑作場面では皆が湧いた。結局イングランド艦隊が結成されスペイン艦隊を後のアルマダの海戦で撃破することになるのだが、この映画は明らかにヒトラー・ドイツと戦うイギリスを鼓舞する意味を持った作品だった。しかし、もう少し視野を広げて観るなら拘束からの自由という普遍的な主題が込められていて、GHQの意図がどこに有ったにしても敗戦の欠乏を乗り越えようとする僕等とも共鳴しあう何かが有ったと考えざるを得ない。

第23回　『黄金バット』登場 ―― ほろ苦い思い出

昭和22年11月末、父が警視として県警捜査第一課長に就任したことにより、日向町から市内錦町の官舎に転居することになった。日向町には一年少々居たことになるが、移転先が同じ市内だからクラス替え程度の感慨しか無かったように思う。この錦町は甲府駅の南側に位置する甲府の中心街の一つであるが、日向町との違いは擁する官庁の多さで、当時、市役所、郵便局、電話局、警察署、裁判所、保健所、県立病院、検察庁等が市電の軌道に沿ってずらりと並んでいた。僕が住んでいた官舎はこの市電が走る錦町通りと東西に交差する大道路沿いに有った。今は甲府警察署の敷地に全部吸収されて取り壊され何の敷地跡も残されていないが、「平和通り」を一つの目印とすれば辿ることは出来そうである。現在の地図で参照出来る平和通りと城東通りが交差する南東角に位置した筈だからである。ここには一時毎日新聞甲府支社があった。しかし、それより前のこととなると知りようが無い。空襲との関連で言えば町内217戸が焼失しているため被害の程度は日向町とは比較にならない。空襲の記憶を抱えた多くの子供達が通ったのが今度の転校先の春日小学校である。

この校舎は自宅より西側に歩いて5分ほどのところにあった。場所は明らかに春日町ではなく百石町である。これは地籍が春日町であったところからここに移転したためと聞く。木造校舎は古く粗末な印象だったが、運動場は広々としていて放課後も子供達であふれていた。担任は志村先生と言う年配の女性教師で、驕らず、昂ぶらず、誠実で、穏やかな印象から僕は初めて学校で勉強する気になった。当時の集団写真を見ると全員がかしこまった顔をしているのに僕だけが本当に嬉しそうに笑っている。とりたてて嬉しい事も思い当たらないから楽しさの安定の中で生きていたのだろう。

家からは繁華街のある春日通りまで歩いて10分程度だったろうか、その中心部には前回登場した電気館が有った。隣はセントラル館という映画館で、この他にも映画館はオリオン座、銀峰、松竹、日活、東宝、武蔵野館等多数がこの周辺にはひしめいていた。また同じ春日町には子供達の社交場となった松林軒の遊技場フロアや仲見世、それに春光堂、朗月堂、柳正堂等の書店もあり、楽器店、洋品店、靴屋と、駅北側の雰囲気とは全く違う騒然とした活気ある町であった。

さて、こうした雰囲気の町に囲まれてすぐに虜に成った永松健夫の劇画：『黄金バット』のことを次に書かないわけにはいかない。それまで僕は本屋の店頭で本を見たことがなかった。大体家には子供向けの本などは殆ど置いていなかったから、本屋で極彩色の絢爛たる本の表紙を見ただけで魅せられてしまったのだろう。これが子供向けの童話や絵本でないところが興味あるところである。後で大人になってからその当時の本を手にとって観たことがあるが、髑髏の仮面をつけた黄金バットのコスチュームは理解に苦しむようなゴシック調で悪趣味としか言いようがない。この何が子供の心を捉えたの

Fig. 23　甲府市立春日小学校３年生の同級生との記念写真。最後列左が受け持ちの志村先生。僕は後列右から４人目で１人嬉しそうである。よく見ると全体的に女子はにこやかなので僕が異常とは言えないだろう。

だろうか。

とにかく、春日町の春光堂書店で目にしてどうしても欲しくなって、母と押し問答になってしまったのである。家の家計については余裕が無いことは自分でも分かっていたつもりである。それでもこればかりは譲れないと思った。しつこく迫る僕に母のきつい叱責が飛んできたのは言うまでもない。外は生憎の雨だった。不条理に拒否されたような感情がこみ上げ裸足のまま外に飛び出すと無性に涙が出てきて止まらなくなってしまった。直ぐ出たところは市役所や郵便局に面した大通りだから好奇な視線が投げられた筈なのに、そんなことは僕の頭から飛んでしまっていた。きっと母も動転したと思う。何故なら僕は今まで一度も反抗したことのない超優等生だったからだ。傘もささずに母も後を追いかけてきた。雨の中でずぶ濡れになって一緒に泣く母子に、何事か、と通行人はずいぶん驚いたことだろう。その日帰宅した父と母が相談した結論は40円のこの第一巻「なぞの巻」を買ってあげるということだった。

第24話　危うい正義と活力

永松健夫（1912－1961年）による単行本『黄金バット』（明々社、後の少年画報社）(12)は子供達の心を捉えた戦後最初の大ヒット作となった。昭和22年11月発行であるが、実はこれには長い前史が有る。永松は戦前から街頭紙芝居作家として活躍していて、昭和5年、当時子供達に人気だった鈴木一郎原作のダーク・ヒーロー：「黒バット」を倒す黄金色のヒーローとして「黄金バット」を誕生させた。これを受けて紙芝居製作所で製作、街頭で上演されたのが新作紙芝居演目「黄金バット」であった。僕はこれを直接目にしたわけではないので子供達の熱狂を云々することはできないが、証言によれば驚異的だったという。しかし、戦争はこのほとんどを焼き払い少量の記録を遺して消滅させた。戦後はどうかというと、生き延びた永松の手によりこのキャラクターは不死身のように蘇った。紙芝居であるから道具、資財、口演の人員がなければ広まらないが、これを支えたのが復員兵や職を求める失業者達であった。そして何よりも貴重な小銭を握り締めて紙芝居に殺到した貧しい子供達のことを忘れてはいけないだろう。僕も錦町のとある広場で（たぶん甲府地方裁判所前だったと思うが確信はない）紙芝居を見たことがある。自転車に芝居道具一式を載せたおじさんが拍子木を叩くと、どこからともなく子供達が続々と集まってきてなにがしかのお金を払い、水飴のようなものを買うのだ。二本の棒に挟まれた飴はこねくりまわすと少し軟らかく薄っすらとした色に変わる。それを舐めながらおじさんの熱演と揺れ動く絵の中に入っていくともう物語の虜である。クライマックスになったところでこの続きはまた次回となるから、次回を期待しないものなど居るはずも無い巧妙な演出だったと記憶している。

単行本の『黄金バット』に戻ると、その特徴はそれまでの子供漫画の本流である滑稽さを強調したキャラクターから大きく逸脱し、子供達に向けて日常ではない物語を大人と子供の境界的登場人物で絵画的手法を使い展開するというものだった。話は荒唐無稽な科学の衣を被った幼稚なお伽話と言ってしまえばそれまでだが、どこかで史実や現実との接点を匂わせて、空想の翼で思い切り天空に羽ばたいたという見方もできる。それにしても悪の陰謀団：黒バット団の首領ナゾーは怪奇な黒ずくめで足をもがれて座布団3枚といういでたちで、正義の味方という事になっている黄金バットですら髑髏岩から誕生した出自を象徴しているのだろうか、顔は骸骨、天草四郎風のコスチュームで手には黄金杖という怪奇さである。今見ると正義も悪も相互に浸透し、紙一重の危うさの中でハルピンお光、お熊婆、ドブロクスキー博士など灰汁の強い悪キャラと、蛇王、ライオン風怪物朝日丸、少年まさる、少女かず子等……正邪入り乱れてのルール無視の活劇の連続である。この時代の雰囲気そのものであるかのようなエネルギーの渦にこそ昭和20年代の少年達は魅了されたのであろう。僕が特に注目したのは、巨大ロボットを描くときの永松の異常なまでの描線の力強さである。殆ど同時期山川惣治が絵物語『少年王者』(13)を登場させるのだが、ここでの精密な動的描線ともちがうし、また戦後の漫画史に革命を起こす手塚治虫の『新宝島』の滑らかで均等な輪郭線とも異なる。正義と言う実はあやふやな主張ではなく、悪魔的とも言える力、活力、エネルギーこそ『黄金バット』で永松健夫が描きたかったものではないかと思う。

Fig. 24　「黄金バット幻想」志田寿人、2019年。複合技法による僕自身の回想の視覚化。大急ぎで描いたので下手な作品だが、「怪タンク」の重量感だけは少し表現できたかもしれない。

第25話　『少年王者』――肉体の復権、科学、献身、愛情、冒険

昭和22年の年末というのは戦後の子供達の文化にとって画期的な時だった。一つは前述した『黄金バット』の第一弾が11月に世に送り出されたからだが、時をほぼ同じくして12月末には山川惣治による『少年王者』が出版されたことによる。『黄金バット』の時代考証も無視した支離滅裂な筋とちがい、こちらはアフリカのコンゴ地方の奥地で布教と医療活動に献身する牧村勇造夫妻の或る日のエピソードから始まる。偶然にも彼等はガン特効薬の原料発見に至るのだが、この画期的発見は難治の病へ救済を約束すると同時に世俗の欲望をも引き寄せてしまう。莫大な富の予感に吸引されるように悪徳業者が暗躍を開始し、一家や彼等の活動拠点としたポト村はばらばらに引き裂かれることになる。悲劇はそれで終わらず、彼等の最も大切な宝である息子：牧村真吾をライオンLがさらって行ってしまうのだ。ここで終わってしまっては物語が続かない。何が起こるかと言うと我が子を乱暴なゴリラのために失った母ゴリラのメラが幸運にも赤ちゃん真吾を発見、我が子と重ねてライオンLの魔手から救い出すことが起こるのである。これはキップリングの『ジャングル・ブック』とちょっと似た設定にもみえるのだが、現代科学のもたらす恩恵と欲望が絡み合う点でもっと手の込んだ物語となっている。それにキップリングのように〝白人の責務〟を叫んで、ことさら未開の有色人種の非文明を強調、帝国主義の国家的利己主義を合理化する意図は作者：山川惣治にはさらさら無い。

この物語では様々な愛情が時間の中でアラベスクのように巨大な模様を描いて行くという特徴がある。それは親子の何物にも換えがたい強い絆であったり、動物達を含む恩義・親愛を互いに抱く者達の裏切ることの無い友情であったりする。そしてこれは多くの読者が感じたことであるが、異性への優しい憧れさえもがこの織物の中には織り込まれていくという、従来の児童対象作品を越境しかねない過激さも含まれているのだ。この献身と愛情、科学に裏打ちされた熱血冒険物語を戦後まもない欠乏の中に生きる大方の子供達は手に汗握って熱狂的に歓迎したことは言うまでもない。山川氏は後に告白しているのだが、この作品のため他の総ての仕事を投げ打ち〝精魂こめて、一つ一つ構図を考え〟、打ち込んだ結

Fig. 25　『少年王者』ではアフリカの大地と野生動物達、それに過酷で美しい自然が背景を形成して前景の物語に不可欠の舞台となっている。Photo; PBF

果、第一集「おいたち編」だけで推定50万部の大ベスト・セラーとなったという。物語を語るということ、それが絵と共に語られる時、いかに熱烈な関心を呼ぶかの一例がここにあるのだが、実はこの方向は戦後日本の純粋芸術運動の方向とは真っ向から逆行するものであった。芸術のための芸術を背後の理念とすれば、商業主義の中での造形的緊張のないストーリー展開など論ずるに値しないとしても不思議ではない。しかし、戦後を破壊と解放という人間的物語の視点で捉えた一部の芸術家、例えば横尾忠則氏等はかつてこの作品への強い愛着を語っていたと記憶している。

第26話　大人達の〝俗悪〟子供雑誌批判——子供達の反乱

前回僕が紹介した『黄金バット』や『少年王者』などの嵐のような動きを、敗戦の現実の中で再出発を誓った児童文学者達はどのように受け止めたのだろうか。話は少々時間を巻き戻して戦前に飛ぶ。それを抜いては戦後の動向を理解できないからだ。

昭和17年2月11日、この日開かれた「日本少国民文化協会」の発足会では2000人の児童文化関係者が子供達の戦時翼賛体制への結集を誓いあった。2000人を結集するこの種の会はそれだけで驚きだと思うが、その目標が戦時体制への協力だというのも愕然とする。それでは敗戦を迎えて会はどうなったのかというと、自力解散することが出来ず、その存否は戦後の大勢のなかでしばらく浮遊することになった。しかし、GHQの判断は速やか、かつ徹底したもので、昭和20年10月に解散命令を下して会は消滅したのである。もちろん内部からの動きが無かったわけではない。関英雄が前年昭和20年9月より「赤い鳥」系、「プロレタリア児童文学」系、「童話文学」系の児童文学者を糾合し新団体結束を準備していたこともあり、その6カ月後の昭和21年3月17日には初代会長を小川未明にすえて坪田譲治、浜田広介等39名を発足メンバーとする「日本児童文学者協会」が発足することになった。今度のミッションは民主主義、芸術水準、社会的地位等の向上などに有ったのでGHQとの折り合いも悪くはなかったのだろう。しかし、この会には雑誌「少年倶楽部」を発表の場として来た大衆児童文学作家は除いたとされている。これは戦前の児童文学、文化の活力を支えた作家を排除することになる偏狭な方針のようにも見える。戦争に係った作家を排除することによって翼賛の過去を清算しようとしたのかもしれないが、翼賛の問題が排除と清算という単純な「正義」に還元できるのかどうか、文学の持つ特質からながめると全く別の世界が開けるような気もする。しかしこんな古めかしい話題を議論するのがこの話の目的ではない。児童文学のこれから云々というからには、それを受け止める子供とは何者かの理解が背景になくてはならないはずだ。僕の狭い経験から観ても戦争から解放された子供達のエネルギーは、身近にあるがらくたを使い、工作へ、遊びへと手当たりしだいの試行錯誤が始まっている。この認識が無いところで行われる高邁な大人達の自己批判などでは、現実の子供達の熱狂を受け止めることなど出来ないだろう。

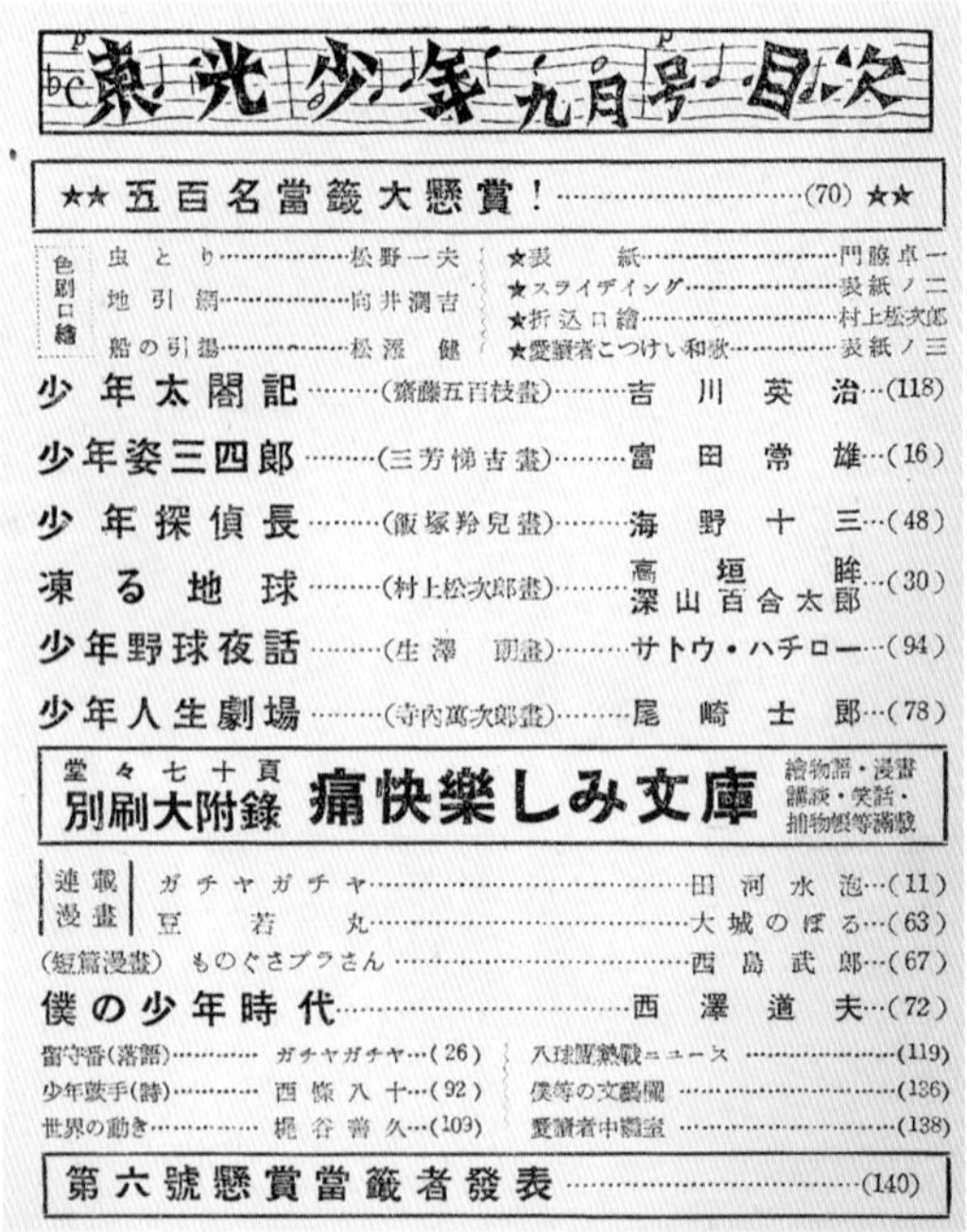

東光少年九月号目次

★★五百名當籤大懸賞！……(70)★★

色刷口繪
虫とり……松野一夫
地引網……向井潤吉
船の引揚……松添健

★表紙……門脇卓一
★スライディング……表紙ノ二
★折込口繪……村上松次郎
★愛讀者こつけい和歌……表紙ノ三

少年太閤記……(齋藤五百枝畫)……吉川英治…(118)
少年姿三四郎……(三芳悌吉畫)……富田常雄…(16)
少年探偵長……(飯塚羚兒畫)……海野十三…(48)
凍る地球……(村上松次郎畫)……高垣眸 深山百合太郎…(30)
少年野球夜話……(生澤朗畫)……サトウ・ハチロー…(94)
少年人生劇場……(寺内萬次郎畫)……尾崎士郎…(78)

堂々七十頁 別刷大附錄 痛快樂しみ文庫 繪物語・漫畫 講談・笑話・捕物帳等滿載

連載漫畫
ガチヤガチヤ……田河水泡…(11)
豆若丸……大城のぼる…(63)
(短篇漫畫) ものぐさブラさん……西島武郎…(67)
僕の少年時代……西澤道夫…(72)

留守番(落語)……ガチヤガチヤ…(26)
少年歌手(詩)……西條八十…(92)
世界の動き……梶谷壽久…(103)
入球聯熱戰ニュース……(119)
僕等の文藝欄……(136)
愛讀者中繼室……(138)

第六號懸賞當籤者發表……(140)

Fig. 26　「東光少年」（東光出版社）が創刊されたのは「冒険活劇文庫」（明々社）と同じく昭和23年であるが、戦後少年雑誌の中では両者の性格は大きく異なっていた。僕自身はこの両誌を購読していたが、小説中心の「東光少年」に興味を持つ級友には出会ったことがない。一方の冒活の方は「少年画報」と名称が変わっても人気が衰えることはなく、その後発刊が相次いだ「おもしろブック」や「冒険王」等とも覇を競いあった。理由は28話で触れるが、戦前からの小説分野の大家に依存することなく、むしろ新興の絵物語、マンガという形式に対応した新しい描手を積極的に評価していったからだと思う。画像は「東光少年」昭和24年９月号の目次だが、この雑誌は昭和26年３月号で廃刊となってしまった。

ここに、ある興味深い記録がある。戦後の絶対的紙不足の中でも敗戦と時を同じくして「良心的児童雑誌」が多数刊行されたという。敗戦と同じ年の10月には「幼年倶楽部」（講談社）が復刊、翌21年4月には「赤とんぼ」（実業之日本社）、「子供の広場」（新世界社）が創刊、同年10月「銀河」（新潮社）が創刊等、創・復刊が相次ぎ21年末には100誌を超える数となって一種の児童文学雑誌ブームが起こったことが分かる。一見するとこれらのことは、子供達の活字への渇望が潮流となって児童文学の新しい興隆を支えたのではないかと思いたくなるかもしれない。しかし、事実は逆である。僕の経験の中にもそれを示すようなものは一切無い。有ったのは破壊を免れた戦前の良質な文学書の残照だけで、これは子供向けというよりは全世代向けのものをたまたま僕が見てしまったということである。そして、僕等が心の底から共鳴し、感動したのはそうした児童文学者が眉をひそめるような『黄金バット』であり『少年王者』だった。

紙の供給の優遇措置を受けたにもかかわらず、創刊・復刊された「良心的児童雑誌」は次々と廃刊し、その総てが昭和26年までには廃刊したというのが歴史的事実である。それらを駆逐する勢いで真っ先に登場したのが前述した『黄金バット』や『少年王者』であり、さらに進んでは〝赤本〟と総称された漫画本から誕生した手塚治虫等による漫画を中心にした新興児童雑誌群であった。またこの中の一角には子供向けの科学雑誌も登場したり、大人向けの探偵小説、冒険譚、怪奇文学との境界的ジャンルも登場するなど活況を呈するようになる。これを低俗大衆子供読物と拒絶し、慨嘆する大人達をしり目に圧倒的多数の子供達は熱狂しこの流れを支持したのである。これは戦前・戦後を通じて初めて起こった子供達の自己主張であり、もっと過激な言葉を使うなら文化の占有に対する子供文化の反乱ととらえることもできると思う。

第27話　下町中心街周辺にて ―― 自宅という子供社交場

錦町という町名は昭和39年に消えてしまった町名であるが、町の歴史が、甲府城郭内に有った武家屋敷の敷地と堀の埋め立てにあったため、その堀の名残が濁川の一部として残ることとなった。名前のとおり当時濁った水が官舎の前を流れていたが、今は完全な暗渠となってどこを走っているのかも外からは確認できない。大雨になるとこのドブ川の水かさが増し、上流から箱に入れて捨てられた子猫が流されてきたことがある。朝の通学時間、子供達が見下ろす中で父が崖を下りて救出に向かったが、ドブ川の臭いと雨、それに恐慌状態の子猫とさすがに閉口したことを覚えている。幸い猫は助かったが、「口の利けない動物達はこちらが分かって上げないといけない」が父の口癖だったから見捨てることは出来なかったのだろう。

官舎は木造2階建ての粗末な家だったが、2階は仕切りがなく広かった。そのためか分からないが、なんとなく近所の級友が男子女子に関係無く集まってくるようになった。そこで学校

Fig, 27a　橘児童公園から見た濁川。その先は暗渠で見えない。

Fig. 27b　橋には濁川の表示が。2018年10月筆者撮影

の課題として出された話をもとに創作紙芝居を仕上げたこともある。水鉄砲で入り乱れて水の掛け合いをしたり、その反対に皆黙って雑誌や本に夢中になったりと、さながら私設の子供社交場という感じであった。遊びに来た理由の中には2階の広さだけではなく、僕がひんぱんに買っていた「冒険活劇文庫」(後の「少年画報」)、「東光少年」等の雑誌に魅せられたということもあったのかもしれない。僕は親に買ってもらった本だけでなく、自分で選んだ単行本や時におもちゃをも買っていたのだが、これは〝蓄財〟のこつを覚えたからである。大げさに〝蓄財〟と言ったけれどなんのことはない、買物の使い走りをしてはその度に釣銭からお駄賃をもらい、せっせと貯め込んだ結果にすぎないのだが。その〝私設図書〟を読みたいという級友とは一緒に2階で読んだり、別の雑誌を持っている友達とは貸し借りをしたりした。こうすると後に発刊された「冒険王」とか「おもしろブック」も読めるようになるからである。もちろん借りた本を期日に返さないことなどしたらそれで二人の友人関係は終わりと言う厳格な了解事項があるのは言うまでもない。

こうして何人もの友人ができて、その友達からいろいろな事を教えてもらった。養豚を家でしているので残飯を集めに行くという友人と一緒に〝赤線〟街を通った時、性質の悪い「キツネ」というあだ名の女がいるので振り向かないよう注意されたことがある。「だれが?」と言う間もなく腕をつかまれた。その手を振り切って見ると後ろで和服を着流した女性達が皆で笑っていた。その友人は田村君と言う名の穏やかな性格の男の子だったが、彼は何事も無かったように平然と歩いていた。すごいな〜、怖くないのかな〜と感心してしまったことを憶えている。仲良くしていた友人の多くとは卒業後一度も会うことなく何十年もの時が流れてしまった。中には悲しい事件も有るのだが、とりわけショックを受けたのは将来外交官になると夢を語っていた青柳君が赤痢で亡くなってしまったことである。夏休みを挟んでの事で、なぜ僕に誰も彼の病気のことを教えてくれなかったのか恨めしく思ったものである。

第28話　言語で物語ること

昭和23年（1948年）12月に東

Fig. 27c　甲府市発行『甲府物語』より(11)。撮影は昭和27年で、その頃僕はここからは転居している。画面ほぼ正面に見えるのが当時の自宅で西側に濁川が見える。位置関係から左手前が市役所になる筈である。

光出版社から「東光少年」という200ページもの分厚い雑誌が創刊された。この月刊誌を毎月購読することになるのだが、同年創刊された明々社の「冒険活劇文庫」、学童社の「漫画少年」とも違ってこれは読物中心の雑誌だった。残念ながら手元には一冊しか無いのだが、亡くなられた評論家の草森紳一がこの雑誌を手元に保存しておられて、具体的特徴をふまえた優れた分析を行っている（『別冊太陽　子どもの昭和史』144－150頁、平凡社(14)）。それを参照していると消えかかっていた記憶が潜像の現像のように蘇ってきて点と点とを繋ぐことが出来る。

「敗戦後、日本の文化はすべてにわたって著しく低下したが、それでも山野に実る柿の実や野葡萄と、月々町の書店に出る少年雑誌とは諸君の生涯のうちの、もっとも美しい時代を淋しくはしないであろう」これは「東光少年」の創刊号の裏表紙に載った作家・吉川英治の檄文である。一日一日と数えて待った販売日、その日を待ち焦がれる僕らの焦燥を見透かしたような一文としか言いようがない。草森によると本の定価は90円で、カレーライスが50円、映画が40円として計算すると今の価値では3000円以上になるという。この本の定期購読を許した母にはおそらく母なりの計算が有ったのだろう。

「東光少年」の連載読物の執筆陣には吉川英治、尾崎士郎、高垣眸、大仏次郎に加えて戦前からSF小説の草分け的存在であった海野十三が「少年探偵長」の連載を開始していた(15)。海野の他の作品もそうだが、この作品には科学的な啓蒙の持つ光というよりは独特の都会的闇の深淵に読者を引き込むところがあって、その余韻が長く続いたことを覚えている。主人公の少年の一人：春木少年が闇の山林で瀕死の老人に遭遇する。その老人から手渡されるのが老人の球形の義眼という出だしである。サーチ・ライトで地上を探索しながら機銃を乱射するヘリコプター（これは現在のハリウッド映画では常套手段であるが）、それは完全自動化された山岳の秘密基地に収まる。これに比すと『バットマン』の隠れ家などは子供だましのようである。巨体の頭目：四馬剣尺は仲間内の狡猾な机博士がしかけた巨大なX線投影装置のなかで正体が暴かれる。長身は見せ掛けでチャイナ服に潜むのは義足の小男とか、ストーリー展開の巧妙さに引きずられ、いつのまにか話の中の子供達に気持ちが吸収されてしまうから面白い。挿絵は飯塚玲児であるが文字通りの挿絵で話の付けたし程度である。

海野によるこの物語では、他の場合もそうであるが言語による展開がなされることは有ってもそれ以外の媒体は必要としない。この点が絵を中心に展開される絵物語とは形式上、絵の比重が全く違うのである。物語・挿絵の関係であっても江戸川乱歩と竹中英太郎のそれでは内部世界で両者が渾然一体となっているが、この場合でも物語の展開には絵は必須ではないだろう。だとすれば物語の展開には絵は必要では無いとも言える。絵による展開を優先させた絵物語は逆に一枚の絵の重みを軽くすることによって、絵でも、またそれによる制約がかかった物語の面でも、両面に於いて中途半端になる恐れを抱えた形式だったとも考えられる。

海野の作品が公開された頃、同じ「東光少年」創刊号（昭和23年12月）に高垣眸と深山百合太郎の共著で「凍る地球」(16)の連載が始まった。この深山百合太郎とは元海軍大佐・浅野卯一郎のペンネームであることが分かっているので、科学面での討論を浅野と行うなかで高垣が物語を完成させたと思われる。1965年、執筆時からすれば20年程先の未来ということになるが、話は米国ピッツバーグ郊外の第16原子力発電所の暴走、大爆発から始まる。といっても東日本大震災時の福島原発事故のように、大津波という想定不可能とは言えない自然災害への予防策や緊急時対応の不手際を指摘する物語ではない。その災害の原因はもっと大きな惑星システムの平衡点からの逸脱、つまり太陽活動の異常昂進による想像外のガンマ線、中性子バーストが地球防御機構を突破し

Fig. 28　「少年探偵長」ではヘリコプターが象徴的な悪の兵器として登場するが何故だろうか。画像は筆者による合成イメージ

てしまうことから起こる。当然これは1基の原子力発電所の爆発に止まらず、巨大な爆発と太陽活動の相乗効果で地球全体が熱的安定に向かって激変する黙示録的物語の開始である。この話をこれ以上追うことは止めるが、読んでいて思ったのはマンガや絵物語では決して語ることができない広大な世界があるということだった。言い換えれば言語による展開の圧倒的力に屈服させられたと言ったらよいだろうか。こうして絵物語に傾斜していた僕の関心はもう一度言語による物語の方向に傾くかに見えた。

第29話　一枚の絵ではどこまで？

28話の結論は物語る上での言語の優位性ということであった。絵物語が絵画と言語の双方から見て中途半端にならざるをえない宿命を背負った形式であるとしたのはある程度納得できる。僕の絵を見る目や言語で物語る力が時とともに成長していったと仮定すれば、あながちそれは出鱈目な見解ではないだろう。しかし作品を人間の心底からの表現とみるなら、それが芸術として成り立っていようといまいと搾り出すような片言が人の心を打つ場合もあるのだ。〝ああ〟という一言が世界を動かすことも、あるいは深い青藍の一色が硬く閉ざした心を開かせることさえあるかもしれない。

〝万事に心つながれて、
無為にすごした青春よ、
心やさしいばっかりに、
もう生活というものがない。
ああ！　時よ、来い、人の心の酔う時よ。〃

A・ランボオ「一番高い塔の歌」粟津則雄訳『ランボオ全作品集』(17)より

だから話を分かりやすく、簡単にまとめるのは止めた方がいいのかもしれないとも思う。僕はこれから芸術の話をしようとしているのではなく、一枚の挿絵のことを話そうとしている。なぜ芸術の話ではないとことわるのかというと、ある絵の話を始めようとした時「それは挿絵みたいなものでしょ」と議論を拒否されたことが何度もあるからだ。大抵そう言う拒否は自称芸術家のものだから、芸術的根拠と矜持で門前払いの習慣を身に付けているのだろう。だからこれは芸術の話ではなく、当時小学生だった僕の、ある挿絵についての感想である。

昭和25年、「冒険活劇文庫」に長編時代活劇と銘打った「阿修羅天狗」が連載された(18)。野沢純作で、この挿絵を描いたのが伊藤彦造である。緻密なペン画で人物の躍動する姿に、表面を突き破って湧き上がる人物の精神的内面を表現する力量には圧倒された。何度見ても見飽きないのである。主人公の覆面剣士だけでなく、着物を着流した女性にしても少年向けを完全に凌駕したあでやかさで、それが何を意味するのかは分からなくても人物間の緊張は伝わってくる。作者は意識していないと思うが、もはや挿絵は物語の束縛を振り切って独自の展開の中を生きようとしているのではないかと思ってしまう。緻密なペンさばきでは同時期の椛島勝一も負けてはいないが、現実の物量の表現に極限をめざす執念は激しいにしても、その現実を超えようとする伊藤の方向性とは異なっている。

当時の僕は絵画世界の世界的潮流に完全に無知であったが、後の理解から振り返れば伊藤のそれは明らかにロマン派のそれである。敗北したロマン派は絶対的静寂に沈積するが、その静寂は均衡のなかに終わらない場合もある。伊藤彦造は日本画家の橋本関雪に師事した経歴を持つが、僕には日本画と洋画との峻別よりは共通の精神史から日本画を眺めたほうが面白い眺望が開けると思う。

ロマン派的傾向ではこの時期活躍したもう1人の挿

Fig. 29a　伊藤彦造による「阿修羅天狗」の一場面。©Hikozō Itō & 伊藤布三子

絵画家に池田かずおが居る。「冒活」や初期「少年画報」を開けば必ず池田の挿絵は載っているから、当時は僕等の内で良く知られていたはずだ。しかし、小松崎茂のように精巧で動的な機械描写を駆使して未来志向的な世界を眼前に視覚化し、少年達を熱狂させるという作家ではなかった。池田の作品は必ずしもペン画ではないが、面白いと思ったのはその主題で、日本国内でも平安時代の古典文学から、多様な時代の、多様な世界を舞台にした物語など広範囲に及んでいたことである。しかも伊藤と違い男性的視点からだけでなく女性的感性の作品も多い。人間感情の振幅が静寂への沈積から大きく躍動する瞬間を捉えた池田かずおの作品は、この時代の人間像としては無視できない重要性を秘めていたと僕は思うが、少数意見かもしれない。

Fig. 29b　昭和26年「少年画報」掲載、山中峰太郎作「東の大帝」の池田かずおによる挿絵(14)©池田かずお＆池田裕

第30話　戦後マンガ隆盛の哲学

手塚治虫が主要部分を担当したマンガ：『新宝島』（育英出版）[19]が最初に登場したのは昭和22年1月30日のことである。長さは200ページもあり、絵が動いているとも形容されたテンポの速い軽快な作画の展開は当時の少年達に衝撃を与えたといわれている。衝撃を受けたのは一般の少年達だけではない。後に漫画家となった藤子不二雄、石ノ森章太郎、ちばてつや、望月三起也、楳図かずお、中沢啓治、つげ義春などきりが無いのだが、注目すべきは小松左京、横尾忠則等異分野で活躍することになる人々にも強い印象を与えたことである。しかし、僕自身は一応読んではいるのだが、不思議なことにあまり記憶の中には残っていない。微かな記憶をたどってみると、当時の僕の印象は場面展開に軽快さはあるものの物語の深みに欠けると思ったふしがある。

手塚作品との本当の出会いは何年か後に出版されたSF3部作（47話で後述）の頃からで、『黄金バット』や『少年王者』とは比較にならないほどその影響は深刻だった。その中の『メトロポリス』（育英出版）の発行は昭和24年9月であるが、絵物語を代表する山川惣治の「少年王者」が「おもしろブック」に連載されたのも昭和24年9月からで手塚と山川の成熟した作品の登場はほぼ同時期ということになる。だが両者とその作品スタイルの盛衰はこの時期を境に真反対の方向に動き出すことになる。手塚の方は昭和25年11月の「漫画少年」連載の「ジャングル大帝」を皮切りに手塚ストーリー・マンガの雑誌連載席捲とも言うべき現象が起こるのだが、「少年王者」の方は連載そのものは昭和32年末まで続くものの少年達の心はストーリー・マンガに向いて絵物語の落日は明らかと成ってしまうのだ。

しかし、一枚の絵としても、また緻密な言語の積み重ねにおいても絵物語や少年小説には敵わないように見えるマンガが、なぜ少年雑誌の王者として君臨できたのだろうか。実は僕が副次的と思っていた『新宝島』のテンポの速い場面展開こそマンガの優位性の中核に有る特性なのだ。大胆な省略と単純化した描線は特性を発揮するための必須の形式となる。これにさらに付け加えるなら、コマ割りの自由度の拡大がある。これらをすばやく自在に使いこなすことは殆どアニメの手法と重なるだろう。

一方で手塚は主題についても、子供の生活感に限定されない時代の重要関心事に果敢に挑戦した。周囲がそれを許さないと見て取っても、表面的な発言はともかく一貫して頑強にそれを主張し続けたと僕は考えている。マンガという形式に依存する限り、その受け手である子供達の熱狂を見て不安になった周囲の親や教育関係者は、何とかして手塚を〝明るく正しく良い子〟の救世主にしようとした。この話はいずれこの先登場させるつもりだが、風紀委員のようなこの多少不愉快な動きが文明の衣を被った野蛮な行為であることが示されるだろう。

これとは別に人間の思考の深化という立場から、マンガのせわしなく動く展開手法に危機感

Fig. 30a,b
a：『新宝島』の一場面。本の枠を飛び出して、一緒に冒険の旅に乗り出していくような躍動感にあふれている。
b：初版本の書影。©Tezuka Productions/Shichima Sakai

を抱く人々がいることも確かだ。僕の中にも思考という行為が静寂と深く係っているのではないかという疑いがある。いや思考でなくとも手の技に集中する時、別のことに気をとられていたらろくな仕上がりを期待できないだろうと思ったりする。しかし、そういった大きなことを少しばかり考えてもしかたがないだろうからここでは止めにしよう。

第31話　僕には見えなかった子供達のグループ抗争

4年生になって僕の生活圏はますます拡大してきた。家から歩いて10分もかからない春日町には本屋の春光堂があったが、その辺一帯を探検するとすぐに仲見世屋という玩具屋を発見することが出来た。ブリキ玩具やメンコ、独楽、けん玉、駄菓子が所狭しと並べられていたので、当然そこは子供達の人気スポットとなってしまう。ここ一帯は同級生達の密集地だから一緒に登下校するような仲の友達も新たに生まれて来た。錦町での小学校生活はこうして平穏な日々を重ねるかに思えた。

ところが平穏というものは常に破れるためにあるのかと思わせるようなことが突然やってきた。或る日、理由も無く突然一緒に下校していた同級生達がしらんぷりをしたり、口をきかなくなったのである。今の言葉で言えば〝しかと〟ということに当たるのだろうか。しばらく僕なりに話しかけたりの努力を試みたが一向に改善しない。そこで僕の出した結論は理由も分からないのに、自分から和解をお願いすることは止めるということであった。別に遊んでもらわなくても家に帰ればいくらでも楽しいことはある。むしろ理不尽な軋轢を考える消耗の方が疲れると思ったに違いない。

しかし、今度は別の問題が校内で起こった。それを誰が何のためにしているのかも分からなかったのだが、何度か靴を盗まれたり、傘を盗まれるようになった。突然誰か分からない形で下腹をなぐられたりすることも起こった。朝礼の後の駆け足行進中、だれかに突き転ばされ、倒れた頭を下駄で蹴られたため、しばらく失神して起き上がれなかったこともある。もちろんこうしたことが絶えず起こるようならストレスだが、学校に登校すれば親しい親しくないに関係なく休み時間にドッジ・ボールや陣取り遊びをすることが出来る。授業など聞いていれば理解できるから学校はまあ楽しい場所ではあった。

先生はどうして登場しないのかというと、訴えてどうなるものでもないというのが僕の評価であった。誤解されては困るのだが受け持ちの先生は気に入っていた。その判断とは別に、たぶん先生には解決できないだろうとの予想が有ったのだろう。なぜかというと、一度授業中こんなことが有った。先生が黒板に向かった隙に前の座席の級友の誰かが振り向きざまにぼくに向かって〝アッカンベー〟をした。もちろん僕も許せないで〝ベ〜〟を返したところで運悪く先生と目が合ってしまった。とがめた先生は僕を前に呼び出して、いきなり授業をそっちのけで説教を始めた。こらえていた悔しさで涙が止まらず、困った先生は僕を席に戻したのだが良い先生だと思っていたので悔しさが倍加したに違いない。一般に教壇の先生には細かい事情は見えないものなのだ。

踏んだり蹴ったりとはこのことで、しばらくして新調したばかりの靴が下駄箱に無いということが起こった。裸足で通学するわけにはいかないので靴を盗まれたと家に帰って報告したら、日頃怒ったことの無い父がめずらしく頭に血が上って「取り返して来い！」のけんまくである。取り返すといってもどこに有るかも分からないのだからやりようがない。悔しいのでこの際しばらく父とは口をきかないことにした。

しかし、僕だけがいやな思いをしていたわけではない。同様のことが起こっていても僕に見えなかっただけかもしれないのだ。それにこうした直接的な不当行為だけでなく、僕の目に入ってきたやりきれない場面は一杯ある。雨の日、傘が無い同級生は普通に居たりした。

こういった不愉快な出来事とは関係が無いが、別の奇妙な出来事を目撃したこともある。それが小学校何年生の時かは決められないのだが、事の性格上もう少し進級してからではないかと思うのだがはっきりはしない。この件も前後の脈絡無く突然起こった。或る日、級友の誰かが舞鶴公園の広場で面白いことが有るみたいだから皆急いで集まるようにと騒ぎ出した。放課後になると一斉に皆が走り出して、小学生の僕等が町を駆け抜ける異様な事が始まったのだ。僕が到着した時には、すでに数十人の小学生が取っ組み合いの喧嘩の最中である。それに加わる理由も無いし誰も誘わないので遠くから眺めていると、しばらくして誰かが「決闘だ！」と叫んだ。一方はX君が親分で他方はY君が親分らしく円形に取り囲まれた中心で二人の殴り合いが始まった。やんややんやの喝采がかなり盛り上がった頃、一人の大人が通りかかって「坊達いいかげんにしろよ」と注意してそのまま行ってしまった。この一言でこの滑稽な騒ぎは一気に白けて、決闘ごっこは解散となった。

戦後の子供達が平和で楽しかっただけというのはもちろん完全な神話である。ただ不幸だけというのも嘘で、どんな状況の中に在っても生きる気力だけは旺盛だったと思う。

第32話　屋台と最初のコーヒー

僕等の世代だとコーヒーとの出会いは独立の飲み物として生活に入り込むよりは、喫茶

Fig. 31　現在の舞鶴公園入口。遊亀橋を歩いて渡ると広場になっている。当時はそこに噴水が有ったと思う。2018年筆者撮影

店文化と連動する形でいつのまにか傍らにはべるようになったのではないかと思う。インスタント・コーヒーが出回るようになると朝食の定番の一つとして定着するのだが、これは戦後数年よりはずっと後のことである。西田佐知子の歌で1960年代一躍有名になった曲に「コーヒー・ルンバ」がある。確か傷心の若者にアラブの坊様が琥珀色のしびれるような香りの飲物を教えてあげるという出だしだったと記憶している。コーヒーとの最初の遭遇は確かに若者にとってはちっぽけな事件とは言いがたいものがある。ましてや味覚の豊穣さをほとんど奪い取られた僕等の少年時代に、もしコーヒーと出会うことが起こったとしたら、それは衝撃と言う言葉がふさわしいぐらいの事件と成りえたのではないだろうか。しかし、公式にはコーヒーの輸入が開始されたのは敗戦から5年も経過した昭和25年（1950年）からということになっている。だとすれば、4年生の僕には無縁のものだったはずだ。ところが小学4年生の僕にはコーヒーとの出会いの記憶が有って今に至るまでその謎を上手くとけないでいる。

場所は常磐町の通りに夜になるとどこからともなく現れて来たとある屋台である。利夫叔父（父方の兄弟の末弟）が或る日の夕方、僕に面白い飲み物を飲ませてあげるから一緒に出かけよう、なあーに一丁も先のところですぐ帰れるよと誘ってくれた。僕も好奇心一杯だから二つ返事で出かけると、そこは中央銀行を通り過ぎたところにある僕が良く知った映画館・松竹館、銀峰館前の大通り沿いだった。屋台といっても粗末な感じで屋根は一応有るものの中に柱はなく、大人達が肩を寄せ合って酒を飲んでいるみたいだった。僕もサイダーをもらってしばらくしたら出てきたのが〝琥珀色〟の熱い液体である。「どうだ？」と利夫叔父が聴いてきたのだが返答に困った。なんとも形容できない不思議な味と香りで、強烈な感覚に圧倒されたのだろう、ちょっと無口になってしまった。後にも先にもこんなに美味しいコーヒーを飲んだのはこれっきりだったと思う。それにしてもこのコーヒーはどこからやって来たのだろうか。進駐軍の放出品がめぐりめぐってという筋道も考えたのだが、根拠があるわけではない。

昭和24年の東京に目を移すと、そこでは既存の商店とは違う多数の出店が営業を開始していた。食料や仕事を求める人々の需要に従来の店が応えることができなかった隙間に、それらの動きはぴったりと収まったのである。統制経済の法的規制を潜り抜ける流通ルートに依存することからそれらは闇市と呼ばれたが、切実な必要が背景にあるから警察も黙認せざるを得ない。その一つの典型が東京上野の〝アメ横〟であった。これは上野―新橋間の国鉄高架下に出来た800軒以上の新しい出店の内、上野区域のものを称した名称である。店自体は鉄道弘済会が格安の使用料で貸し出したもので、その中には診療所やラジオ工場まで有ったという。それでは〝アメ横〟で扱ったものの中にコーヒーは含まれていたのかだが、最初の店の取り扱い物資の記録はおそらく調べても出てこないだろう。僕の直感では生存に必須の食料と比べて必要度が低いコーヒーであるが、思い出の中に繰り込まれた場合の切実度は決して低いとは言えない気がする。

Fig. 32a　甲府日活の看板が見えるがこの奥に銀峰館や松竹館も有った(11)。

Fig. 32b　これは甲府駅前の屋台の写真だが、僕の入ったのはもう少し小屋風だった(11)。

第33話　あばら家の中の箏曲「6段の調」

回想録で一番難しい話題の一つが母親の思い出である。それにはバランスを失わせる熱狂が秘められているのだ。熱に浮かされたかのように我が子の成長のため献身的に働く母性への尊敬、それを他の日常と同列に置くことはできないという強いこだわりがそうさせるのだろう。しかし、病気のような非日常的な緊急時はともかく日頃の印象となると小学生の僕から見た母は、喉の感染に何時も痛みつけられ持病の偏頭痛で頭を抱えてうずくまっているイメージが強い。中牧村（今の牧丘町）の農家出身と言っても武家の娘、養蚕業で稼いだ資金は惜しげもなく娘の教育につぎ込まれたと聞く。そんな母の誇りと自己確認の道具が琴の演奏であり、華道であり、後年力を入れた和歌であった。特に琴は嫁入り道具として持参したせいもあり、歌舞音曲をはばかることなく楽しめるようになった戦後に

Fig. 33a　山梨高女卒業記念写真の母（下段左）

は粗末な木造家屋の中でも箏曲のいくつかを耳にするようになった。
　琴は共鳴胴の表面に張られた弦を琴爪ではじいて音をだすのだが、この胴材は見かけの重厚さとは裏腹に桐材が使われている。しかし母に聞いたところでは単調な正目ではなく複雑な文様の方が評価が高いとのことである。音質面でそのことが影響しないのか気になるのだが、弦が発する竜眼部分より前の竜額には絹布が貼られているので音

Fig. 33b（左） 琴表板のことを櫓と呼ぶが、その緩やかな湾曲や厚みが琴に物理的強度を与えているのであろう。これに竜背と呼ばれる裏板を張りつけているのであるが、竜の身体になぞらえた名称は他にも有って、例えば琴の弾き手右側は竜頭、左側は竜尾、弦の発する穴は竜眼等と呼ばれる。写真は竜尾部分で、弦は表層で終わらず、槽を回り込んで背に到る。

33c（右） 弦が発する竜眼より前の竜頭部分には絹が張られているが、この音響的な意味は僕には不明である。ただ装飾的にはこれが有ると無いとでは周囲の印象は違ってくるように思う。

響的合理性を極限まで追求した姿をイメージするのは見当違いかもしれない。この琴（音階調整のための駒があるので厳密には楽器としては箏というべきであるが）の曲目として母が頻繁に弾いていたのが「6段の調」と「みだれ（10段の調）」である。特に6段の出だしで始まる5、3、1／2弦のテーントンシャンの調べは荘重、典雅と形容するしかないような曲想で、僕の脳裏に消しがたい響きを刻み続けて来た。2015年の夏に母を看取ったあと手向けとして母に贈りたいと企画したのが箏曲「6段の調」だったが、このような粗末な企画に賛同してくれる箏演奏家など当然居るはずも無く企画のみで終わってしまった。残念だとは思うが、僕としては母の演奏する「6段の調」以上のものはなく、これで良かったのかも知れないとの念もある。

第34話　ガリ版刷り華道テキストブック

ガリ版印刷といっても今はそれを知る人は皆無に近いかもしれない。パソコンとそれに接続したプリンターがあれば、テキストだけでなく画像も印刷所並みの品質で何枚も打ち出せる時代である。しかし、昭和20年代となると全く事情は違う。画像を含む原稿を印刷しようとすると印刷会社に入稿し、校正を経て何日か後、手元に届くという手順は今も同じであるが、高価な印刷代を支払うことは当時勤労者の家庭では無理な相談であった。

そこで登場したのがガリ版印刷である。これはパラフィン等で処理した薄紙（原紙）を鉄のヤスリ板の上に載せて鉄筆でガリガリと掻くように描いていくと、これが孔版となることを使う簡便な印刷技術である。刷り段階では、簡単な木枠の印刷装置に原紙をセットして、ローラーで油性インクを押し付けて行けばワラ半紙に転写できるというわけである。

母は「日本古流」という華道流派の看板を掲げて弟子をとり教えていたのだが、このための教材は手製のガリ版印刷で準備する必要が有ったのだろう。手元に筆跡も生々しいテキストの何枚かが残されている。その出だしには以下のような華道哲学が述べられているので引用してみよう。

「華道はもとより芸術であって宗教ではありませんが人間の情操が養う美の宗教であります。生花を為にこの道に精進していますと不知不識の内に審美的情操が養い培われて参ります。生花を学ぶにつきましては先ず基本花型を習得致しましてこれを基礎とし参考と致しまして其の草木の色彩格度長短あらゆる創意応用を加え各々の天文個性を立派に表現するものであります。……」

この哲学はもとより完全な母の創意によるものというよりは日本古流の教示を元に文章化したと考えられるのだが、その共鳴の行方がいかにも母らしい高揚感に支えられていて華道の本道にひとを誘うかのような趣が感じられる。

調べたところでは日本古流の開祖・角田一忠は明治33年、当初「甲新山古流」として本流を

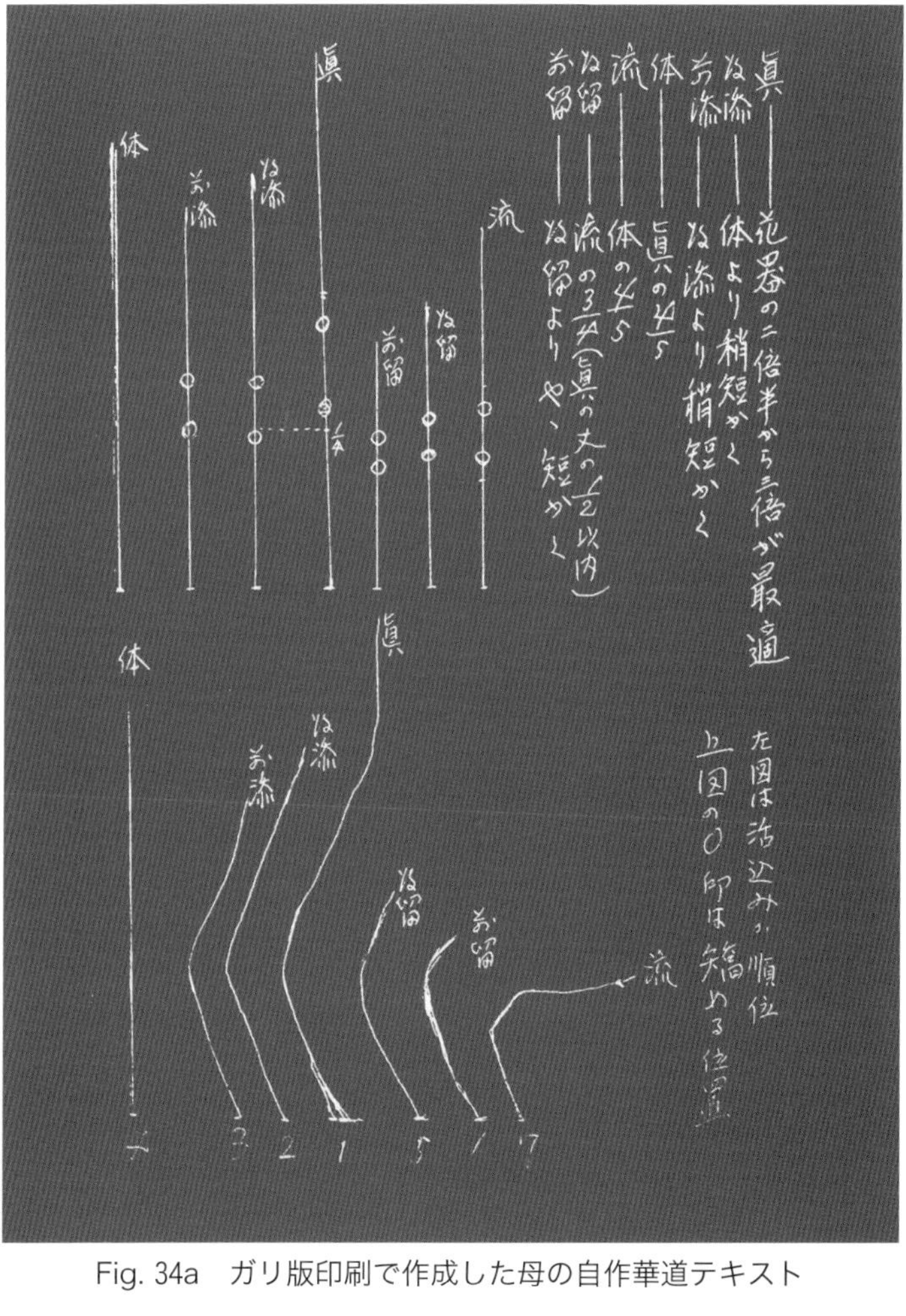

Fig. 34a　ガリ版印刷で作成した母の自作華道テキスト

Fig. 34b　日本古流、志田一美の看板

創設したのだが、これは国内流転の探求のなかで俳人芭蕉の友人：山口素堂の残した甲斐古流に連なる言葉から悟るところが有って、この甲斐古流の再興に意味をこめてくだんの「甲新山古流」を創流したという。もともと山口素堂の実家は甲府の魚町で、一世家元の角田一忠が華道の本質を探究しようとするなかで何かに魅かれるように甲府にたどりついたのは必然とも言えるものであったろう。日本古流への改称は大正3年で母が誕生したのはそれから2年後の大正5年5月のことだった。それからどのようにして母が華道教授の資格を得たのかはまったく聴く機会もないまま終わってしまった。今は母の残していった古ぼけた看板が手元にあるだけである。

第35話　果樹園の田舎町 —— 石和へ

昭和25年（1950年）3月7日、父が県警捜査課長を退任、新しい赴任先が石和警察署長になったのに伴い一家は甲府の隣接する石和町に引っ越すことになった。小学4年生の終わりの春休みなので、錦町時代は丸3年とサーカスのような移動生活が多い中では比較的長い在住であった。僕にとって引っ越しが多いことの最大の不都合は大切な宝物である雑誌とか本、玩具の類がすべて処分されて手元に残らないことである。その時の移動も例外ではなく、ほとんどの宝は捨てられてしまった。しかし他方では、新しい環境への期待も有って移動先への新規な興味が総てを押し流してしまったことも確かである。

さて、石和町はどんなところかというと今と違って温泉はまだ湧いていなかったため、のどかな果樹園に囲まれた小さな田舎町というのが第一印象だった。事実、石和町は笛吹川が川筋を変更するほどの大氾濫によって甚大な被害を及ぼしてきた平野地の利点を生かし、旧河川敷を中心に果樹栽培を盛んに行い町を発展させてきた。勤勉、不屈の伝統は町の産業別就労人口にも反映され、昭和35年のデータでは第1次産業が２５７１人、それに対して第２次、第３次産業がそれぞれ１０６３人、１７１７人となっている。昭和36年、町に突然大事件が起こった。温泉掘削の場から大量の温泉が噴出し周辺の田畑が即席の露天風呂となる騒ぎが起こったのである。これを契機として町は大規模な温泉街開発を開始し、短期間の内に県下最大の歓楽温泉郷が出現することになる。当然これは地域の産業構造を一変させ、第３次産業人口を激増させることになるのだが、僕が転入したのはその10年程前で、大きな温泉旅館も無ければ、歓楽街など無い、一見平穏な果樹栽培を中心的生業とする田舎町であった。

果樹園に囲まれた小学校の名称がどうなっているのかは確定できないのだが、位置的に考えると今の市立石和南小学校がそれで、ここに5年生の一学期から転校・入学することになったと考えられる。と言っても入学までは春休みなので、空地で遊んでいる子供達の集団のところに自分から出向いて行き、そこで相撲の仲間に入れてもらったりして仲良くなった。特に其の中の一人伊藤君（綴りは？）には後に沢山のことを教えてもらうことになる。先日記憶を辿っ

Fig. 35a　門前の川に架かる橋を渡って自宅に出入りする様式の家がこの一帯には多い。当時の自宅も同じであった。2018年11月筆者撮影

Fig. 35b　石和の小川には鯉がよく見られる。2018年11月筆者撮影

て自宅跡を探索したが、その時道路に面した三角屋を掲げる中華そば屋のご主人にこの話をしたところ、自分もそこで遊んだことがあると聴いた時はびっくりした。川沿いには今も新築された笛吹警察署長の官舎があって記憶にぴったり収まる。

家の前には幅2mほどの堀川が流れていて、道路からはそこに架かった橋を渡って家に入るのである。こうした造りは一帯のそこかしこに見られるので、石和の特徴かもしれない。甲府市中心部を流れる濁川の汚れた川面ばかり目にしていた僕には、この川の透明な美しさは別世界であった。其の中を列をなしてオイカワ達が上流へと泳いでいく。強い日差しを反射して研ぎ澄まされたナイフのようにキラッキラッと銀鱗が光る。その魚影に魅せられて、飽きもせずじっと水流に目を凝らす日常が始まったのである。

第36話　〝いじめ〟という子供達の集団暴行

石和小学校での5年生の新学期が始まった。身近に清流が流れ、親切な伊藤君という友達もできた。学校もまた甲府とは違う良さが有るのだろうという期待を胸に小学校に出向いたのだが、しょっぱなからそれは裏切られた。学校生活のあらゆる場面で、かつて経験したことも無いほどの陰湿で執拗な同級生による〝いじめ〟が待っていたからだ。

とにかく朝礼で立っていることも歩くこともまともに出来ないのである。足を踏まれたり髪の毛を引っ張られたり、理由も無く ひやかしや悪口が飛んで来る。〝ばか、かば、チンドン屋、おまえの母ちゃんでべそ〟の類いの悪口でたいした工夫も無いのだから無視すれば良いのだが、大勢からやられると蚊の群れの中にいるようで耐えられない。しかたが無いのでその中の一人を標的に絶対目をそらさないようにしてにらみ付けると、その子だけは苦笑いをして後ろに隠れてしまった。でも相手は人海戦術で、代わりが登場してまた新しい闘争の始まりである。極めつけは便所掃除の時で、これは僕が標的ではなかったのだが、誰かが数人の集団の輪の中に入れられて、殴る蹴るの暴行で痛めつけられているのだ。暗い便所の中で、周囲

Fig. 36　僕が住んでいた官舎の周囲は、70年前と変わらず美しい風景が広がっていた。果樹園や手入れの良い庭園、そしてなによりも美しい小川が懐かしい。2018年11月、筆者撮影

の誰一人として注意する者はいない。しかも無言というこの陰惨な儀式の輪の中で、いつか自分もとことんなぶり者にされるのかと思うとぞっとしてきた。

こうした毎日が続いたところで僕の中で重大決意が固まった。帰宅した父に事情を話し、元の甲府の春日小学校に戻りたいと告げたのである。こうした時の父の決断は早く、もう翌日には学校に出向いて担任と話を付けてきた。「自分が気付かないで申し訳無かった」と先生が謝っていたぞとも聞いたのだが、僕の感想はあの先生ならそう言うだろうなとの想定内で、特別の感慨はわかなかった。授業にも熱心で、新しい「実験授業」に燃えて体罰も振るわない良い先生だとは思っていたが、生徒の生々しい実態の外に居て頼むに足らずというのが最終的な僕の評価だった。

振り返ってみると春日小学校でも嫌がらせは何回も有ったことは書いてきている。ただそれらは今回経験したような〝いじめ〟と同じでは無い。公然と校内で集団の暴力が少数の子供に振るわれるならそれは〝いじめ〟であり、児童の犯罪の一種だろう。執拗ということも異次元のレベルで、この中で勉学することは不可能だ。場所的にも時間的にも自己を自己として保てる空間が確保できないからである。考えるということには静謐ではないにしても、自己に向けられる攻撃から精神の連続性を保つことができる障壁が無くてはならない。騒音下でも考えることはできる。物理的障壁ではなくとも、絶えざる外部からの撹乱を内部の自己が遮断できるからである。しかし、例えば絶えず即答を強制しその応答に対して罵声が飛ぶような環境に長時間耐えられる精神は、子供だろうと大人だろうとどこにもないだろう。

第37話　電車通学 ― 石和駅での捕物劇

春日小学校5年生のクラスに朝出席すると、「皆が顔見知りの志田君だから紹介は止めにして、志田君から何か一言」と、先生がいきなり挨拶を振って来た。まさか石和で居られなくなった等と本当のことをしゃべるわけにも行かないし、かと言って僕を慕って仲良くしてくれた河野君とか剣持君とかともう一度遊びたかったからと言ったら他の皆は気を悪くするだろうし、困ったなーと思っているところで僕の口から考えもしない言葉が飛び出してきた。「春日が恋しかったからです」。この一言でクラスの皆が大笑いを始めて止まらない。先生まで悪乗りして「恋しかったそうです」は無いと思ったのだが、まあいいや、喜んでいるのだからと席に着いた。

こうして無事古巣の春日小学校にも受け入れられて毎日の通学が始まった。転校の手続きは父がしたので分からないのだが、通学には中央線各駅停車を使う電車通学である。面白いことにこの電車で杉田さんと長島さんという二人の女生徒と乗り合わせて知り合いとなった。もの静かな二人で、僕と同じような事情が有ったのかどうかは不明だが、この当時から小学生の通学が有ったということは確かである。不思議なことだが自分の姉や二人の妹がどうしたかは全く憶えていない。この後もずっとそうで、姉妹の動向が事件でも起こらないかぎり視野に入ってこないのである。

乗った車両については詳しくないうえ記憶もあやふやで断言できないが、2両編成ぐらいの地味な色の電車だったと思う。この電車の中で有る日とんでもない捕物騒ぎに遭遇した。真昼の石和駅で起こったことなので通学の途中の出来事ではなかったのだろう。石和に停車中の電車に大きな荷物をかついだ数人の男女が乗り込んで来た。どこか粗暴な感じのグループで近づかないようにしていると、突然怒鳴りながら一斉に全員が通

Fig. 37　４年生か５年生の時かは断言できないが春日小学校の記念写真の一枚である。セピア色に褪せて画像は風前の灯だったのだが、レタッチ・ソフトで処理したらかなり鮮明になった。最前列左側で肩を組んでいる３人組の真ん中が僕で向かって右が剣持君、左が河野君である。他の皆が記念写真ぽい雰囲気なのに僕等だけが仲良しを演出していてよほど気が合ったのだろう。担任の先生は最後尾で颯爽と若い金丸先生である。

路を走り抜けて逃げ出した。その後を何人かの男達が追いかけて僕の目の前で仲間の一人が捕まった。「これが初めて、初めてですからお願い、勘弁して下さいよ」と弁解すると捕まえた方の男が「初めてだと⁉　肩を見せろ。ほら肩のところが擦り切れている」と笑った。捕まった男は反論できずに無言で曳かれて行った。どうやら闇米のかつぎ屋グループの現行犯逮捕劇だったようである。証拠を挙げて犯罪者を黙らせる手法はなかなか見事だなとその時感心したことを憶えている。

第38話　「サンサシオン」、オイカワを追って小川を遡る日々

A・ランボーが1870年、16歳の時の作品に「Sensation」（サンサシオン、感覚）がある。栗津則雄訳の出だしを引用してみよう。

〝青い夏の夕暮れには、小道伝いに、
麦に刺されて細い草を踏みに行こう。
夢みながら、その爽やかさを足元に覚え、
吹く風にあらわな頭をなぶらせよう。〟(17)

石和時代は〝いじめ〟、転校と苦しいことは有ったものの、一言で言えば幸福な時だった。学校生活という意味ではもちろん無いが、長坂時代同様、周辺での体験の充実感が尋常で無いと言ったらよいのだろうか。長坂時代の形而上的とも言える深淵の体験ではなく、今度は肉体の感覚に結びついた思考停止の一体感である。先に引用した「感覚」の世界としか表現しようがないので文頭で引用してしまった。

家の前に水流の綺麗な小川が流れていたことは前に書いた。この川がどの程度生活用水と分離されていたのかは分からないが、高度成長前の町では汚染水の流入は限られていた可能性が高い。適度の浅瀬に水草が揺らぐ中を、魚達が列をなし泳いでいく。周辺の男の子達がこの川に無関心で居られるはずがない。但し、この遊びに加わるためにはある技量が必須で、ガイド役の先生がいないと、この世界を理解することは出来ない。その先生役になってくれたのが同じ地域の小学生‥伊藤君だった。

夏の或る日曜日の午後、僕等二人は流れが緩やかな川下から魚影を追って川を遡って行った。ひんやりした水の感触が足を洗い、辺りはさらさら流れる水の音しか聴こえない。僕の手には手網が握られているが、伊藤君は手ぶらである。ここぞという場所に来るとバシャバシャと流れを掻き回す。魚達は驚いて石や草陰に隠れるので、水が澄んだところでそっと石に近づき素手や手網を使って魚を捕まえるというわけである。「ほらシロッパヤ！」。伊藤君の手の中には銀色に輝く魚が跳ねていた。僕も真似したのだがどうしても上手くいかない。「貸してみな」

Fig. 38　「銀鱗を追う夏」志田寿人、1962年ver. 1、2018年改修、鉛筆、水性ペン、筆

と僕の手網を持って「初心者はこうするんだ」と言いながら下流に網を置いてガサガサと足で草群を網の方向にかきまわしていった。その方法だと何回かに一回ぐらいは魚が網に入る。バケツの水の中で泳ぐ魚を見ていると綺麗で飽きることがない。「そこそこ！　あれがアカッパヤ」。見ると虹のように縞を持った魚がすばやく逃げていく。午後の日差しがだいぶ傾いたころ僕等は捕った魚を川に逃がして家路につくことになる。祭りの後はどうしていつも寂しいのだろうかと思う。伊藤君に聞いたことは無いが、それは長い影のせいだろうか。それとも流れる水の音を聞きすぎたせいだろうか。後で調べたところではオイカワのことを地方によってはハヤと言うようである。あの綺麗な虹の縞はこのオイカワの雄の婚姻色だったのだろう。

第39話　石和最後の夏

石和から昭和25年10月10日に引っ越したのでこの地は僅か半年程度の在住ということになる。春と夏も一度限り、強烈な印象だった川遊びも一夏の祭りで終わってしまった。父のこれからの行く先は南甲府警察署の創設の任のため最初の着任地は甲府の西：竜王だが、いずれ甲府市太田町に居を移すということだった。

この短い期間の印象は時間が奇妙なまでに引き延ばされて、振り返ると何年も居たように思えてしかたがない。一日の時間感覚はある種の規則的リズムを感知して流れているように思えるのだが、振り返るとその間の変化の大きさ、というか感覚的印象の深さで間隔が伸びたり縮んだりしてしまうのだ。結局僕等は時間そのものは捉えられないので、時計によって、カレンダーとか新聞・ラジオの日付とかによってそれを分かったつもりでいるという方が本当っぽい。外部からの情報が入らない暗い部屋に閉じ込められても、睡眠のサイクルはやってくるから時が過ぎて行くのは分かるかもしれない。でも長さを測れるのは生きている実感を感じ取れる点の存在しかない。同じ顔をした毎日は同じ日で、同じ顔の1分はそのままの変化の無い1分ということになる。不思議なのは石和時代に長坂のような劇的事件が有ったわけではないのに、何故半年程度が何年にも感じられるのだろうか。有ったのはむしろ平凡な日常の繰り返しである。とすれば、それを受け止める僕の側に、その日常の一片が平凡を越えた意味を毎日毎日違った言葉で語っていたということだろうか。

夏も終わりの頃、以前とは違って早く帰宅するようになった父は気楽な和服に着替えて夕暮れの縁側で煙草をよくふかしていた。庭には小さな池の有る庭園があり、僕も一緒に傍らに座って風も吹かない静かな池の水面を眺めていた。水の中では赤い一匹の琉金がのんびりと泳いでいるのが見える。暗くなった縁側の父の顔はシルエットだけなのだが、周期的に煙草の灯が赤く光り、其の中でぼんやりと顔が浮かんでは消えるのが分かる。蚊取り線香の一筋の煙が夕もやの中に消えて、蚊の羽音も今は聞こえない。父がここに居て僕が傍らに居る、そのことに何故こんなにも安らぐのだろうか。

突然夕食に呼ぶ母の声に僕はわれに帰る。と、もうそこに父の姿は無く僕のとりとめもない瞑想も終わりになった。大体僕はぼんやり考えるとも無く居ることが好きである。見ているものは何でも良いのだが、それは前を流れる水面だったり、5月の風に揺れるカシワの葉だったりする。風呂焚きで燃える炎である時もある。木の焦げる臭いと共にパチパチとはじける炎は、どこか儚い命のようで物語るものが多く飽きることがない。後にドイツの大哲学者：ハイデガーは動物の特徴は〝ぼんやり〟していることだと喝破したと言うのだが。とすると僕はある瞬間動物になっていたのだろうか。

洪水に襲われてきた石和だけに、少しばかり大雨が降りつづくとすぐに小川の水が周囲にあふれだした。その水溜まりの中には見たこともない小さな魚が暴れていたりする。伊藤君が言うにはドイツ鯉の稚魚だという。どこかの養殖所から流されてきたのだろうか。養殖で思いだすのは、父と近くの甲運亭下を流れる川でウナギを捕まえたことだ。手網に入ったウナギは気持ちが悪くてその場で捨ててしまった。甲運亭はうなぎ料理で有名だったから、そこの生簀から逃げ出したのかもしれない。その甲運亭も今では姿を消してしまった。伊藤君から教えてもらったことは他にもある。魚獲りの方法に〝瓶ぶせ〟という獲りかたがあるのだが邪道だそうだ。稚魚も含めて一網打尽にする方法だから、鳥を獲る霞網の類いだろうか。その時の僕には資源保護の知識が全く欠けていたが、それでも沢山獲ればいいというものでは無いということは、おぼろげながら見えて来たように思う。

Fig. 39　大学教養部時代に思い出を描いたペン画：「風呂焚きと少年」
1962年の原画が失われているので2018年に再描した。

第40話　竜王へ――通勤・通学地獄

石和から引っ越した竜王というのは甲府市に近い5大字（竜王、竜王新町、篠原、富竹新田、万才）を抱える竜王村のことである。昭和25年（１９５０年）当時は東に緩やかな登美の坂を望む農村という印象で有ったが、中央線竜王駅の乗降客は昭和30年には年間32万人以上に達していることからも甲府市の経済圏に一部入っていたと思われる。この竜王のどの辺りに自宅が有ったのかは、駅から田園地帯を歩いて15分程度の所から通学したという記憶から南側に１㎞程の半円内を推定することは出来る。また、現在の竜王地区のように住宅地がびっしりと埋め尽くすといった光景はなく、庭からは登美の坂を経由して甲府方面までが一望できたこともヒントになるかもしれない。しかし記憶はここまでである。

今回は半年先の甲府市転居が決まっていたので、転校手続きをすることなく汽車で春日小学校に通学した。しかし、この通学が石和の場合と違って有る意味命懸けだった。これは大げさな言い方をしているのではなく、本当に危機一髪の事件が起こったからである。

通学友達も居ないので単独で竜王駅から通勤の汽車に乗り込んだのだが、客車は古びた車体で、その車両連結部に幌が無く線路側に客が押し出されても保護するものが何もないという恐ろしい構造になっていた。この両端の乗降デッキに向かって黒山の通勤客が我勝ちに押し寄せるのだから堪ったものではない。踏み潰されないようにするのが精一杯で気がつくと幌もとれたデッキから線路に向けて押し出されたことが有る。かろうじて鉄の手すりに掴まっていたが、それでも僕より2倍も体重が有りそうな大人が押してきて荒川の鉄橋を渡るときはもうだめかと観念した。「おじさん、落ちるから押さないで！」と叫んでも「おじさんもどうにもならないから」の一点張りである。それでもなんとか堪えて甲府駅に着いた時には精根尽きてしまった。〃大人の癖に人殺し野郎が〃と思ったのだが、彼としては本当にどうにもならなかったのだろうと許すことにした。それでも死ぬのは嫌だから父と相談しないわけにはいかない。話を聞いた父もさぞや驚いたことだろう。父の方は甲府に勤務地が有って毎日送迎してもらっている。しかたがない、事情が

Fig. 40　明治36年建設以来戦後も継続使用されてきた竜王駅。現在は2008年供用開始の新駅舎に全面改築されている(20)。

事情だからこの公用車に分乗させるか、ということになった。その車は黒いフォードで空気取り入れ口が特徴的なことから検索にかけたところ、近いモデルはリンカーンのブランドで販売されたゼファー（?）のように見えた。しかし、もしそうなら国産自動車はトヨタSFが昭和26年登場だから、どのような経緯からフォードが公用車として使われていたのかが分からなくなってしまう。とにかく古い車で、エンジンの起動はセル・モータで上手くいかない時はクランク・シャフトを外から回さないとかからない。最初右手でゆっくり回し、タイミングを計って力一杯回すとエンジンが始動する。下手なやりかたでは反動で腕をやられてしまうから危険はある。だから白い排気と共にエンジンがかかるとその度に歓声が上がった。吸気もオートチョークではなく気温が低い時はチョークを一杯に引いてかなり走行、エンジンが温まったところでチョークを指で戻す方式だった。舗装もしてない砂利道をガタガタ飛ばして行くとエンジンが温まってくる、その頃合いでチョーク・ボタンを少しずつ戻すのが面白くてじっと観察していたことが忘れられない。

第41話　和紙・竹ヒゴ・糸・空

竜王村の西には信玄堤という独特の河川制御論に依拠した堤防がある。これは戦国の雄・武田信玄が釜無川の氾濫を抑えるため興した大規模土木工事に由来し、「竜王御川除」と当初は称されていたという。釜無川は甲府盆地西に沿って南下する大きな河川で、晴れて穏やかな日などはとても氾濫する気配など感じられない。ところが記録を辿ると暴れ川といっていいほど頻繁に洪水を起こす原因になっていたことが分かる。その治水の最重要箇所がここ竜王で、信玄のとった策が、釜無川に合流する御勅川を〝将棋頭〟と呼ぶ石組で流を分け、勢いを殺いだ後、釜無川合流点で水流を頑丈な石積みと櫛の歯のような〝霞堤〟とで迎え討つという巧妙な策であった。この治水工事とそれを維持管理する政策の結果、竜王でも甲府盆地の他の地区同様農地開発がすすんだという歴史がある。

僕の家の北側も開けた田畑が広がり、緩やかな坂からは甲府盆地方面が一望できた。冬は作付けが未だのため、広場のようなこの場所に出ると大空が誘っているように見える。季節風は冷たいが長坂のような厳しさはなく、庭にある井戸からの水は温水のようだから冷え切った指もすぐに回復出来る。というわけで自作の凧で遊んだことは憶えているのだが、その凧の制作をどこで学んだのかが全く記憶に無い。凧揚げは正月遊びの定番だから、どこかの時点で親が買ってきたのかもしれないし、当時の少年雑誌は盛んに付録をつけていたから、この中に入っていた可能性もある。ともあれ竹ヒゴと和紙さえ手に入れれば木綿糸と糊で仕上げることは簡単に出来る。ただしここで使った竹ヒゴは模型飛行機で使うような断面が丸いものではなく平べったい形だったから、竹を割って自分で削ったのかもしれない。凧の原理についても横揺れを抑えるための湾曲度調節や、左右2本の長い足、さらには揚力を得るための角度調節が必要ということは分かっていたので他の知恵を借りるまでもなかった。

冬の或る風の吹く日、長い木綿糸を用意して空に凧を放った。形は平凡な長方形で表面には何も描いていない白地の和紙である。凧が不安定になった時はすばやく糸を緩めて、安定を確保すればみるみる上空に舞い上がっていく。冬の青い天空を泳ぐ姿はまるで水を得た魚のように美しいと思った。誰と一緒に遊ぶわけではないので、考えてみればこれは孤独な遊びではある。しかし大空を舞うトンビの悠々たる滑空を眺めるような孤独感とは違う。それは自由な鳥に投影した自己の不自由さを観るのだから、そこには嘆きが必ず生まれることになる。しかし、凧の場合、操作は僕の手中に握られている。だから僕は空を飛ぶ凧と同化して、リアリティーには欠けるが僕自身が空を飛ぶ感覚を得ることが出来るのだ。

ここから模型飛行機の方向に進むには、ほんの一歩踏み出すだけでいい。そして実際それは始まった。不思議なことにこの時期、甲府の各地で子供達の模型飛行機熱が沸き起こって来るのである。と言ってもこの模型飛行機はエンジンを搭載したものではない。ゴム動力の極めてシンプルな構造の手造り玩具で、まさに戦後の申し子のような代物であった。登場の背景を成している要因はいくらでも挙げられる。戦後の多様な活動の駆動力の背後には大なり小なり科学が隠されていることを考えればいい。例えば子供達の熱狂的支持を受けて登場した『少年王者』はアフリカの密林を舞台にした物語ではあるが、それは決して反文明の冒険物語ではない。その発端となった事件を思い出して頂きたい（第25話）。アフリカで布教・医療奉仕活動に献身していた牧村博士夫妻の前に偶然のことから降臨した〝緑の石〟‥その薬効が最新の科学の力で発見された時、総ての物語が動き出すのではなかったか。手塚治虫の『ジャングル大帝』の場合それは巨大なエネルギー源となるムーンライト・ストーンを求めての物語に変わる。同時期の手塚ＳＦ３部作の登場によって科学は〝背景〟から〝前景〟に躍り出る。戦後、子供達が何の思想もなく幼稚な冒険幻想に酔っていたと思うのは間違いだと思う。

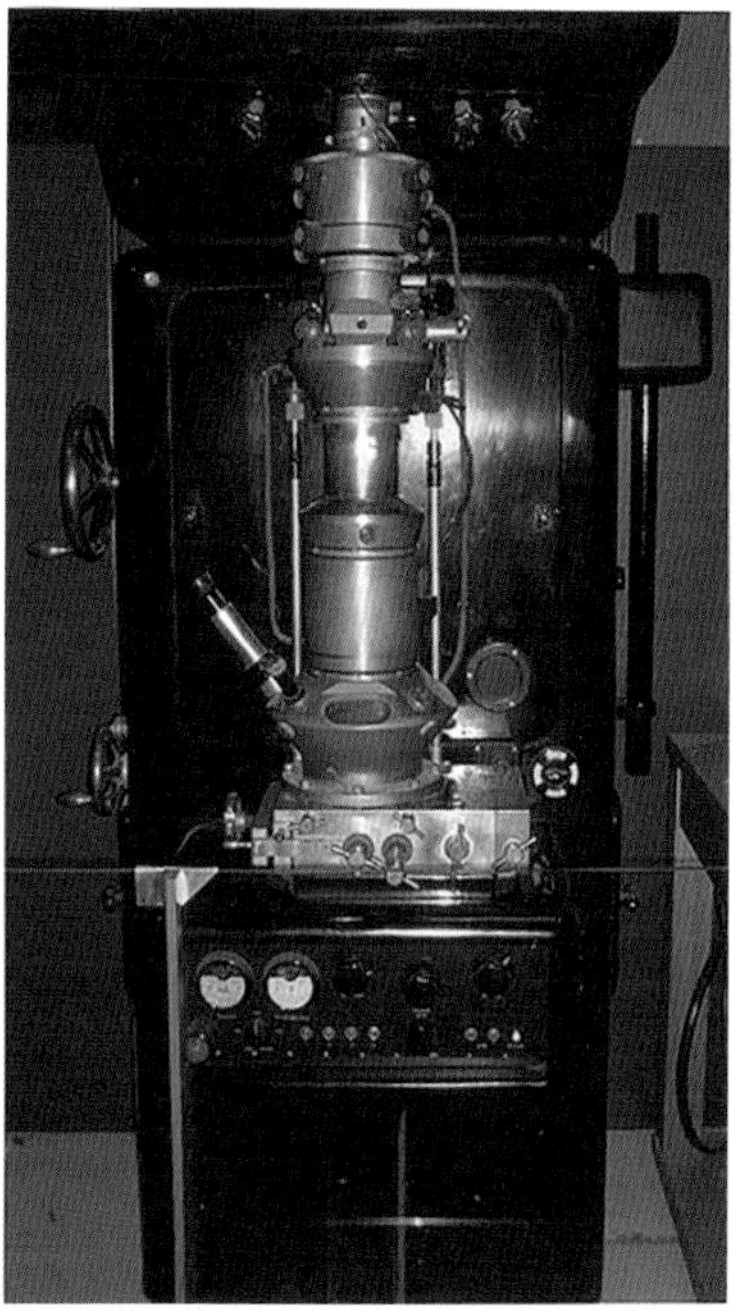

Fig. 41
マックス・クノールとエルンスト・ルスカが1931年に開発した透過型電子顕微鏡（TEM）Ⓦ｛GFDL｝より。現在のTEMと基本的な設計は変わっていない。『少年王者』第一集おいたち編で、牧村が送った“緑の石”を研究する米国R研究所の室内には電子顕微鏡が登場している。R研というのはロックフェラー研究所のもじりであろう。1947年、『少年王者』の構想の中に山川惣治は野口英世の伝説的な医学医療への献身の物語を織り込んでいたのだろうか。

第42話　国策と模型飛行機

模型飛行機が戦後一時期占領軍による「模型飛行機禁止令」によって禁止されていたことをご存知だろうか。実際は実飛行機開発と結びつくような模型飛行機制作が禁止されたのであって、子供達が楽しむことを禁止するなどあり得ないことだった。このＧＨＱの意向に対して過剰反応したのには、戦前日本の教育界が推し進めた国策としての模型飛行機運動の記憶が影響した可能性がある。

戦前、国家主導で学校教育の場等を借りて航空機への国家動員を視野に入れた模型飛行機教育を行った国がドイツ、日本、それに旧ソ連だった。特に戦前のドイツでは模型飛行機の制作だけでなく飛行原理などが正規の教育科目として学校で教育され、その関連の活動はヒトラー・ユーゲントのような少年団活動にまで波及したという。これを手本としたのが「大日本帝国」日本で、文部省主導により小中学校の学科の中に模型飛行機が取り入れられて１０００万台近くの模型飛行機を学童が制作するような一大ブームが生まれることになる。一方で、空を鳥のように自由に飛行してみたいという憧れが人々の中に根強くあることを考えると、このような憧れを露骨な国家的意図で組織化するというのは邪道で、創意を育てるどころか発想を硬直化するものと批判したくもなる。

面白いのは楽しみを主体とした「草の根」的運動が戦前の米国には有って、今日の模型飛行機団体と同じような性格を有する協会が活動していた。現在の米国では模型の規模を遥かに超えた最新鋭のステルス戦闘機の模型が空を飛びまわっているので、模型への関心の深さ・大きさは衰えるどころか活況の中にあるようにも見える。米国型運動の強さであろう。と考えると、戦前の日本の模型飛行機運動が見かけの高揚はともかく本当に空にあこがれる子供達を取り込むのに成功したのかどうかは、実のところあまり明確ではないようにも思う。

いずれにしても戦後一時期あった模型飛行機製作禁止は昭和23年頃には解禁された。もちろん国家主導の教育が解禁されたという意味ではなく、子供達を含めた大空を飛ぶ「工作物」としての模型飛行機が解禁されたという意味である。僕が最初に製作したのは、ひばり号というゴム動力でプロペラを回転させる長さ50㎝程度の簡単な構造の模型飛行機で、竜王から甲府市太田町の官舎に転居してからだから、小学校5年生か6年生の時であった。ゴム動力の飛行機は袋に入ったセットになっていて、この中には木製のプロペラ、木製タイヤ、駆動受、リブという桐製の翼補強材、竹ヒゴ、機体の軸となる角材、竹ヒゴを繋ぐアルミニューム管、ピアノ線を加工した駆動部品、車輪固定部品等が設計図と一緒に入っていた。これを設計図に従って組み立てて行くのだが、それには接着剤であるセメダインや木綿糸、ナイフが必要程度で特殊なものは何もない。しかしこの程度の工作でもナイフを使うので怪我の恐れは一応ある。当時の子供達の平均的工作能力が今より高かったのどうか知る術はないが、危険を騒ぐ親は居なかったと記憶している。問題は工作の困難さというよりは飛行原理に全く疎いと調整が出来ないことである。とりわけ重要なのは主翼取り付け位置で、前後の軸の重心を考えなければ機体は失速して飛び上がることは出来ない。僕はどこで学んだのか記憶に無いのだが、上手くいかない友達の機体を調整してあげたので一目置かれてはいた。

滞空時間を競う競技には大人も続々参加するようになって、動力用ゴムは極限まで長くなり、その為ゴム巻き上げ専用器が登場するようになった。しかし所詮ゴム動力の模型飛行機である。時が経過するにつれて子供の小遣いで購入が不可能なエンジン式のラジコン機が登場すると興味は模型から実際の飛行機に移って行った。読書も航空機の歴史を解説した本に移り出したのだが、これは文章によ

Fig. 42　ゴム動力飛行機は現在でも市販されている。夏空を背景にした自作合成写真

る表現の深さ広さの方が児童向けの絵より面白いと考え出したのと軌を一にしている動きである。ところが話はそれほど単純な動きにはならない。原因は手塚治虫のＳＦ漫画の登場で、突然僕の思考は根元から揺さぶられることになった。

第43話　模型工作物への挽歌

今まで大体年代記形式で学年を踏まえて書いてきたのだが、だんだんいろいろな出来事が絡み合うようになって来た。学年を越えたりしないと書けない例が今回の模型飛行機後日談である。

僕がひばり号の次に製作したのはグライダーで、主翼も大きくそのリブ数も３〜４㎝間隔で並ぶかなり手の込んだものだった。完成機体を下に向けて飛ばすと滑るように滑空し、ゴム動力機の比ではない。これを春日小学校の校庭に持って行き長い凧糸で走りながら引っ張ると、上空で糸から離脱し尾翼を調整すれば旋回して回収出来た。ここまでは牧歌的な滑空で危険はないと考えていた。ところが風の強い日にこれを試みたところ、糸から離脱した後ものすごい速さで滑空し肝を冷やしたことがある。もちろんその日は休日で校庭に人影が無いことを確認して滑空させたのだが、もし子供が遊んでいたりしたなら大怪我をしかねない速さである。校舎のガラス窓を破ったりしても事件となってしまうだろうし、全長、重量とも大きく危険が予想されるこの機体は捨てることにした。

次に試みたのは、バルサ材のような軽い素材を切ったり削ったり、最後は紙やすりで磨き上げて独自の機体を製作することだった。この自作機の設計図の類いは何も残っていないが、綺麗に滑空することには成功した。しかし手投げのグライダーだから変化が無くて面白くない。今の言葉で言えばローテクで総てが中途半端に見えたということである。せんじつめれば飛行機というからには自力で飛ぶ動力源が無いとだめと思い込んでいたのかもしれない。

ここで僕にとって重大な事が甲府で起こった。中学生に入ってからのことだが甲府にも科学模型店が何軒か開業したのである。仲見世店近くの桜町にカヤノが、もう一軒が今の市役所の北側に店を構えた青木科学模型店である。僕はもっぱら後者の常連（見るだけ？）の一人だったが、或る日ジェットエンジンを見かけた時にはびっくりした。パルス・ジェットという極めてシンプルな構造のジェットエンジンではあるが、もちろん値段は僕には手が出ない。ヒトラー・ドイツがロンドンを空爆したV1ジェットはこのタイプで大いに興味は有ったのだが何事も資金が必要なことをこの時痛感した。ところがほぼ同じ頃だと思うが、固体燃料式のかわいいロケット・エンジンが発売された。大きさは数センチで値段も小遣いで買える範囲で、これを例の軽量バルサ・グライダーに搭載しようと言うわけである。

搭載を工夫して滑空できることを確認し空地で点火の段になった時はさすがに緊張した。なにしろタンクの尻尾から飛び出した導火線を指先で引き抜くというのだから。固体燃料の燃焼

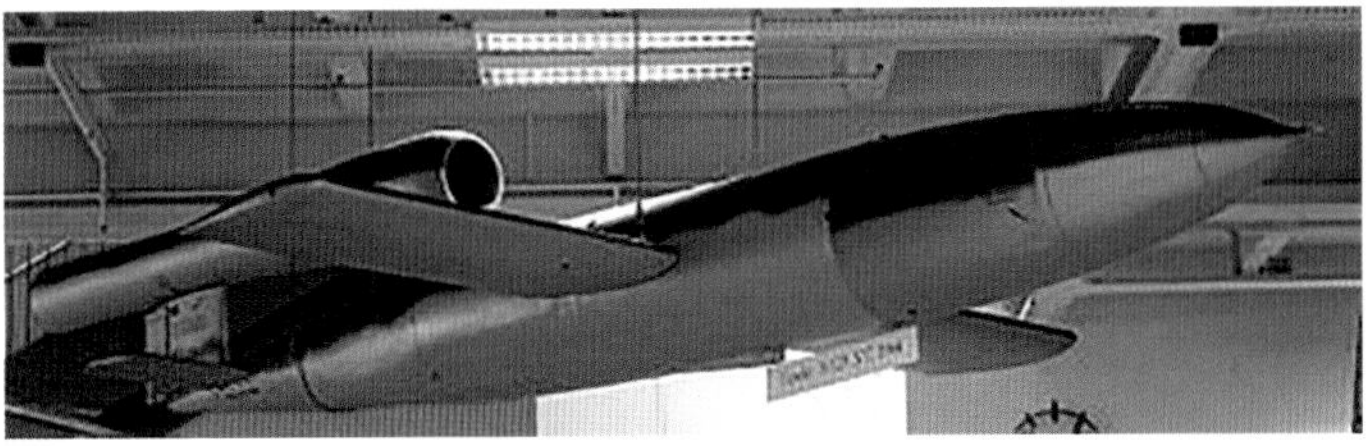

Fig. 43a　ドイツV1飛行爆弾。de.Wikipedia, {GFDL} より。第二次大戦時のドイツ空軍のミサイル兵器。パルスジェットエンジンを搭載していた。

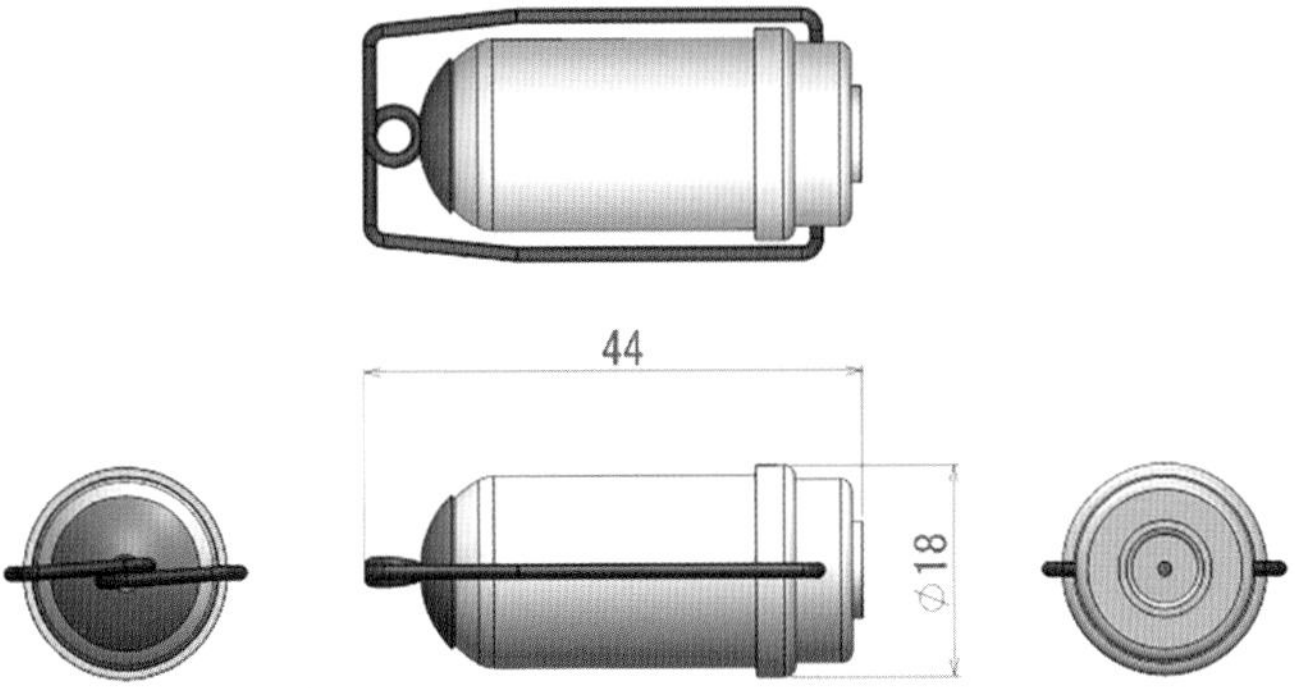

Fig. 43b　タイガー・ロケッティの３面図。作図：浅井伸一、K. K. アサイ・エンジニアリングのブログより引用。http://asai-eng.co.jp

熱で火傷しないかびくびくしながらも指を近づけると、意外にもシューという音だけで熱くはない。燃焼時間は何秒か覚えていないが、手から離れた機体は猛烈な加速で天空を駆け上っていった。繰り返しが嫌いというのが僕の変わったところで、ロケットで空を高速で飛べるのは当たり前、視点を変えてこれを流線型高速艇に載せたらどうなるのだろうと新しい〝プロジェクト〟を企画した。こんどは紅白エナメル2色で船体を塗り上げ、どこから見ても玩具ぽく見えないようにしたが、問題は船底である。方向舵の取り付けは必須だが帆船に有るようなキールの張り出しをつけるかどうかで迷ってしまった。当時大きなヨットの模型を製作していたのでこれが影響したのかもしれない。結論は無しでOK、転倒しない範囲で船幅を狭くし船首が潜らないよう高速状態で浮き上がるようにして方向舵の力で直進させるという方針にした。場所は舞鶴公園の堀とし、貸しボートが浮いていない時に決行である。誰もこの小さなおもちゃに気付く者は居ない。導火線を引き抜くと船はとても船とは思えないスピードで走り出した。対岸に到着すると同時に付近の子供達が集まり出したのは当然だが、「これな〜に」と聞かれても騒がれないようすばやく退散した。おそらく誰一人ロケット高速艇のモデル実験に甲府で成功したことを知る人はいないだろう。

第44話　家庭科授業

昭和22年3月に教育基本法と学校教育法が公布され、新体制の教育が小学校でも開始された。そこで具体化されたのが小学校での男女共学による家庭科の授業である。僕は姉と二人の妹という家族構成だったので、別に男女共学など珍しくもなんでもなく当然のこととしてそれを受け止めていた。家庭科の授業がいつ頃行われたのかはあまり記憶には無いのだが、とにかく小学校5年生の頃までに何回か授業を受けたのは確かである。家では布団を畳んだり敷いたりとか、配膳の手伝い等の家事には父が率先して全員が分担してきたこと、また、母が着物を解いて〝洗い張り〟するのも手伝ったし、ボタンが取れても縫針で留める仕方も教えてもらっているので実際授業で戸惑うこともなかったのである。

ところが手際よく縫い針を扱う僕に対して男子の同級生のある者は思わぬ反応を僕にぶつけて来た。「お前って女のようだな」「そうだ女だ。やーい女！　女！」と囃し立てるのである。もちろん先生の見ていないところでやるので先生には分からない。しらんぷりをしていたが内心では言葉に出来ないような不快な気持ちが沈殿した。この不快さが何であるかを説明するのは実はそんなに簡単ではないのだが、ヒントとなるのはそういった悪口を好む者は大抵強い筋肉崇拝に基づく男性的暴力信奉者であることだ。これは絶対的なルールの中で闘われる制御された暴力：スポーツに夢中になることとは何の関係も無い。いやむしろ逆だろう。6年生の時、親友となった上田真君は学年野球チームの投手として活躍していたスポーツ・マンだった。野蛮と文明の視点から見れば明らかにスポーツは文明の中核の一つである。

一方、法やルールの外に出て、そこに完全な専制支配の無法者空間を創ろうという動きを文明は完全には抑えることはできない。いじめが深刻なのは、それが全体ではないにしろある種の文明の敗北宣言であるからだろう。ギリシャ人はこのような身の回りの〝雑事〟を軽蔑して奴隷にやらせていたそうだが、ポリス全体を支配していたのは市民的な権利と義務に命を張る民主主義社会である。重大な制度の変更や、ペルシャ軍の侵入をいかに撃退するかの議論が衣食住の必要のために中断されるのではポリスは成り立たなくなることを見落としてはならないだろう。だからさきほどの一部男子の背景に、戦後日本の重大事ゆえの関心から些事に技量を発揮する僕を嘲笑したなどと弁護するのはお門違いもはなはだしい。おそらく彼等は当時の常識であった男女分業の慣習に従ったまでである。得意不得意とか、置かれた家族の条件から合理的に判断される分業とは違い、この男女分業観は社会のあらゆる階層に浸透している一種のイデオロギーのようなものである。新しい価値観を模索・教育しようとした時、その流れに抵抗する頑迷な親ばかりが強調され勝ちだが、実は生徒も、或いは教師すらも議論しようとしている対象の慣習からは必ずしも自由ではないのである。

戦後まもない時に行われたこうした家庭科教育というのは、どの程度成果を挙げたのだろうか。〝僕等世代〟と括るような大きなまとまりの行動パターンではなく、自分が日々直面してきた経験を個別体験として振り返ると、この領域の遅々たる変化に驚かされてしまう。別の人は戦後の女性解放体験を主張するかもしれないので結論は確かではないが、少なくとも僕が今言いたいことは頑強な慣習変更に合理性を持ち込んでもそれを動かすことはできないということである。それならなぜ女性のきつい家事労働の負担は減ったのかであるが、実は物分かりの良い男性の善意に理由が有るのではなく電気洗濯機に始まる家電製品の普及があったからだと思う。だから転機は昭和35年以後のことである。

第45話　二つの異なる子守の絵

子守では無いのだが、僕自身子供を背

Fig. 44　北杜市郷土資料館、展示の初期型電気洗濯機。付属絞器が手動ゴムローラーである。

負ってほぼ毎日外出したことはある。自分が父親になり、急遽子供を帯で背負い歩いて保育所まで連れて行く必要が出たからである。時は真冬の1月、仙台の町は路面が凍結し滑る危険が有った。そのため厚い〝ねんねこ〟を羽織ったのだが、それでも危険を感じて足が震えたことを憶えている。実際1人の時に雪道で転倒し、時計のバンドが切れたので危ないことをしたものだと思う。当時はまだ大学院生で、博士論文を書いている最中だったから車を購入できる余裕など無かったのだ。

戦中も含めて昭和20年代、兄弟姉妹の間で子育てを分担するのは子供達の間でめずらしい事ではなかったのだろう。子供の数が多いと親の手が回らないので自然そういうことになる。僕の家ではもはや誰も乳幼児ではなかったのでそういった経験は誰も持たなかったが、背負って子守する姿はいたるところに有ったはずだ。

大学教養部時代、小学校時代の経験を思い出して描いたシリーズの中にも子守の姿は一応ある。二枚の簡単なスケッチで、どうもリアリティーに欠けている。しかし、互いに対照的な印象で何を見ていたのかが気になった。どういうことか少し説明すると、一方は子守の娘も背負われる赤子も双方が本当に楽しそうに交流しているのに、対する他の一枚はどこか辛い生活の重圧の中で耐えている気配が強い。もちろんこれらと自分の保育所通所体験とは重ならないので、何かの光景に触発されたのだとは思う。結局、具体的なことはお手上げだが、僕としては両方の姿が有ったとしか言いようがない。

Fig. 45a 「子守」志田寿人、1962年、水性インク＆筆

Fig. 45b 「子守」志田寿人、1962年、鉛筆＆パステル

第46話　竜王から再び甲府市へ。太田町と動物園

竜王には正確なところは分からないが、これと言った印象も無く3～4カ月程度の滞在で甲府市太田町に引っ越すことになった。帰宅すればもう夕刻という生活では友達も出来ないし、冬の空っ風の中で重い中耳炎に罹ったりした竜王での生活の印象が弱かったのはしかたが無かったのかもしれない。太田町と春日小学校は歩いて通学するには遠すぎる距離であったが、自転車なら30分もかからないので今度は自転車通学である。

昭和26年（1951年）の甲府の公共交通機関としては、通称「ボロ電」という路面電車が甲府駅前を始発として県庁前、錦町、相生町、寿町、荒川橋等を経て小笠原方向まで30分間隔で運行されていた。しかし、荒川橋方向に右折してしまうと、自宅は遠くなるだけである。自動車の交通量が増えるのはかなり先のことだから、夜になると街灯は暗いものの車の交通量は少なく、自転車通学は一番安全な通学手段だったのだろう。

太田町は昭和26年時点での世帯数は411、人口は1934人となっていたが、戦前には6カ所の製糸工場をはじめ製綿、製菓、鉄工、水晶加工等が有って活気あふれる町だった。それが甲府空襲では大部分が焼失、その中には遊亀公園内にあった甲府市立動物園も含まれていた。戦時下の動物園で思い出されるのは昭和16年、陸軍東部軍司令部の要請に応じて上野動物園が作成・提出した「動物園非常処置要綱」である。要するに非常時なので動物園の猛獣達を殺処

分するという方針なのだが、銃殺、毒殺、斬殺、絞殺といった凄惨な方法でこれは実行に移された。ところが当時の甲府動物園の関係者の証言では、甲府ではこの処分は実行されなかったという。それなら空襲の火災による旋風が公園を覆いつくし、大木が倒れる中で大勢の市民が犠牲になった時、動物園の動物達も同じような地獄の中で死んでいったのだろうか。戦時の非情さはどのようなレトリックを弄しようと悲惨さが魔法のように消えたり減じたりするわけではない。実は戦争が終わっても本土決戦の最終局面の狙いはどこに有ったのかという疑問が僕の中では燻り続けていて、対米戦闘だけが目的ではなくそこでの地獄絵図を背景とした混乱に乗ずる権力奪取の起死回生を陸

Fig. 46　戦後まもない甲府駅前を運行する山梨交通市電。中央線甲府駅舎が見えるⓌ。

軍の一部が画策していたのではないかという不信感が怪物のように生き続けて来た。ちょっと昔の話になるのだが、玉音放送を耳にした時、父も母も報道や映画等で日本中を代表するかのような映像として取り上げられてきた〝泣き伏す日本人〟どころか、静かに敗戦を受け止めていたこと、それが何か重大なことを意味しているようで今日までそれを忘却の底に沈めることを拒否して来た経緯がある。これに関連する事実として、敗戦直前〝自決〟用の青酸カリが民間人の中にも密かに流布されていたことを第13話で触れておいた。本土決戦の地獄絵図の中での玉砕を想定していた両親が、日本降伏を嘆いただろうか。すでに父も母もこの世にはいない。親と同世代の人々も多くは舞台から退場してしまった今は事実を聞く機会も無くなった。推察や憶測ではない事実は、もはや戦中の人々が語ることも無い墓場の沈黙の中だ。

第47話　絵物語から手塚ストーリー・マンガへ

手塚治虫初期SF３部作と呼ばれる作品は刊行順に『ロストワールド　地球編』『ロストワールド　宇宙編』（昭和23年12月、不二書房(21)）、『メトロポリス』（昭和24年9月、育英出版(22)）、『来るべき世界　前編』（昭和26年1月、不二書房刊）、『来るべき世界　宇宙大暗黒編』（昭和26年2月、不二書房(23)）の３作品である。これらの作品はいずれも雑誌掲載ではなかったので一気に読むことが出来たのだが、それぞれの印象の向く方向は全く違っていた。特

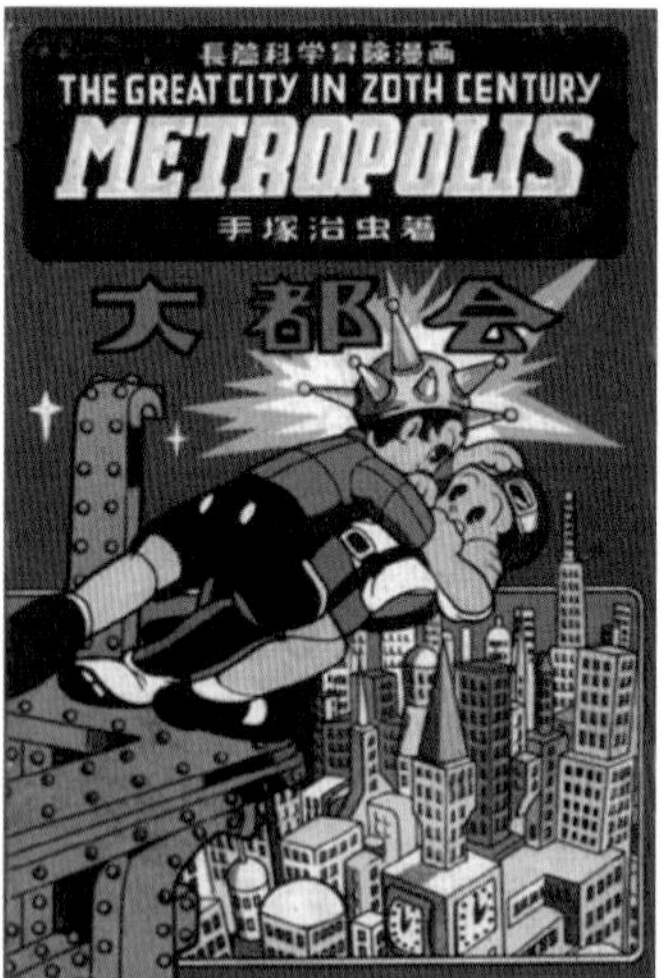

Fig. 47a-c　手塚治虫初期SF３部作の初版本書影。©Tezuka Productions

に『ロストワールド』に登場する悪人達の粗暴さは格別で、丸い輪郭の絵柄とは裏腹にいきなりピストルで撃ち殺し義眼を抜き取るカオー・セッケンとか、格闘で負けた腹いせに縛られた〝ヒゲオヤジ〟を鞭打ちまくるホールスとか、極めつけはブタモ・マケル博士が造った〝植物人間〟もみじ嬢をママンゴ星行きのロケット内で食ってしまうアセチレン・ランプ、そのもみじ嬢とあやめ嬢の生みの親：ブタモ博士は悪漢達の秘密結社の頭目：アフィルとぐるで、もみじ嬢を造った目的はあやめ嬢に結婚を迫って失敗したからだというのだから悪趣味と紙一重である。このどぎつさの割には肝心の問題意識が希薄で僕の記憶の中から直ぐに消えてしまった。

それに対して『メトロポリス』は絵も格段に洗練されたものに成っただけでなく、ヒューマノイド型の超強力ロボットに人間の感情を与えながら、実際は奴隷として命令のまま働くことを求める徹底した人間思考の身勝手さが激しく糾弾されていてぐんぐん話に引き込まれてしまった。主人公の人造人間ミッチイは最後は全身が徐々に崩壊するという悲劇的最期を遂げるのだが、かつてどの子供漫画も扱ったことのないテーマの先鋭化は『来るべき世界』ではさらに当時の東西冷戦を背景とした大国間の対立にまで拡張されていく。ただ、大国間の対立と言っても両国首脳の面子のせめぎ合いが世界大戦を呼び込むという設定で、現状認識としてはあまりに〝マンガ〟（マンガなのに変！）的で奇妙だなとも思った。しかし、全部でたらめかというと、スター国と対立するウラン連邦は明らかに旧ソ連をモデルにしていて、強制労働もあれば手の込んだ拷問もあると言う風に、政治的な立場として臆病な中立主義をとっているわけではない。子供達の世界に冷戦下の現実を呼び込んだのはおそらくこの漫画が初めてではないかと思うのだが、間違っていたら教えて欲しい。結局話は核実験で生じた新人類フウムーンと人類の対決となり、折から地球に近づいて来た巨大なガス雲のなかでフウムーンの円盤集団が地球を脱出、残された人類が廃墟の中で世界平和ばんざい！　を叫ぶところで終わるのだ。クラスの級友達がこういった本を読んだとも聞いていないし、だからその反応も知るよしもないのだが、少なくとも自分に関しては冒険活劇の絵空事を読んで喜んでいる場合ではないと思わせたことは事実である。現実の重苦しさから抜け出たばかりの戦後なのに、早くも小学6年生でファンタジーではなく現実に引き戻してくれた手塚作品に強い尊敬と魅力を感じたとしても不思議ではない。つまり学校現場で教えられる無味無臭の教材ではなく、生きた現実世界のリアリティーに引き戻されたと言ったらよいだろうか。この衝撃は同時に全国各地で漫画を自らの手で制作しようとする多数の漫画家の卵を生み出すこととなった。不思議なことに、何の技量も持たない僕もまた、この熱狂から中立を保つことはできなかったのである。

第48話　知らない世界に出て行こう！

大学教養部の時に、小学生の頃を思い出して何枚かペン画を描いたことは前にも何回か書いた。実はその時これを白黒写真に焼いて同級生達に見せたところ好評で、〃がんばれ〃と言う

Fig. 48a　「あの向こうに何がある……」志田寿人、1963年、水性インク、筆＆ペン

激励と一緒に何がしかのカンパをもらったことがある。苦学生という状態では全くなかったので経済的に助かったという意味ではないが、自分の感動をイメージによって他人と共有・共感できた最初の忘れがたい体験として記憶に残っている。

今回もまたその中の一枚であるが、これは一瞬の移ろいやすい情感を描いたというよりは未知の世界に対する僕の思想を反映したつもりなのかもしれない。未知の世界に対して僕等は既存の知識を動員できないから、理性を超えた跳躍なしには行動することは出来ないはずである。それなら理性を超えた跳躍とはどこからくるのだろうか。どんなに本を読んでも、どんなに議論しても、どんなに知恵ある者の知恵を借りても、決断の最後は飛躍である。よく考えて行動しようというのは、すでに解決につながる何本かの道が敷かれている問題については間違っていないだろう。むだな回り道をするのは趣味の問題ではあっても、解決が目的なら近いほうをとる。しかし解決策が無いときはどうするのか。うずくまるのか、問題を忘れるのか、いずれもそれは解決を放棄する世俗の知恵だろう。だから解決が見通せる問題だけを考えていれば悩むこともない。

この少年はおびえているのだろうか。まるまった背中のなかにためらいが詰め込まれているようだ。しかしそれならなぜ歩みを続けるのか。歩く方向に何か強力に魅せられるものがあるのだろうか。絵はそれを何一つ示してはいない。示すことは出来ないからだ。分からないものを表現できるなら、それは分からないものではなくなる。だから何か分からないものに対して、ためらいと決意が並存する作品だ。

確か中学一年生になってからだと思うのだが、手塚治虫が大阪の〝赤本〟生活から中央出版界にデビューして間もなく描き上げたマンガ：『新世界ルルー』[24]を読んだことが有る。ストーリーは並行世界と岩窟王を組み合わせたような話に時間を止める超能力をプラスしたものだった。後年氏自身は好き勝手に描いた作品としてあまり評価していないと語っている。だが、僕の感想はそうではない。緻密な構成が無いというならその通りだろう。一方でマンガの評価が緻密さとは別のところにあるとすれば、一つのシーンでも決定的な評価となりうる。主人公ロックが新世界に足を踏み出す場面がそれだ。何も考えるな。ただ恐れず前に進

Fig. 48b　『新世界ルルー』の一場面。©Tezuka Productions

めという命令のままロックは歩みを進める。そこに一つの深い意味を僕自身は感じたのだろうか。まだこれから先のことだが、中学生になって自分の生きる方向を考え出した頃、未知の世界が最大のキーワードとなってきた。それには大人達の知恵では手に負えないだろうという直感が有ったように思う。しかし、この方向に向かって歩くことは周囲の子供達から孤立する道でもある。同級生と遊離し、口数の少ない孤独な秘密めいた少年になることを恐れないから、自ら退路を断ったともいえる。

第49話　先憂後楽《せんゆうこうらく》

それまで父が僕に陰に陽に示してきたことは個人的欲望を制御し楽しむのは最後にしろ、がつがつするなということだった。後で分かったのは先憂後楽という言葉をふまえての僕に対する教育だったらしい。これは中国北宋の或る忠臣の言葉で、天下国家の憂いについては先んじて憂い、楽しむことは遅れて楽しむということである。この前半部分はいずれ自分で考えるだろうとはしょって、後半の〝後楽〟を強調してきたのだと思う。

父の教育方針の基本は読み書き算盤は一切不介入、全面的に僕の裁量に任せるということが先ずある。だから僕自身は自由に考えることを楽しむことができたので、〝後楽〟という父の哲学に反発する気持ちは一切なかった。餓死者もでるような戦後の苛烈な生活環境の中では、一片のおやつをめぐって争うことは普通にどこの家庭でも起こっていたと思う。しかし、僕にとってはおやつの大小などは〝後楽〟の自己抑制の生き方を揺るがすほどのものではなかった。憎らしいほどの道学者ぶりと言ったらいいのだろうか。そんな姿を日頃から気の毒に思ったのか、母が姉妹に隠れて僕だけにおやつを渡そうと何度か試みたという。僕自身は忘れてしまったのだが、母は「隠れて食べるようなものは要らない」と断られたと思い出しては苦笑いしていた。この他人に遅れて楽しめという哲学は克己心を育てた面では今でも父に感謝しているのだが、一方では他所から観ると積極性の気迫に欠ける虚弱な人格のようにも見えるだろう。特に教室と言う小学生にとって最大の公共空間で正解を得ながら前に出て自己主張しない僕の態度は利己的とも受けとられかねない危うさを秘めている。教育に燃える先生であれば何とか変えようとしない筈はないのだ。6年生になって新たなクラスの担任になった伊東武雄先生はそうした真摯で有能な先生であった。

僕の6年生の通信簿を見ると国語、算数は3学期には五段階評価で総て5、ただし行動の状況では全学期を通して〝持久力〟だけが一貫して欠けているとなっている。積極性に欠けるとは表現がなっていないのだが、これはその項目が通信簿には無かったためで、父兄会で母が受け持ちから言われたことは迫力に欠け積極性に問題ありであった。一方父の評価は少し違っていて、〝寿人は弱そうに見えてその実、芯が強く怖いところがある〟という評価だった。僕は先生の評価も父の評価も当たっていたと今でも思っている。父は自分の姿を僕の中に見出して

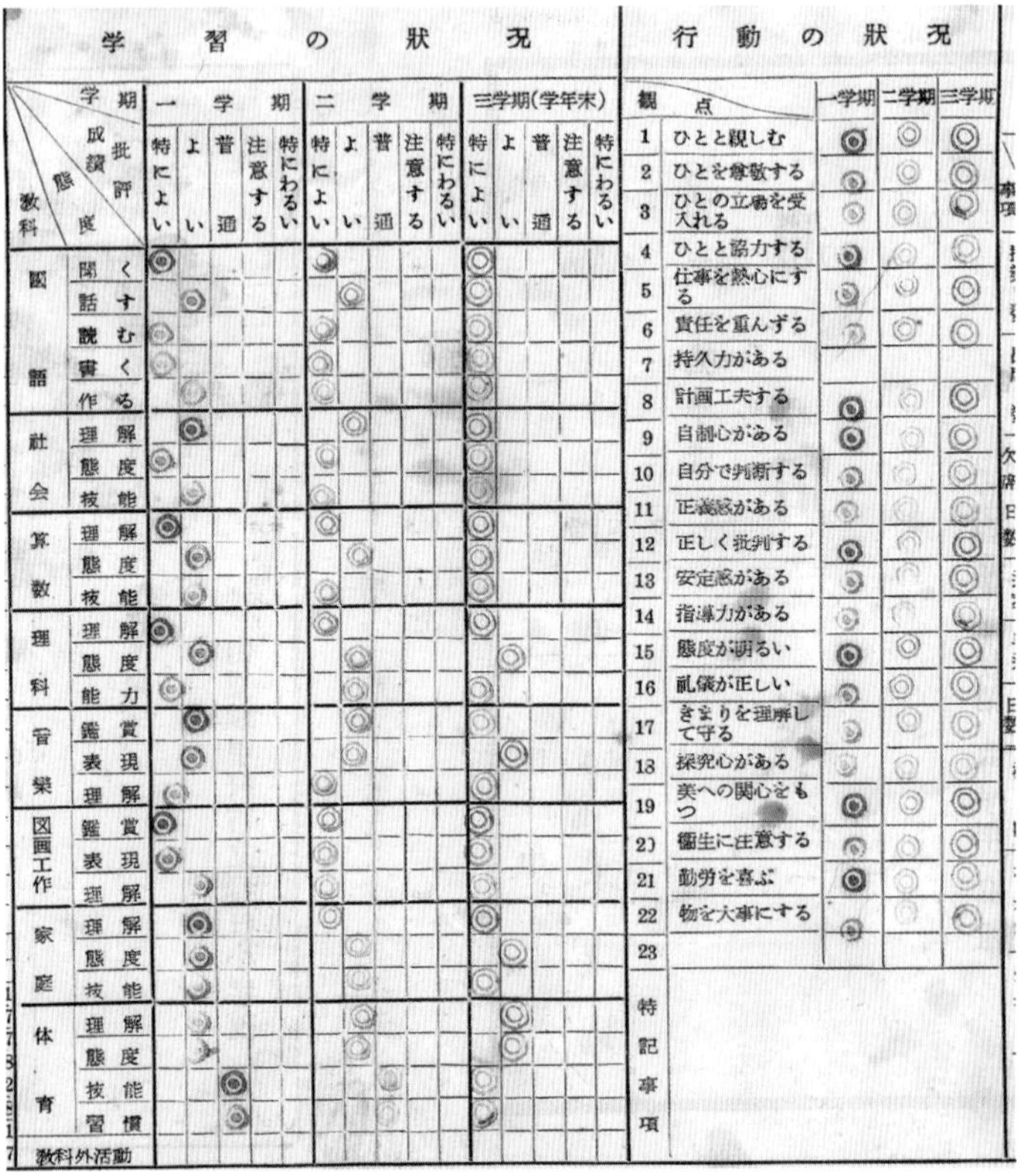

Fig. 49　小学6年生の僕の通信簿。行動の評価で一貫して「持久力」無しが目立つ。授業でも態度の項目が他の項に比べて低いが、積極性に欠けるところから総て生じているのだろう。

いたのだろう。一方伊東先生は文字通り僕の中の消極性を見ていた。これが理解力に問題を抱えていて意見を発表しようにも回答の方向が見えないなら静かに見守ろうとしただろう。しかし、この当時の僕は、僕自身が振り返っても教室に居て教室と言う場を全く理解していなかったと思う。自分の狭い哲学からしか教室を見ていないから、自分の役割とそこから生まれる責任を放棄していることになる。もちろんこのようなきつい目で先生が僕を見たというわけではない。むしろ逆に僕の中にある潜在的な攻撃性を良い方向で解放し、その将来の可能性に期待したのではないかと思っている。

第50回　教室という公空間、意見発表の権利・義務

或る日の朝、先生は登校したばかりの僕を職員室に呼び出して仰天するような提案を伝えて来た。午後に全校生徒を対象にした生徒からの発表会がある、ここで日頃遊んでいた模型飛行機のことを発表しろと言うのだ。いきなりそんなことを、と断ったのだが、何でもいいから好きなように話せばいい、といつになく強引で譲ってくれない。最後はねじ伏せられてどうしようか迷ったあげく、現物の自作飛行機を使って原理的な話をすることにした。昼休み家にすっ飛んで帰り、戻った時はもう発表時間は間近になっている。会場は教室をぶち抜いた細長い大教室で前席には低学年が座って陣取り、後席に向かって高学年生でびっしりと埋め尽くされて

いる。何を話したのか頭の中は真っ白で憶えていないのだが、一つだけ鮮明に記憶しているのは出だしから甲州弁が飛び出してしまったことだった。前列の低学年生が「ずらだとよ〜」と囃し立て後席に笑いが広がっていく。しっかりしろ！　と自分に言い聞かせ機体の重心がどこ、水平尾翼、垂直尾翼の機能と一通り説明して、実機の尾翼をはずして動力無しで機体を押すと機体は宙返りして足元に落ちた。すかさず回収した機体に尾翼をつけ静かに押すと驚くほど静かに機体は滑空していった。こんどは「おー」という声が聴こえたのでたぶん何人かは驚いたのかもしれない。この事で確かに僕の引っ込み思案の何分の一かは消えたと思う。

それから間もなくしてまたもや大事件（僕にとっては）が起きた。甲府放送局に行って放送することになったと先生が突然切り出したのである。誰が何を放送するのですかと尋ねると、志田君が書いた綴り方が面白かったので、これを君が自分で読んで放送したらもっと面白くなると思って放送局の人に相談したら決まってしまった、それにラジオから君が読むのを聴いたらクラスの皆も面白がると思うよとめちゃくちゃである。これもいやおうなく車で放送局に出向くことになった。

当時飯田町にＮＨＫ甲府放送局は有り、そこは雑草だらけの田舎だったと記憶している。防音ガラスの放送スタジオは外部から音が侵入しないようになっていて、これは大変なことになってしまったなとちょっぴり恐怖感が頭の中をよぎった。渡された原稿は確かに僕のもので一度リハーサルで読んでもう本番である。スタジオの外から手で合図をしたら間髪を容れず

Fig. 50a,b　６年生の最後の春、甲府に雪が降った。上段aは校門ではしゃぐ級友達。下段は伊東先生が僕等を引率して河川敷に連れて行き、そこで遊んだ時の記念写真である。一番右の中腰が僕だが、皆と同様嬉しさが画面から伝わってくるようだ。小学校最後の思い出として大切な一枚である。

読むようにと指示して、その方は放送局のアナウンサーだろうか、防音ガラス窓の外に出て行ってしまった。とにかく思い切っていこうと思ったのだが心臓が飛び出しそうに緊張した。〝あっ！　始めだ！〟とサインを見て読み始めると自分の文章だから当たりまえなのだが、一カ所つまずいただけで終わりまで読み切ることができた。テープレコーダーなど使わない、いきなり本番方式だったのだろう。放送を無事終了してクラスに戻ると予想外に皆が好意的であった。〝志田君、文章が上手〟と褒めてくれたのには驚いた。なぜかと言うと僕のこの作文は、ただ見たことをしたこと感じたことを乱雑な文体で書きなぐっただけと思っていたからである。模型飛行機を調整して校庭で飛ばした時の体験を、何のレトリックも使わずに（本当は使う能力が無かった）綴ったもので、最後はゴム動力の振動で震えながらも、なんとか舞い上がった飛行機を「中風だ！　中風だ！」（今ではこれは差別的表現になるかもしれない）と叫びながら僕らが追いかけるところで終わるものだった。しかし作文の出来はともかく、クラスの多数と共感出来ることを知った僕の喜びは極めて大きかった。

第51話　家路——小学校、別れと出発

６年生最後の日が来た。卒業式という儀式の記憶は僕には無い。もしかしたら親も先生も一様に晴れの式服に身を固めて緊張する厳かな卒業式はまだ無かったのだろうか。そう言えば

「蛍の光」も歌った記憶がない。だが最後の日の事はよく覚えている。伊東先生が一人一人と順番に握手し、一人一人に別れの言葉を送ってくれた。その時はもう僕等全員が涙の中にあった。堪えきれずに嗚咽するものもいた。その時は小学校とは何かがうまく表現できなかったが、今ではそれをもう少しまともな言葉で表現できるかもしれないと思う。しかし、中学校、高等学校と進学して分かったのは小学校の存在意義のあまりの巨大さ、ユニークさである。だから結局言葉にしても無駄かもしれない。

小学校時代というのは何かを始めることの偉大さ、大切さを知る時代ではないかと思う。その時代はその何かを継続、発展、展開し、完成させる時代ではない。だから生み出すものはちっぽけでささやかなものでしかないだろう。しかし、そのささやかな一歩にその後の総ては懸かっているのだ。もし僕等がその体験の重要性をしっかりと胸の中に収めたならば、その後どんな困難に直面しても、ひるむ気持ちが強くても、何かを新たに始めることが出来る。

教室の中の唯一の大人である先生とは何者だろうか。僕は決して皮肉な意味をこめて言うのではないが、大人である先生には始めることの重大さを感じることは難しいと思う。しかし、先生はそれを見守り、励まし、導いていくことが出来る。子供達もまた先生を絶対的に必要としているのだ。そう考えれば教室は偉大な人生の創造の場だといえる。

僕には今の小学校の現実がどうなっているのかについてはもう何も分からなくなってしまった。僕の子供達も成長し、小学校は遥かかなたに遠ざかってしまっている。それに何よりも

Fig. 51　「出発！」志田寿人、1963年、水性インク、筆

〝教える〟ということが知識の継承・伝達と同義になっている現状では僕の言えることも少ないように思えてしまう。ただここで少しだけ6年生の僕に戻ってみると、クラスの同級生達と一緒に学んだ体験から立ち昇ってくるのは、切れ切れの思い出の中の「永遠」という感覚だ。

例えば伊東先生の落ち着いた話し方、生徒を見守る温かい眼差し、そして行動を促す決意と言ったらよいだろうか。その中で僕等は一向に衰えることの無い、永遠に続く少年時代、湧き上がる夏の雲、遠雷、突然の驟雨、夏祭りの風鈴を感じることができた。先生が自ら教え、クラス全員で歌った「家路」のなんという美しさ！　なんという安らぎ！　一日を終え、日没を迎え、そしてきらめく星空の下帰る家路とは、僕等が帰った自分の家ではなく、実は、少年時代という僕等の永遠の故郷のことではないのか。

第52話　マンガの快進撃開始と学童社

東京出版界に登場した手塚治虫は昭和26年（1951年）4月、「少年画報」では「サボテン君」を、「少年」では「アトム大使」の連載を開始した。しかし、なんと言っても僕の中で大きな事件だったのは前年11月の「漫画少年」に登場した「ジャングル大帝」だった。この雑誌・「漫画少年」の編集長が加藤謙一であるが、氏は戦前の雑誌・「少年倶楽部」での軍国主義的編集をGHQに咎められ追放された経歴がある。そのためかどうか分からないが発行元の学童社は加藤謙一の夫人名義で興され、雑誌の創刊は昭和22年12月となっている。ところでこの「漫画少年」がなぜ重要なのかは説明しなければ分かっていただけないであろう。「少年倶楽部」の発行は講談社でだれもが知る大手出版社であるが、学童社は前述したように新興の弱小出版社にすぎない。出版界に於ける力の差は歴然としているのに戦後のマンガ興隆は「漫画少年」抜きでは考えられないとされているのである。

これは私見であるが、理由の第一に挙げることができるのは戦前からの漫画のリソースと戦後の新しい作家との連結を「漫画少年」が追求したことである。『冒険ダン吉』の島田啓三は『のらくろ』の田河水泡と戦前人気を二分した大御所なのだが、彼が「漫画少年」の柱として連載を担当することになった。島田の漫画哲学は極めて単純明快で「どんな場合でも楽しかるべきもの、明朗なもの、妙な自己陶酔から児童という対象を見失わない」という主張に現れているように（「日本児童漫画研究会機関紙　漫画研究創刊号」１９５５年？）新しく興ってきた「手塚」マンガとむしろ対立するような方向を主張して譲らなかった。島田が推すのは、例えば日本的な倫理観を明るく描いた原一司の「カンラ・カラ兵衛」に代表される作品と言ったらよいだろうか。そうした方向に対して完全に異質であった手塚に、（初期の彼の発表の場は主として大阪〝赤本漫画〟出版社だった）大胆な頁を提供し、後に名作の誉れ高くなる「ジャングル大帝」の連載を真っ先に許したのが加藤であった。第二は読者の投稿欄を徹底重要視してそこから新しいマンガ家の育成をはかったことである。そうした影響下で後に生まれた作家

Fig. 52　この書影の『鉄腕アトム』の初版本は光文社から全集の一巻として出された(25)。昭和27年のことであるが、「少年」に昭和26年４月から連載されていたシリーズは昭和42年３月まで続き、日本のストーリー・マンガの金字塔となった。同時期手塚は「少年画報」に連載された「サボテン君」、「漫画少年」連載の「ジャングル大帝」、等々により少年雑誌を席捲しただけでなく、止まるところを知らない長編描き下ろしで、多様で広い世界を縦横にかけめぐる阿修羅の如き活躍を展開した。©Tezuka Productions

が石ノ森章太郎であり、藤子不二雄、赤塚不二夫、松本零士、水野英子等多数の新人達であった。第三に売れることを自己目的として作家に犠牲を強要することを絶対しない編集方針を貫いたことも忘れてはいけないだろう。この方針が貫かれたために、どの程度新人漫画家達が消耗し尽くされることなく作品制作に集中できたのかは僕には分からないが、少なくとも「漫画少年」を拠点にした作家達はのびのびした制作活動を送れたのではないかと思う。

昭和26年というのは「漫画少年」が上昇期にあり、地下マグマのように渦巻く子供達のエネルギーの突破口の一つになりえた時であった。しかし、マンガという形式で物語を語る方向で考えると、「漫画少年」がその中心であり続けるには限界があった。多様な少年雑誌全体がストーリー漫画を展開するようになると、若い作家と読み手である少年達は呼応し従来の〝子供漫画〟の枠を越えて行くことを選んだ。「ジャングル大帝」とほぼ時を同じくして昭和26年4月号「少年」(光文社)誌上で手塚による「アトム大使」の連載が始まった。鉄腕アトムの誕生である。

第53話　聖地：学童社訪問

「漫画少年」が重要な意味を持った理由の一つに、読者投稿重視の姿勢があったことは有名な話である。画家：横尾忠則の証言によると「漫画少年」を購読していた友人は皆投稿していたという。この投稿少年達は大なり小なり漫画家になることを夢みての投稿だったのだろう。何故かを示す根拠を探してみると、これは「漫画少年」が廃刊となる昭和30年頃のエピソードになるが、学童社に事務所を置いた漫画家の卵達の団体：「日本漫画研究会」が加藤宏泰を会長として発足、それへの入会を呼びかけるとまたたくまに数百人以上の投稿少年達が参集したという記録が見つかった。僕もその1人だったが、その中には赤塚不二夫の名前も入っていたので漫画家志望と投稿とがリンクしていたのは事実だったと思う。

ところが僕の場合、投稿するという行為には興味は有ったが、結果として登場する入選作を観ても何も感じるところがなく結局投稿には至らなかった。偉そうだったということではなく、漫画の物語という面に自分の関心が集中していたため、話の展開と〝おち〟の技術に興味がなかったのかもしれない。むしろ絵としては冒険心を羽ばたかせることができるペン画の方が好きで、友達のリクエストで描いては喜んでいたが、こちらは実際投稿したことがある。それは葉書に描いた〝ゼロ戦〟で投稿先の雑誌は「太陽少年」だった。たいしたこだわりもなく忘れていた頃、次号に掲載されていて、〝しっかりした描写〟という評価もついていたと記憶している。悲しいかなその掲載号も例によって引っ越しのどさくさで捨てられてしまった。

6年生の同級生の中には漫画が上手な友達もいて親友の上田真君もその1人だった。しかし、彼の場合、投稿ではなく僕にとってはそれ以上に衝撃的な方法で作家にアクセスしていたのである。或る朝、校庭の隅で彼が僕にニュースを持って来た。手塚治虫にファン・レターを書いたら直筆のマンガ入り葉書が返ってきたというのである。「ほんと！　ほんと！」とたずねると「ほら」と言って葉書を取り出した。そこには見たことも無いような綺麗な線で少年の姿が描かれていた。毎月押しよせるであろうファン・レターに、このような素晴らしい直筆描画で応えるとは、と本当にたまげたことは言うまでもない。

こうはしておれんというあせりのようなものが僕に有ったのだろうか、しばらくして父に東京の学童社に生原稿を観に行きたいと申し出た。汽車賃はともかく、いくらなんでも一度も一人で旅行したことの無い東京に息子を送り出すのは危険すぎる。だめかなと思っていたら夕方帰宅した父の口から思わぬ朗報が飛び出した。この件を雑談の中で皆に話したところ、僕に付き添って上京してくれる方が居たというのだ。

詳しい経緯は記憶に無いのだが、当日の朝かなり年配の方がわざわざ自宅まで迎えに来てくれたことを憶えている。住所は一番肝心なところで雑誌からメモしてある。これを元に最寄駅を確認して中央線甲府駅から東京の水道橋駅を目指して出発した。番地は千代田区小石川1―1、今のように便利な地図も無く、道を訊きながらのたよりない旅である。同行のおじさんと僕の凸凹コンビはあっちに訊き、こっちに戻りしながら後楽園を通り過ぎたころ、それらしい場所にたどり着いた。ほとんどバラックのような粗末な造りの事務所で、第一印象は本当にこれがあの「漫少」を送り出している学童社かという感じであった。幸いなことに事務所には一人の年配の男の人が居て、こうしたことには慣れているらしく別に驚く様子も無くお茶を出してくれた。この方が加藤（謙一？　宏泰？）編集長だったのかは分からない。「君の好きな作家はだれかな」とまず訊かれた。学童社の古くからの作者では無いことを知っていたが隠してもしかたが無いので「手塚治虫です」と答えた。「やはりねー、手塚先生か」と言ってその方はちょっと考えるような様子だったが「いろいろな先生の原稿が有るよ。見る？」と大きな引き出しのようなところから原稿を取り出した。それが目的だから見るも見ないもない。僕が驚いたのはどの作家もとにかく線がすごい。一体どんなインクやペンを操ってこういう画が描けるのだろうと思ったのだが、不思議なことにこの時は「ジャングル大帝」の原稿の記憶が無いのである。「もう少し待てば手塚先生が来るかもしれないよ」と言われたのだが、連れのおじさんのことも気になって帰途につくことにした。なにしろ当時の中央線の列車は今の普通列車並みに遅かったからである。

Fig. 53　手塚は映画の制作手法から学んで多様な性格の人物をあたかも映画俳優のように異なる物語に登場させた。昭和33年光文社発行『ジャングル大帝1』の表紙。©Tezuka Productions

第54話　〝悪書追放運動〟

戦後の児童漫画史に係る話になったので、今回の話は僕の小学生時代から少し脱線して、その後に起こったマンガをめぐるいささか不穏な出来事について補足したいと思う。事件そのものは中学生時代を越えて高校1年生になった昭和30年（１９５５年）の事件であるが、その動きの芽はそれに至るまでのマンガの質的転換の中に有ったと考えられるので、まずそこから話を始めることにしよう。

手塚治虫が「漫画少年」に「ジャングル大帝」の連載を開始した頃、すぐに東京の少年雑誌がこれに続いて掲載を始めるようになった。前述したように「少年」（光文社）で「アトム大使」を26年４月号より、「少年画報」（少年画報社）で「サボテン君」を同年４月より、「おもしろブック」（集英社）で「ピピちゃん」同年12月より、「冒険王」（秋田書店）で「冒険狂時代」を同年12月より、等次々と連載を広げていく。また手塚だけでなく性格を全く異にする優れた作家：例えば福井英一や馬場のぼる、うしおそうじ等が熱血、友情、少年ヒーローと言った多様な新領域を切り開いていった。

ところがストーリー・マンガの快進撃の途上で昭和30年1月22日を境として突然児童漫画界全体を揺るがす大事件が勃発した。「悪書追放」が国会で提唱され、この悪書から青少年を守れとする運動が燎原の火のように全国に広まって行ったのである。中学生最後の正月を迎えた僕の記憶の中にはこの話は入っていないのだが、肝心のこの追放運動の中心メンバーからの報告の類いが無いため、ここでは数少ない文献であるうしおそうじ著『手塚治虫とボク』（２００７年、草思社(26)）から引用したいと思う。きっかけは当時の内閣総理大臣：鳩山一郎の衆議院本会議における施政方針演説だった。そこでは覚醒剤と並列して不良出版物が槍玉に挙げられ、将来を担う青少年への悪影響という「まことに憂慮すべき」事態を受けて「広く民間諸団体」の協力を得てこの〝悪書〟「絶滅」のため適切有効な対策をとるという決意表明が行われた。大手マスコミがこぞってこの問題をとりあげたこともあって運動は直ちに全国に波及して行った。攻撃は苛烈で容赦ない悪意に満ちたものであり、一部では組織的な動員による子供マンガ本の回収まで行われたという。例えば東京では会員30万人を擁する「母の会連合会」による「悪書追放大会」が開かれ、その中の一人の母親の提案ということで漫画本６万冊が回収されて裁断機にかけられた。大阪では山積みの児童雑誌やマンガ本に火がかけられ炎上の憂目に会ったというから驚きである。非難攻撃の標的の中心は手塚治虫であった。この攻撃は一般人からだけでなく、大人漫画の陣営からもまるで日頃の怨念を晴らすかのような調子で発せられた。漫画集団の重鎮：近藤日出造に言わせれば手塚など「箸にも棒にもかからない粗末な『絵描き』」で、この力量で大人漫画へ進出など上手く行く筈は無いと感情剥きだしの雑文を残している（「中央公論」１９５６年7月号）。

この狂乱と言うに等しい感情的な騒ぎが本当に子供達の現在と未来を憂えるところから出た

Fig. 54a
うしおそうじ著のこの本の表紙を飾るのは活動期の手塚治虫のさっそうとした姿である。前人未到のストーリー・マンガの世界を切り開いていった氏への尊敬と、惜別が見てとれるようである。書影使用許可：草思社

Fig. 54b
『バット・マン』や『スパイダー・マン』等多数のアメリカンコミックのヒーローを知る僕等の中では、自由の国アメリカでこのような激烈なコミック撲滅運動が行われたことを想像もしていないのではなかろうか。『有害コミック撲滅！』デヴィッド・ハジュー著、小野耕世訳、2012年、岩波書店(27)。書影使用許可：岩波書店

のか、僕は今でもすこぶる疑わしいものだと思っている。それではどこから生まれてきたのかとなるのだが、一つはストーリー・マンガの急激な成功を考える必要がある。この成功は子供達の絶大な支持の上に築かれたものであるが、同時に支持を失った既得権者達の敗北の上に築かれたものとも言える。出版物の成功は膨大な収入の増大を彼等が糾弾するところの「悪書」の作家にもたらし、それへの嫉妬は隠されて道徳的な正義を標榜する糾弾があたかも幼い純真な少年達の保護が目的であるかのように吹聴されたのではないだろうか。

僕が驚かされたのは、これと同様の動きが同時期アメコミの本拠地米国でも起こったことである。こちらではさらに大規模な「焚書」運動が行われただけでなく、８００人以上の原作者や作画家がこの世界から永久に追放された。詳細な記録は『有害コミック撲滅！——アメリカを変えた50年代「悪書」狩り』、デヴィッド・ハジュー著、小野耕世訳、岩波書店、２０１２年(27)に詳しいのでこれ以上の引用はしない。この論法ですれば、手塚治虫の初期ＳＦに感動した僕などは手が付けられない問題小僧で、いずれ社会の害虫として駆除される運命に有ったということになるのだろうか。

第Ⅲ章　中高時代——宴の前夜

第55話　中学校の初日

春日小学校を昭和27年（1952年）に卒業し、その年の春に入学したのが山梨大学学芸学部附属中学校（附中）であるが、この入学式のことが全く記憶にない。父が山梨県警の刑事部長兼捜査課長となったのが昭和27年7月16日ということを考えると、太田町の自宅から附中がある甲府北部の町‥古府中町まで出向いたのだろう。総じて僕の場合、学校への帰属感が薄く、それは特に学校行事の大セレモニー時に頂点に達する傾向があるようだ。一つだけはっきりと憶えていることが有って、これは誰にも今まで口に出して言わなかったが、誤解されそうな気がしたからである。母の山梨高女時代の親友の1人に林靖子さんという方が居て、その1人娘が偶然入学時に目にした林ひろみさんだった。母とご母堂の靖子さんが奇遇に驚いておしゃべりを始めた時、僕の目に飛び込んできたのは今までの級友とは異質な、あまりにも大人びた華麗な姿だった。彼女は後に日本のオペラ界を背負う大プリマドンナとなるから、その片鱗がすでに成長しつつあったのだと思う。

僕等一家が太田町から引っ越したところは甲府市内の中心部にある橘町の官舎だった。橘町というのは明治9年から昭和39年まで使われていた町名で、甲府城郭内の武家屋敷地の橘小路に由来するものだという。戦前の同町は甲府空襲でほとんどが焼失したため道標となるような建物は現存していないが、甲府駅から真っ直ぐ南に延びる平和通りに沿った場所が橘町だったと言えば分かりやすいだろう。しかしこの歴史を背負った町名も昭和39年には丸の内なる奇妙な町名に変更されてしまった。官舎の地番は橘町1となっているのだが現在のそれは調べないと分からない。とは言っても以前住んでいた錦町官舎の場所からは歩いて5分もかからないので、位置関係から場所は特定できる可能性はある。

先日甲府駅の駐車場に車を置いて、そこから旧橘町の方向に歩いて見た。記憶に残っている手塚歯科医院も丸十パン屋もそのままだったから、かつての自宅の場所特定は簡単と思ったのが甘かった。完全に自分の住んでいた建物が消えていただけでなく、周囲の建物も壊されて記憶をたどることもなにも出来ないのである。歳を重ねると自分の記憶があやしくなるだけでなく、町自体がその姿を変貌させ記憶喪失になっていく。そんなことは実際上、大した問題では無いと考えるのが大方の見解だろうが、町とのかかわりは人によるから場合によっては生きがいを失う人もでてくるはずだ。

附中に入学し、卒業するまでずっとここで勉学することになるのだが、それまでのような目まぐるしい転居も無くなり転学も無いのだから落ち着いて勉学に集中できたのがこの時だと言

Fig. 55a,b　旧橋町宿舎前を東西に走る道路を東に15mほど歩くと、甲府駅から南下する平和通りとなる。左の写真はそれを南に望んだもので、右の写真は北側の駅方向に望んだものである。

Fig. 55c　この写真の生垣の背後に官舎が有ったと考えられる。その官舎に沿って流れていた濁川は暗渠になっていてこの写真からは見えない。現在この場所は橘公園と称していることからかつての町名が覗える。

いたいところだが実際は逆である。人格形成的な意味での学校の比重はどんどん小さくなり、教壇から教えられる授業教科の内容は小学校よりは急速に高度化していくが、それを迎える側の自分の関心はそれ以上に多方面に拡散してしまい、内容を素直に受け止めることが出来ないという新たな状況も生じて来る。傲慢な言い方を許してもらうなら、教師の言葉を常に試すようなところが有って問題児ではもちろん無いのだが、教師から観ると授業態度が良くない霧の中を歩むようなぼんやりした生徒になってしまうのである。振り返って考えてみると、これまでのように時系列を追って事件を記述し、それと直接関連した事実や論理を展開していく形式では当時の実相に迫れない場合も出てくるように思う。要するに自分の関心事も、また事実そのものも重層化し、時間が織り成す網の目も複雑になる時代が始まったともいえる。だから結論としては高度経済成長時代前夜の戦後日本で子供達を含めて何が求める世界だったのか、その実現のため何に対してどれだけのエネルギーが費やされ、どれだけの挫折と犠牲と成果が得られたのかという視点から体験を整理してみようということになる。あっちへこっちへと記述が揺れて、今までよりは分かりづらくなるかもしれないが、ちょっとがまんして読んでいただければ数ページの先に真相めいたものが浮かぶ場合も出てくると思う。

第56話　鉱石ラジオ――見えない電波を捕まえる

鉱石ラジオと聞いてもそれが何かを具体的に知っている人は殆どいないかもしれない。ラジオはラジオ波、それも当時は主に中波を捉える受信機のことであった。その受信機パーツの主役が真空管だと真空管受信機ということになる。今は限られたマニアの中で細々と生き延びているにすぎない真空管受信機であるが、戦前普及していたのはこのタイプで音質もあまり良くなかった。日本がサンフランシスコ講和条約に調印して曲がりなりにも独立した段階でも放送の主役は中波ラジオで、その受信は真空管数が４本のいわゆる並４ラジオが一般的だった。真空管が５本の５球スーパー・ヘテロダイン受信機は製造されてはいたのだが、贅沢品ということで高い物品税が課せられたため広く普及するには至らなかったのである。

大人達の中で探究心にあふれた者達はこの状況を一種のチャンスととらえたのだろうか、回路図を独自に研究して古い４球ラジオを改良したり、進んでは５球スーパーラジオを自作、販売する動きが出てきたのもこのころである。雑誌出版界もこうした動きをサポートし、「ラジオ技術」、「ラジオ科学」、「初歩のラジオ」、「ラジオと音響」等多数のラジオと付く雑誌が復刊・創刊された。母方の伯父：中村幸雄もその一人で東山梨郡中牧村にあって村のラジオの修理をしたり独学で５球スーパー受信機の組立を行っていた。

こうした動きと関係があるのかどうかは分からないが、少年達のある者も空中を飛び交う見えない電波の存在にひどく魅せられて行った。後に知ることになるのだが、例えば家ウサギを飼育して組立資金を独自に捻出し、全力で受信機組立に情熱を注ぐ中学生も出て来たりした。僕もまた電波に魅せられた一人だったのだが、残念ながら真空管ラジオに手を出す経済的余裕はなかった。何か良い方法はないものかと思っていた時にたまたま目にしたのが〝鉱石ラジオ〟である。どのようなタイプのラジオ波受信機でも空中の高周波放送電波をアンテナで捉えた後、これを音声低周波信号に変調する回路が必要になる。これを行うのが検波回路で、極端なことを言えば検波した回路にイヤホーンを接続すれば放送局に近い音声なら聞くことは出来るのである。鉱石ラジオというのは検波特性を持つ鉱石を利用したものと考えればよい。固体ロケットエンジンの模型で登場した青木科学模型店のショーケースに鉱石ラジオを発見したときには〝何だろう〟という好奇心しかなかったが、とにかく安かったので購入した。理屈もなにも分か

Fig. 56a　鉱石ラジオでよく使われる鉛鉱石Ⓦ

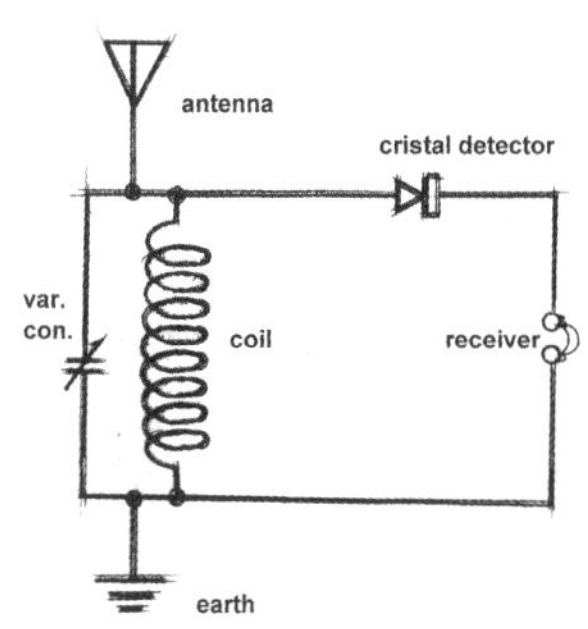

Fig. 56b　基本的な鉱石ラジオ回路図の一例

らないままの組立だったが弱い音声を聞き取ることはできたのには驚いた。検波に使われている石は何か覚えていないが、直径数ミリ程度の筒の中に納まっていて、両方向からネジで押さえる仕組みとなっていたように思う。この石の取り付け角度をネジで調整すると聴こえ方が変わってくるから面白い。目に見えない何かが空中を飛んでいて、それがエナメル線の中を音もなく移動し、結局イヤホーンというところで音の振動に変わるのだ。そしてこの音も目には見えない。目が捉えられないから耳があるのだろうし、音なら音が生まれている現場を見ることが出来る。小川で水が踊る姿を見て音と形の変化の関係を視覚で捉えることが出来る。けれど、この電波が生まれるところも、電波が音に変わるところも僕等は目では捉えられない。とすると広大な目には見えない世界が広がっていることになる。今ま

Fig. 56c
Le plus important est invisible（大切なものは目には見えない）は『星の王子さま』(28)の有名な言葉だが見えないものは心や愛だけでない。図は『星の王子さま』サン・テグジュペリ、内藤濯訳、岩波書店の表紙。書影使用許可：岩波書店

で見えるものばかりを考えていた僕はなんとうかつだったことか！

こうして、石と目に見えない電波の組み合わせから或る重大な教示のようなものを僕は受け取った。つまり感覚で捉えることの出来ない電気の動き、それを操作する最初の舞台装置と出合ったということである。

第57話　ラジオ製作エスカレーション —— 5球スーパー受信機

鉱石ラジオでは大音量・高音質でスピーカーを鳴らすことは不可能なことから、真空管ラジオの製作にとりかかるのは必然だった。スーパー・ヘテロダイン受信機に一般的だったST管（6WC5、6D6、6Z－DH3A、6Z－P1、12F等）は安価に市販されていて、キットで買えば格安な上にケースも揃えることが出来た。半田付けの技術も慣れると実はそれほど難しくは無い。問題は夏の暑さで、クーラーも無い時代だから半田コテからの輻射熱で眼が充血してかなり大変だった。回路図を必死で見ながら、結線を追っていっても、どこかで迷路に迷い込んでしまう。冷や汗か暑さによる汗かわからないような汗で半田コテが滑る。不思議と詳しいところは記憶に無いのだが、とにかく形が出来上がったところでヒューズをセットし電源を入れることにした。ブーンという音と共に真空管フィラメントが赤く点灯した。しめたと思ったが一向にボリュームを上げても音が出てこない。一度電源を切ってから半田付けを確認していた時衝撃が走った。コンデンサーに貯まっていた高電圧電気が一気に放電したらしい。幸い気絶はしなかったが、ショック療法のようなもので以後、ドライバーで慎重に放電させながら点検することにした。しかし、結局不調箇所を発見できなかった。悲しいかな、こちらはテスターも持っていないし、回路の知識もいいかげんだから、どのように問題箇所を追い詰めていったら良いのかが分からないのだ。

付属の回路図と対照してもギブアップの段階で、電器屋さんに持ち込むことを思い付いたまではいいのだが、当時は便利な職業別電話帳などはない。町を探す以外方法がなかったので駅前通りをうろついてみたら何と家の近くに小さな電器店：ニレイ電器商会が見つかった。もういちいち店員と相談するのも面倒なので、風呂敷に現物を包んで持ち込むことにした。考えてみたら、ここの隣は甲府書房という細長い形の本屋で、毎月雑誌を購入していた時、隣の電器店も見かけていたはずだが、今のように明るい店構えではなく自作電器など修理してくれないと思い込んでいたのかもしれない。おそるおそる店内に入り、かくかくしかじかの経過を話すと「見せてごらん」と言ってくれた。若い店員さんでラジオが好きだったのだろうか。後で受け取りに来いもなく、その場で直ちに点検・修理が始まった。「あっ、これじゃあだめだ」と説明してくれたのだが僕には基本知識が無いから良く分からない。当時の電器屋さんは新品を売るというよりは、ラジオに関してはかなりの知識も持っていて、医者の往診のように家庭訪問していたのだろうか。問題はそれほど深刻なものでは無かったらしく、すぐにキューという同調音と共に放送音が聞こえてきた。料金のことは何も記憶にないので、もしかしたら取らなかったのかもしれない。

それから家に帰ると夕食もそこそこにアンテナ線を長く張り巡らして選局を始めることになった。当時は夕食を済ませると2〜3時間でもう就眠という家庭が大部分で我が家も例外ではなかった。よく聴くと遠くの放送らしいものも入ってくる。もう夢中で止めることが出来ない。そこで家族が寝静まったところでそっと寝床を抜け出し、選局を再開することにした。ヘッド・フォンもその端子もこのラジオにはなかったからそのまま雑音が室内に響くことになる。深夜の放送バンドを探してピュー・ピュー・キュウキュウしている内に父が起きてきて「近所迷惑だからやめろ！」と一

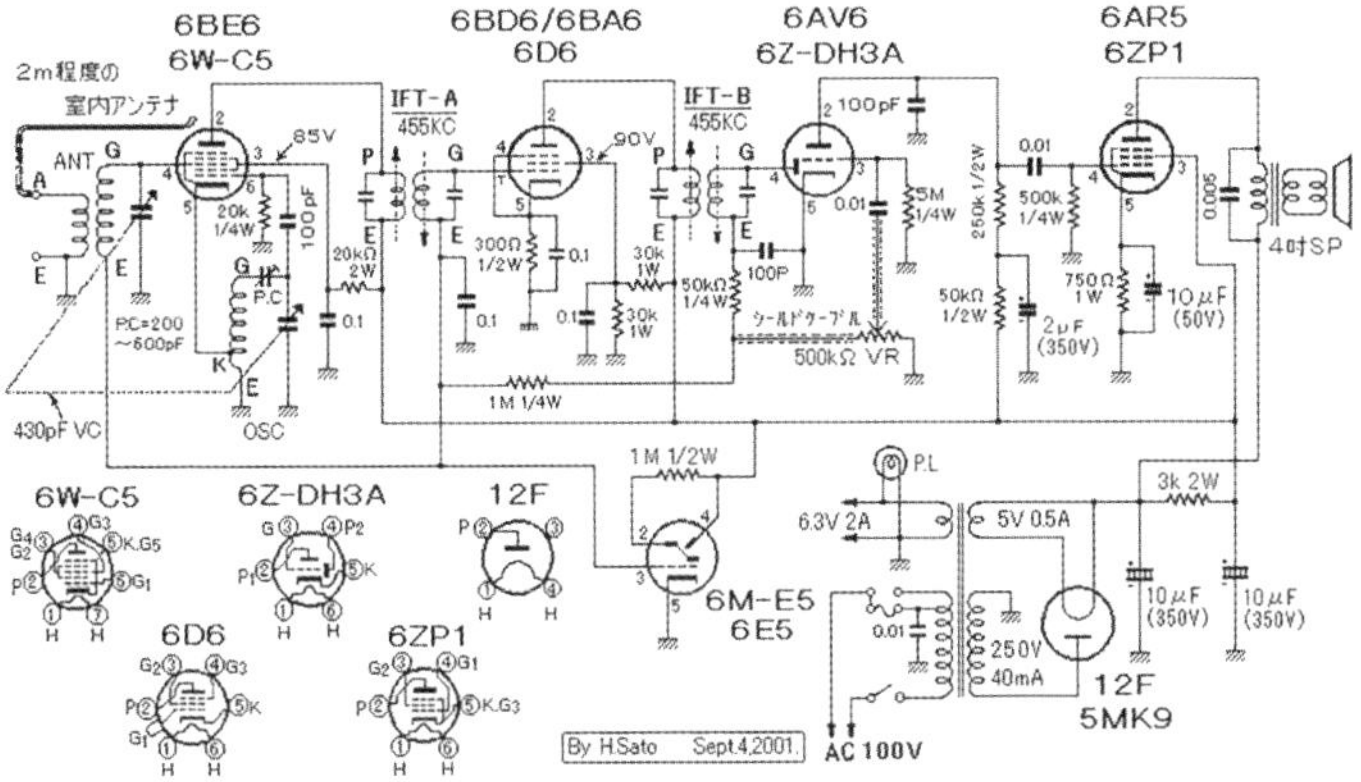

Fig. 57　ST管を使った一般的な５球スーパー・ヘテロダイン受信機の回路図の一例。佐藤秀隆（http://ja7bal.la.coocan.jp）がTRIO TECHNICAL DATA SHEET No.5をベースに作成したもの。ここで使われている6E5は同調の程度を可視化するための“マジック・アイ”で基本回路には付随的なものである。

喝され、ようやく終わりにしたことを記憶している。

第58話　〝草の根〟技術者の興亡

巨峰の里として有名な山梨県の牧丘町は昭和29年、諏訪町、中牧村、西保村が合併して出来た新興の町である。この内、中牧は中世の中牧郷に由来し、武田家配下の郷として養蚕業が盛んなところであった。伯父の中村家でも2階全床が養蚕のために保全されていて、夏休みに遊びに行くと2階から蚕が桑を食べる音がさわさわと聴こえてきた。長男の中村幸雄伯父は当然この家業を継ぐことを期待されていたのだが、実際進学したところは山梨高等工業学校（後の山梨工専）と聞いたことがある。母は塩山にあった山梨高等女学校にバスで通学したというのだが、中牧からは一時間近くかかるのでよほど教育熱心な家だったのだろう。伯父は専門の知識を生かし農業の傍ら村の電気器具の修理等を行っていたが、商売というよりはボランティア的活動だった。当然ながら興隆するラジオ工学に熱中し、僕の伯父のイメージは本業よりは工学博士のような感じであった。僕が5球スーパーラジオを自作したと同じ頃、家には伯父の作った巨大なスピーカーのついた大人が2人いないと運べないような〝電蓄〟がやって来て、迫力ある音質の違いにびっくりしたことを憶えている。

伯父は甲府に来ると、必ずといっていいほど橘町官舎の東側に店を構えていた甲府ラジオ・

サービスセンターに出向いたので、おそらくここで部品とかを買っていたのだろう。ところがこの頃通信分野では確実にテレビ放送の足音が迫ってきていて、伯父のような在野の〝草の根〟技術者が活躍する場は狭くなりつつあったのだ。NHKのテレビ放送開始は1953年2月1日だが、その数年前から実験放送は始まっていたので、

Fig. 58　おそらく伯父のこの写真は巨峰作りが軌道に乗ったころのものであろう。勉強家の伯父は50年代の終わりには村の上水道の新設にも係っていた。牧丘の家は代々養蚕農家で、その季節になると２階全体が蚕の桑の葉を食べる音に満ちていたことを思い出す。しかし化学繊維の開発・発展は養蚕業を駆逐した。コンニャク、シイタケ、養鶏と模索し、ようやくたどり着いたのが巨峰作りだったと聞く。

先を読んでテレビジョン受信機の製作を開始する者は全国各地に散在していたと聞いたことがある。事実放映開始当日の受信契約数866件を構成していた受信機の内482台は〝アマチュア〟による自作受像機だというから驚きである。しかし大量生産で国民的需要に応える方向が生まれてくると、資本力を殆ど持たず生産ラインの経験にも疎い在野の独学技術者（〝草の根〟技術者）達はたちまち蹴散らされて行くことになる。

或る日、伯父がテレビジョン受信機製作の講習会を受けてきて、その帰りに僕にぼそぼそと語ったことを忘れることが出来ない。「寿人、これがテレビジョン受信機の回路図だぞ」。見ると何枚もの大きな用紙がびっちりと目が回るような部品とその接続図で埋め尽くされているのだ。「もうこんなことをしている時間は無いな……」。その寂しそうな伯父の言葉に、僕は言葉も無く沈黙する以外なかった。

それから伯父は京浜工業地帯の中心地：鶴見のスチール家具製作工場に就職し地獄を見て2度目の挫折を味わい郷里に帰った。新しいことを始めることを厭わなかった伯父は、その後牧丘の巨峰作りを先導し全国にとどろく「巨峰の郷」に育てあげるため献身的な指導を続けてきたが、やはり僕はあのテレビジョン受信機組立の挫折を味わった際の伯父の姿を忘れられない。

第59話　底辺技術者 ―― 荒地開拓者達のその後

それではラジオ受信機の自作を各地で行っていた熱気は、テレビなどの高度複合新分野の出現の中でどの方向に活路を見出していったのかということになる。厳密な考証は別にして個人的な体験をもとに振り返ると、一つはオーディオ分野が考えられそうである。この背景となる理由を考えると、最終的な音の出力先としてのスピーカーがアナログ技術であること、真空管アンプの独自性がそれほど時代の波に翻弄されなかったことと関係があるのではないかと思う。

ST管に続いて（並行して？）GT真空管が発売されるのだが、6V6という一つで5Wも出せる安価なGT出力管が入手できた。これを使えば高性能な自作アンプを組み立てることが出来る。回路図を探していたところ思ったより簡単にある書籍から発見できた。スピーカーは〝山水〟の大口径ダイナミック・スピーカーと決めたが問題はそれを収める箱である。そこで友人の工務店の職人と相談し、エナメル塗りの1人では動かせないような大きな箱を製作してもらった。この音響ボックスの効果は抜群で近所迷惑なほど重厚な音が出た。結局大学に入学してもこの音響システムは手放せず仙台に運んでクラシック・レコードを聴きまくることになった。

こういった工学技術による自作は労働による対価を求める活動とは違うので、ハンナ・アレントによれば労働ではなく仕事ということになるのだが（「人間の条件」(29)）、独創性も殆ど無いので出来上がったのは〝作品〟とは言えない〝駄作〟である。駄作というのはオーディオ分野の多数が下すであろう判断の先取りだから僕自身の判断とは違う。きっと手作りぬいぐるみに夢中になったことがある女性なら僕の言うことは分かってくれるだろう。つまりこの〝駄作〟は一生忘れられない思い出を残してくれる〝駄作〟なのだ。

後に何十年も経ってからパーソナル・コンピュータ（ＰＣ）を自作した方は、この時代コンピュータ分野はどうなっていたのか興味が有ると思うが、この50年代初めというのはメインフレーム時代がようやく始まった時ということになっている(30)。だから個人がＰＣやスマホを所有することなどＳＦですら想像していなかった。拳銃やタイプライターを製造していたレミントン・ランド社がUNIVAC 1（Universal Automatic Computer）を完成・販売したのが１９５１年で、ＩＢＭ社がこの分野に参入したのが１９５２年のことである。もちろんこれらは真空管式のものでＩＢＭのそれはModel701と命名されたが、売れた先は政府機関と少数の大企業だけだった。造る方も、またそれを買う方も膨大な資金を動かせるという条件が入った時代である。

ＰＣは開発段階でも普及段階でも草の根技術者抜きでは考えられない技術分野である。これを可能にしたのはもちろん安価なＩＣチップの存在が背景にはあった。しかしＰＣは単なる技術ではなく文明（文化を好むならそう置き換えてもよい）である。その機械と人々の係りが問題となるとしたなら、参入した草の根技術者の評価をもっと真剣に歴史考察の因子にいれるべ

Fig. 59a　UNIVAC 1、1952年、レミントン・ランド社Ⓦ

Fig. 59b　IBM702のオペレーティング・コンソール、1953年、IBM社Ⓦ

きだと思うのだがどうだろうか。

第60話　光も電波も電磁波だって！

小学生時代、現実は目で見える対象物だけを考えれば理解出来る筈だと思い込んでいたふしがある。象徴と回想が動物的感覚と入り交じって絢爛たる錦の織物を日々織り成して行くのだ。思考ところが中学生になると、直感に対して盛んに理屈を並べ立てる脳が不平を言い始める。思考に深く潜入していくわけではなく、実は単純にいろいろ矛盾する事実を、自分の中の既存の体系の中に整理したり収められなかったりするだけなのだが。しかし、それと少々異なる現実界にある本物の矛盾を知ることもある。こうした現実の中の深い亀裂は解決できない難問を含むから始末に悪い。

たぶん数学の先生だったと思うが、授業科目から横道に逸れてギリシャ時代の哲学者の奇妙な逆説を紹介してくれた。それは〝ウサギはカメにおいつけない〟ということの説明だという。〝ウサギはまずその距離の2分の1、次はその距離の4分の1、8分の1……と言う風に無限に続く点を通過しないといけないからだ〟という説明を出したのはあのエレアのゼノンの四つの逆理の第一と第二の逆理を組み合わせ、僕等を面白がらせたのだとは思うが、僕にはどうしても解けない問題として巨大な怪物のように心の中に棲みついてしまった。実際はウサギはカメに追いついているのだから、その現実を説明する論理の組立手法に問題があると考えればよいのだが、論理の方に傾斜して逆にその論理を現実に投影してしまう年齢なのである。他にもいろいろ怖いことが考えの中に忍びこんできて、時間も川の流れのように過ぎて行くのだとすれば、今という瞬間確かに生きている僕は同時に死んでいると考えざるを得ないことになる。自分の生と死についても、広大無辺の宇宙の中で無限小の自分が存在している意味がどうしても分からない。つまり広大無辺の宇宙に意味を見出すことは不可能だと考えれば、そこに所属する自分の存在意味も分からないということになる。自分が消えたらどうなるか考えたことが有るが、地球の質量分布が限りなく零に近い値で変動する程度だとしか考えられない。

今の僕だったら、巨大な脳を持った人間はどうしてもあらゆる存在に意味・目的を持たせようとするように創られてしまったと説明するだろう。存在物としては傍迷惑なこともするが、物質の巨大な流れを変える事などできっこない。できるのは人間と他の生き物を含めた今と言う状態の中で最善と考えられる世界を追求する以外ないはずだ。

それでも科学的な分野での新概念についてはまっとうな疑問もある。その一つが光も電波も電磁気で、波であると同時に粒子でもあるとどこかで読んだ時だった。〝えっ！えっ！　どういうこと！〟となってしまい完全に了解不可能になってしまった。無限の空間に3×10^{10} cm/秒の速さで広がった波がどうやって粒子に瞬間収縮できるのか、どうしてもイメージを創れないのである。理科の植松金慶先生から何でもいいから最近考えていること、疑問等を書きなさいという課題を出された時があった。2～3年生の時だろうか。これは良い機会だとばかり、光を最初から粒子と考えて水面下からの全反射は光粒子と空気／水境界での粒子間引力で説明できないのかと思い切り書きなぐった記憶がある。問題を投げられた先生もさぞ困ったことだろう。

でも幸いなことに目に見える現実については魅力的な世界がいくらでも有るから、いつまでも理屈地獄で苦しむことは無くなった。よく現実から逃避するなと批判がなされるが、僕の場合のこれは何と呼ぶのだろうか。現実からの逃避ではなく、現実への逃避なのだから。下の写真はこの頃の記念写真で、僕は中学の課外活動では社会部に入っていた。だから

Fig. 60　中学３年生（?）の時の社会部記念写真。顧問は中央の井上秀文先生で皆真面目な折り目正しい中学生に見える。僕は前列向かって右から二人目であるが坊主頭が定番の時代だった。

これは社会部の皆と一緒に収まった写真である。顧問は井上秀文先生で僕は何もクラブには貢献しなかったが先生は黙ってそれを見守ってくれていた。今から思うと弥生遺跡の見学とかには参加すべきだったと反省するが、もはや手遅れである。

第61話　『航空ハンドブック』

甲府には朗月堂（須藤書店）と柳正堂という二つの老舗書店が有って賑わっていたが、中学生の僕には新刊書を買うだけの余裕がないことからもっぱら立ち読み専門で、実際買える本を求めて市内の古本屋を探し歩いていた。今では甲府で古本と言うとリサイクル的な大手チェーン店しか想い浮かばないと思うが、昭和30年代、市内では各所に古書店が散在していたのである。この時期になると模型よりは実際の航空機のことが知りたい事もあって、通称〝ボロ電〟を使い遠方まで足をのばして関連本を物色したところ二冊が見つかり購入した。

その内の一冊は戦前の戦時色の強い少年向けの本で、〝ノモンハン事件〟のことは書いて有ったが扇動的な写真ばかりで、タイトルも忘れて今は手元には残っていない。別の一冊は木村秀政編、山海堂、初版昭和26年12月発行の『初歩の航空ハンドブック』(31)で本格的な航空工学の入門書だった。

木村秀政氏は昭和31年（1956年）より始まる戦後最初の国産旅客機：YS－11の構想・

基本設計を検討した中心メンバー5人の内の一人で、この設計に係る他のメンバーはゼロ戦、雷電、烈風を設計した堀越二郎、中島飛行機で一式戦闘機「隼」を設計した太田稔、川西航空機で二式大艇や紫電改を設計した菊原静男、川崎航空機で飛燕や五式戦闘機を設計した土井武夫といった戦前の軍用機を支えた技術者達だった。連合国軍占領下の日本は翼をもぎ取られた状態にあり、GHQの航空禁止令が布告されると共にすべての日本の飛行機は破壊され、航空会社・航空機メーカーは解体、大学での航空力学関連の授業は禁止された。それが講和条約発効によって解禁となったのだから、この本も〝初歩のハンドブック〟とは言えないような充実した内容になったのは頷ける。

Fig. 61　「アサヒグラフ」1953年9月9日号に掲載の木村秀政氏 Ⓦ

　分類篇から始まり、発達、動力、記録、用途、原理、操縦、構造、原動機篇と横断的内容で全体を網羅し、最新の航空機写真まで入っているのだからすっかり魅了されてしまった。この本によって初めて今まで直感的にしか捉えていなかったプロペラとジェット動力の馬力、推力、機体速度の関係とか、翼形状の空気力学的意味等がデザイナーの思いつきではないことが理解できた。動く人工物は必ずそのシステムの極限的合理性を目ざして構造の改革を重ね収束していくという漠然とした確信のようなものが生まれてきたとも言える。

しかし、ちょっと不思議なのはなぜこのような専門性の強い航空工学の本が戦後まもない甲府で読まれたのだろうか。山梨大学の工学部には航空工学の専門学科はもちろん無いし、もし仮に有ったとしてもGHQの政策規制を考えれば発足などありえない話である。また県内に戦前有った飛行場は総て廃棄されたことを考えれば、航空機への関心がどこかで継続されたこと自体が驚きと言わねばならない。古本を買った自分のことをさておいて何を言うかとなるが、僕のような変わり者が常に一定数生まれてくるのがこの世の不思議ということだろう。

第62話　音速の壁

61話で登場したハンドブックには当時のジェット機が遭遇していた重要な問題点についてかなりのスペースを割いて解説していた。それはプロペラ機では議論にもならなかった〝音速の壁〟の存在である。少しこの本に基づいて解説すると、まず考慮すべきは空気には粘度があり、そのため飛翔する機体は空気を引き連れて実際は飛んでいるという事実である。特に翼周りは形状を工夫しないと乱流の発生が増大し、摩擦抵抗によって飛行速度が低下するだけではなく飛行そのものが不安定になってしまう。音速に対する飛行物体の速度比を便宜的にマッハ数（Mach number）でよく表すが世界大戦末期ではその値が０・５３～０・６１くらいだった。これが１９５０年代初めになると０・９８程度に達し音速を超えるのも真近と思われていた。ところが翼の乱流を抑える層流翼が工夫されたり、高出力のジェットエンジンが開発されてもマッハ数1を超えるのは簡単ではなかったのである。

理論はその困難の原因をはっきり示していて、それが衝撃波の存在だった。ちょっと説明は難しいが、飛行機の速度と翼周囲の気体の速度が同じではないことから見えてくることがある。音速に飛行機が近づくと、翼周囲の気体のスピードは音速を超えるところが不連続に生じて衝撃波となる。これを可視化した写真を最近ＮＡＳＡが公開した。「Ｔ－38」練習機の実飛行でマッハ１・０５（時速１３００㎞）の瞬間に衝撃波はどうなるのか、これを特殊フィルターにより可視化したのである（次ページ図）。こうした翼の衝撃波が発生すると揚力減少と抗力増大が起こり飛行は危険なものとなることがはっきりと分かる。

ジェット機が音速を超えることが出来るのかは技術的な限界を懸けた極めて高度かつ危険な挑戦だった。理論的に危険だと分かった時どうするのか。もちろんそういった危険な挑戦はしないというのは一つの選択肢だろう。だが、それなら永久に音速を超える航空機は登場しないということになる。そもそも人間が空を飛ぶと言うのは人間の本性の中にはない不自然な行為だ。ところがその方向に向かって危険を覚悟で試験飛行が始まると、もうそれは誰にも止められない。なぜ止められないのかというと、それを悪とする考えがないからに違いないと思ってしまう。つまり文明の進歩に対して僕等は極めて寛容なのだ。一方では技術の有用性は完全に文明の中心に居座っているから、技術進歩に対する社会的要請は強くなるばかりである。少なくとも当時の僕は技術進歩の崇高性に疑いを抱くことはなかったと断言できる。

昭和27年（1952年）、中学1年生の僕等を先生が引率して「超音ジェット機」という映画鑑賞にクラス全員で行ったことがある。こうした企画が今の中学校に有るのかどうか知らないが、当時は小学校時代から学校行事として映画鑑賞が行われるのはごく普通のことだった。この映画はデイヴィッド・リーン制作、監督、1952年のイギリス白黒映画で、超音速機成功のため息子の命も差し出す開発者の執念を描いた作品だった。主人公のテスト・パイロットは音速を超えようとして失敗、地面に激突し

Fig. 62a
音速越え瞬間の衝撃波（NASA）。
https://www.nasa.gov/centers/armstrong/features/bosco.html

Fig. 62b
最初に音速を超える飛行に成功したベルX-1Ⓦ

て死んでしまうのだが、映画ではその友人が再挑戦して音速超えに成功する。しかし、観終わってクラスの級友達は何かとまどっていたようにも記憶している。そもそも音速を超えるということがそれほどのことなのか理解していなければ、これは単なる無謀な冒険好みの父親のゆがんだ野望ということになってしまうだろう。僕には理論限界のリスクを背負って、なおも前進しようとする開発者の苦悩が見えて映画は印象的だった。しかし、ほんの微かな響きとして超音速ジェット機の非情な残響が何か不安なものを残したようにも思う。

音速を最初に超えた飛行機についてはは別の子供向けの啓蒙的書のなかで読んだことがある。偕成社かポプラ社かだったと思うが、手元にはもうその本はなく、記憶だけだがジェット機ではなく奇妙な形をした翼を持つベルX－1だった。ずっと後になって米映画「ライト・スタッフ」でそれが登場したのには驚いた。どうやら成層圏のロケット飛行でそれを成し遂げたらしいが、この飛行機の翼は後退翼ではなかった。それが当時の僕には奇妙に映ったのだろう。

水平飛行で超音速を達成した戦闘機はF－100で、この映画の翌年1953年11月29日のことであった。この時の時速は1215㎞だったが後に事故が続発した。

第63話　ゼロ戦神話と技術者の敗北

小学校時代から感じていたのだが、周囲の級友達の中には根強い「ゼロ戦」神話があり、世界最高の戦闘機と言う評価で時間が止まってしまった感が有った。もちろん級友達が実感としてそれを共有していたということではなく、敗戦の惨めさを乗り切るための大人達の自尊の情が子供達に反映したのかもしれない。と言っても僕自身ゼロ戦のてらいの無い美しさに魅了されて来た一人だから、ゼロ戦の極限的機能美や象徴するものの大きさは他機とは比較できないと思う気持ちはある。それでは何がゼロ戦を論ずる時の歯切れの悪さを引き起こしているのだろうか。

ゼロ戦：零式艦上戦闘機は徹底的軽量化を中心にすえて航続距離や水平飛行能、強力な火気装備を極限まで追求した戦闘機だった。そのためパイロットと機体を守る防御機能は犠牲にされ、機体の剛性は急降下のGに耐えられない弱さを持ったまま実戦に投入された。当初の戦果は驚異的なものであった。相手側がゼロ戦の特性を見抜いていなかった時は、全速で襲い掛かるゼロ戦を倒せる相手はいない。ゼロ戦神話はこうして広まった。しかし、弱点がしだいに米側に明らかになると、戦場ではこの神話は虚構に変わる。その時登場したのが神風特別攻撃隊だった。熟練操縦士を育てることは簡単ではないから爆弾を搭載して機体もろとも自爆させる戦術は、ゼロ戦と熟達パイロットへの決別だとも言える。合理的思考の持ち主なら何はさておきパイロットの保護、生還を最優先させるだろう。そしてもしゼロ戦が神話を維持できる戦闘機だと考えるなら一度の戦闘で終わらせる戦術をとるだろうか。

特攻機の主役となったゼロ戦は優れた戦闘機とは全く別の意味で米軍の脅威となった。戦争末期に採用された特攻戦術は〝アメリカ軍艦隊が直面した最も困難な対空問題〟である。(Wikipediaより)だったのは歴史的事実ではない。その事を理解するのはそれほど困難ではない。今の言葉を使うと最高性能のコンピュータを搭載したかのようなゼロ戦が敵艦に向かって爆弾もろとも突撃してくるのだから。翻って戦闘機性能という立場から特攻機を考えるとゼロ戦である必然性はどれだけ有ったのかということになる。そして何よりも無事帰還、再出撃が重要な操縦士を一度限りの玉砕任務として消耗していく不合理・不条理は、軍事理論でも空前絶後と言わねばならない。人間を高性能追尾部品と化し、敵艦に突撃させる任務を課せばそれが最強兵器となると知った時、戦闘機性能の改良は玉砕の美学に置き換わっ

Fig. 63a
1945年５月14日、菊水六号作戦で空母エンタープライズに突入する「第六筑波隊」の富安俊助中尉の零戦六二型(Mitsubishi A6M Zero)神風特攻機。この攻撃で空母エレベーター前面に機は激突、14名兵士の死亡と34名の負傷者が生じ、大破した空母は米国に帰還することになったⓌ。

Fig. 63b
1944年11月25日空母エセックスに神風特攻隊機が命中した瞬間。この攻撃にはフィリピン空襲を阻止するため、ゼロ戦、彗星、銀河を基幹とする特攻隊が編成され、その中の一機が飛行甲板に命中したものである。戦死者15名、負傷者44名を出したが、空母自体は修理後再び戦線に復帰したⓌ。

た。徹底的軽量化追求の中から空戦能力や航続距離で時代を画したゼロ戦の最後の仕事として、それはあまりにも悲しい任務だったと言わざるをえない。すでに次世代航空機の世界では超高空での巡航は現実のものとなり、ジェット機登場は目前となっていた時、ゼロ戦後の開発を進める余裕も無くなった戦争末期の日本は敗戦により何年もの航空機空白期を生きなければならなかったのである。

第64話　ステレオ放送

1950年代に入りNHK第1と第2放送を使ったステレオ放送が行われた。もちろん両放送共モノラル放送で、単独受信波にのせて立体信号を送ることはできない。どうしたかというと、第1放送が左側の音声を担当、第2放送では右側の音声を担当というふうに別々に送って、それを受信する側が2台のラジオを適当な距離に設置して立体効果を出そうというわけである。たぶん新聞からこの放送実施のことを知ったと思うが、家には自作機を含めて2台以上の受信機が有ったのでどんな音になるのか試聴してみることにした。

テープレコーダー等の録音機は未だ一般には全く普及していない時代だから、リアルタイムで聴く以外に方法はないというのが問題ではある。こうした新しい試みとなると、普段と違う僕の強引なやり方は家族全員あきらめの中で容認されていた。座敷に2台の受信機を勝手に並べても皆知らん振りである。「左のラジオを第1放送に、右のラジオを第2放送に合わせ音声が中央から聞こえるように受信機を調節して下さい」という前置きの後、いよいよ音楽の放送となったのだが、笑えることに肝心の曲目の記憶が飛んで思い出せないのだ。受信したラジオの音質には日頃から不満だらけだったこともあり、この話はまあこんなものかなと言う印象で終わってしまった。しかし、日常の音は遠近もあれば左右も有るし、音の性格には限りない多様性があることを考えれば放送の質的改善はこの時はまだ緒についたばかりと言えるだろう。

振り返ると、印刷物という媒体が絵画情報の大量頒布形式であるように、音楽についても高度な技術で複製された大量頒布形式が競争で開発・改良されていく時代が走り出すのは必然であった。しかし、オーディオ分野とちがい絵画複製物の印刷では立体技術ということがあまり意味を持たなかったのはなぜだろうか。もちろん左右から見た視角の異なる画像を、色違いのフィルターにより別々に目に入力する「立体めがね」のような雑誌の付録は使ったことはある。映画などでもこの理屈を応用したものを目にしたことはあるが普及には至らなかった。結局本の中で当時の僕等が見たかったのは現実の再現記録ではなく挿絵であり、マンガであり、絵画である。もともと2次元で造られているものを立体化したところで意味がない。音楽分野でステレオ放送が行われたのは、音楽そのものが空間的表現と結びついているからで記録としての正確さから出たものではないはずだ。

芸術分野で一番伝える物理的手段の制約が少ないのが詩とか小説とかだろう。活字を使うのだから別に製本や紙質などは質素でも、読む内容に含まれている情報を損なわずに読むことはできる。それでは一番制約が多いのはなんだろうか。現実化する前は台本というセリフとコメントの時間変化だが、これが生きた俳優と背景を手に入れれば映画やドラマとなる。台本に相当するのが譜面となれば音楽だが、これも演奏家と楽器ないしは演奏家と楽器の集団とそれを指揮する者がいなければ現実の姿を想像することは困難となる。ところが戦後のテクノロジーは僕等の時代からその記録と再現、伝達をみるみる高度化させていった。ラジオはそのはしりで、すぐにテレビがそれに追いついた。

こうなると音楽などは生演奏を聴かなくてもある程度その感動を味わうことができる。想像力が貧弱な音質を補ってくれるのだ。僕の家にあるのは琴だけでピアノはない。だから、ピアノは学校で先生の伴奏を聴くだけである。ピアノの凄さを初めて実感したのは友人の三井純一君のところに遊びに行った時だった。彼がこともなげに演奏を始めた「エリーゼのために」は衝撃だった。狭い部屋の中の手が届くほど近いところで演奏される曲はレコードで聴いた曲とはまったく別物に思えた。音楽の本当の姿を僕は知らないで来てしまったと打ちのめされたような気分になった。演奏と場が有って音楽が成立する、この発見は他の形式でも同じかもしれないと、この時以来考えるようになった。

Fig. 64
写真には現在に至る音楽メディアの変遷を示すLPレコード、カセット・テープ、CDディスク、レーザー・ディスク等の一例が写っている。中波ラジオ放送で異なる二つの電波を２台の受信機で捉える「ステレオ放送」とは別に、超短波を使うFM放送が開始されると早くも1963年にはNHK-FMでステレオ放送が行われるようになった。しかし、これはあくまでも放送側の話で、受信側がステレオ対応のラジオを持っていればの話である。同じ頃、SPレコード盤を駆逐したLPレコード盤側もステレオ化実現を目指してしのぎを削っていたが、1958年のステレオLPレコードの販売でオーディオ・メディアの覇権が決着したかというと、これは後から振り返るとほんの序章にすぎなかったことが分かる。カセット・テープの覇権もほんの一時の夢で、流れはデジタル信号へと向いていて、今も僕等は予測出来ない奔流の中を流されているかのようだ。

第65話　月光

橘町の官舎の敷地は東西に細長い50坪くらいの敷地だった。周囲はぐるりと木製の塀に囲まれていて、そこに木造木軸住宅と物置が配置されていた。造りの悪い玄関を入るといきなり木造の床が事務所のように広がり、農家の土間と似たその床と40㎝程の高低差で居間や廊下、北側の居室等が位置していた。この入口の〝土間〟や隣接する北側の狭い3畳の居室が自分の勉強拠点となった。建築的意図が全く分からなかったのが、3畳の陰気な居間を出ると真っ直ぐに広い廊下が東側に延びているのはいいとしても、この廊下の真ん中で再度40㎝下がったところにお勝手や、風呂場がごちゃごちゃと配置されていたことである。唯一この官舎で気に入ったところは広い廊下に面した西側の座敷で、ぐるりと南面と西面を障子が取り囲んでいたがそれを開け放つと広いガラス戸から明るい陽光が一気に差し込む仕掛けになっていた。その南側の先は小さな坪庭で、池はあるものの申し訳程度のツツジの先に松の枝が覗く中途半端な日本庭園もどきだったと記憶している。

僕はこの官舎に移ってからは病気に罹ると大抵この離れの座敷で回復を待つのが常だった。西の端は崖になっていて、その先には濁川の汚い流れが見えた。対岸には印刷会社だろうか、がちゃんがちゃんと機械が回転する音がひっきりなしに聴こえてきた。それも昼のことで夜になると静まり返り空も暗かった。熱が出るとよく喉をやられて、何も食事をとれない。そんな時には母が用意してくれた葛湯を匙で飲んだ。大抵数日で熱が引いて、往診に来てくれたお医者さんと話すのが好きだった。

中学2年生か3年生か忘れたが、ある晴れあがった満月の夜のことだったと思う。厚着ではなかったから、たぶん秋も終わりのことだったろうか。夜中にふと目が覚めて障子を見ると、その白い紙が真昼のように明るく輝いているのが目に入った。皆この座敷に一緒に寝ていたのに誰一人寝入っていて気付く様子はない。僕は一人そっと廊下に出た。昼間の廊下とは全く違ってそこは眩しいほど青白く輝いていた。ガラス戸から空を見上げた時、僕は息を呑んだ。白くちぎれた雲が飛ぶように流れ、そこを巨大な円形の銀の鏡が飛んでいくのだ。本当にこれは月だろうか！　呆然と空を見上げていると何か恐ろしく、また巨大で美の極限のようなものが飛翔していくのを感じた。風の音はしないのにこの音は耳鳴りだろうか。目を落とすと僕の黒い影が見える。もしこれが夢で無いなら、僕をこの地上から連れ去ってくれ。どこかでその時ささやく声が聞こえた。

これを最後に一度も同じことは起こらなかった。どんなに月の美しい夜でも、どんな季節でも、またどのような時に目覚めても、あの恐ろしいほどの美の体験は訪れてはこなかった。中学生という時が創りだした脆い夢とも幻想ともつかない体験だった。

Fig. 65　ロシアの19世紀の画家：イワン・アイワゾフスキー（Ivan Aivazovsky）によるThe Black Sea at Night。Wikimedia Commonsより。僕が深夜に見た月はこの絵のそれに似ている。

第66話　空っ風

甲府の冬の季節風・空っ風は時に吹き出すと猛烈な勢いで荒れ狂う。特に1～3月の晴天時、西高東低の強い冬型気圧配置になると今でも20m前後の風が家々を揺らし、就眠中でも台風が来たかのような物音で目を覚ましてしまうことが有る。当時の街は奔流を遮る大きな建物も無いから、風は荒野を走る馬の群れのようだった。舗装していない道路から砂塵が巻き上がり、家々を軋ませてごうごうと吹きすさぶ様は凄まじいとしかいいようがない。遥かかなたの空から波状に押し寄せる音が近づいて来たかと思うと、突然がーんという衝撃と共に貧弱な造りの官舎が身震いし、今にも倒れそうに家を揺らしては阿修羅のように走り抜けていくのだ。そんな日になるときまって母は持病の偏頭痛にとりつかれて、炬燵にうずくまり嵐の収まるのをひたすら耐えて待つ感じだった。

一方僕はどうかというと、不思議なことにこの冬の嵐がそれほど嫌いではなかった。大規模な大気中の圧力波の進行は信じられない程広大な響きによって、それまで聴いてきたどんな音楽よりも心と共振する何かを伝えて来るように思えたのだ。風が吹き荒ぶ外に出ると、着ている粗末な普段着など剝ぎ取らんばかりの勢いで凍った風が顔に叩きつけて来た。もちろん爽快感などとは違うのだが、生きる感覚というのか、何か広大で巨大なものの存在と対峙するような感覚に魅せられたのかもしれない。ずっと後になって分かったのだが、この空っ風のことを

「八ヶ岳颪《おろし》」と呼ぶそうである。日本海からの寒冷な風が八ヶ岳に当たり、雪を落として身軽になった乾燥風が、一気に八ヶ岳山陵を甲府盆地に向かって滑り落ちてくる冷たい冬の季節風のことである。長坂で体験したあの高地の厳しい嵐は、甲府の空っ風と出自を同じくしているのだ。

この「颪」というのは冷たい強風が山岳から吹き下ろしてくるのだが、ヨーロッパではそれをボラBoraと呼ぶそうである。同じように乾燥した強風が山を下るものにフェーンがあるが、こちらは季節はずれの高温の風が吹き荒れるスイスのそれがよく知られている。フェーンについて面白いなと思ったのは当時読んだ「郷愁」(32)の中に登場、主人公がこのアルプスへの客人に心からの愛着を告白していることだった。フェーンへのこのこだわり

Fig. 66a　八ヶ岳颪で舞い上がる砂塵。2019年１月30日、「シンプレクサス工房」より筆者撮影

は僕の八ヶ岳おろし（颪）とも重なる生きることへのノスタルジアだと思う。ほんの少しその一部を引用してみたい。

「子供の頃私はフェーンが怖ろしかったし、いや、憎んでさえいた。併し少年の日の腕白ぶりが目覚めてくるにつれて、私はいつかこの反逆者、この永遠の青春、この大胆不敵な格闘者、春の招待者が大好きになって行った。彼が生命と、過剰と、希望とに溢れながら、嵐に狂い、笑い、唸き、其の手に負えぬ格闘を始めるさま。咆えながらあの渓谷をかけ抜けてゆく時。山々の雪をとって貪り食い、強靭な古い銀松を乱暴な手の下にねじ

Fig. 66b 「郷愁」（H. Hesse, Peter Camenzind、芳賀檀訳、1950年、人文書院）の見開きページ

曲げ、遂に泣き声をあげさせたりする光景は実に素晴らしかった」（*ibid.*, p.15）

ヘルマン・ヘッセの小説との最初の出会いは教室の校内放送で「車輪の下」の朗読を聴いた時だった。勉強に明け暮れる主人公が、その勉強に人生の意義を見出せないまま最後は職人の仕事にも疲れて泥酔の果てに溺死する話である。しかし、明るい教室で聞いた時、何も心には響かなかった。大体、授業の中で勉強の意味はどこにあるかといった類いの話は、横道にそれた雑談のなかでさえ耳にしたことはないのだ。ヘルマン・ヘッセがどんな人物かは分からなかったが、「郷愁」から聞こえてきた響きは説明はできないにしても、僕の中に一つの共振する何かを残してくれたと思う。

第67話　夏の嵐と雷鳴

八ヶ岳おろし（颪）の場合もそうだが、広く深い舞台で起こる気象現象というのは一つの感覚だけを揺さぶるというよりは、五感の総てに係りながら時間軸を不連続に流れていくように思える。夏の嵐とも言える雷鳴をともなう夕立の場合どうかと言うと、物心ついてからそれこそ数え切れないほど経験してきたはずなのに、いざ記憶を手繰ろうとすると僕の場合小学生だった石和時代からしか想い浮かばないのが不思議である。

その時も、暑い夏を舞台とした威嚇するような稲光や空気を引き裂く雷鳴の一人舞台というよりは、天から落ちてくる水との総合的な物語だった。玄関近くの勉強部屋で窓を開け放って本をよんでいるとみるみる空が暗くなり、冷たい風が吹き込んで来た。驚いて外を見ると大粒の雨が乾いた道路を叩き出した。白い飛沫で道路が覆われ、その白い帯を透かして大粒の雨がばらばらと音を立て砕けて行く。傘も持たない通行人達が悲鳴を上げながら走っていく後から、ピカッという閃光と共に大地を揺さぶる雷鳴が鳴り響いた。埃っぽい匂いがあたり一面に立ちこめ、玄関前を流れる小川はみるみる水かさを増すと、その清流ははや濁流となって岸辺を叩く狂乱の姿に豹変した。玄関を開け放し、呆然と見入る僕の目に、しばらくすると夏の鋭い陽射しが飛び込んできた。俄かに空が明るくなると、洗い流された道路が眩しく陽光に輝き出した。ひんやりと冷気が吹き抜け、もはやどこにも重苦しい暑さはない。こうして一つ夏が消えていったのだ。

この夏の一瞬のドラマは、どこにでも在るようなありふれた出来事なのに、なぜこんなにも深く思い出の中に刻まれるのだろうか。しかも、この真昼の出来事とまったく関係の無い積乱雲が立ち上がる夕暮れや、夜の遠雷までもが狂おしいほどの懐かしさで僕を責め立てる。とりたてて何一つそれと結びつく具体的な出来事が無いのに、遠くでピカッと光る閃光に胸をえぐるような、もはや苦痛と言ってもよいような懐かしさがこみあげてくるのはなぜだろうかと思う。

結局今の僕にはそれが何か説明できないのだが、ノスタルジアというのは一種の心の病気の

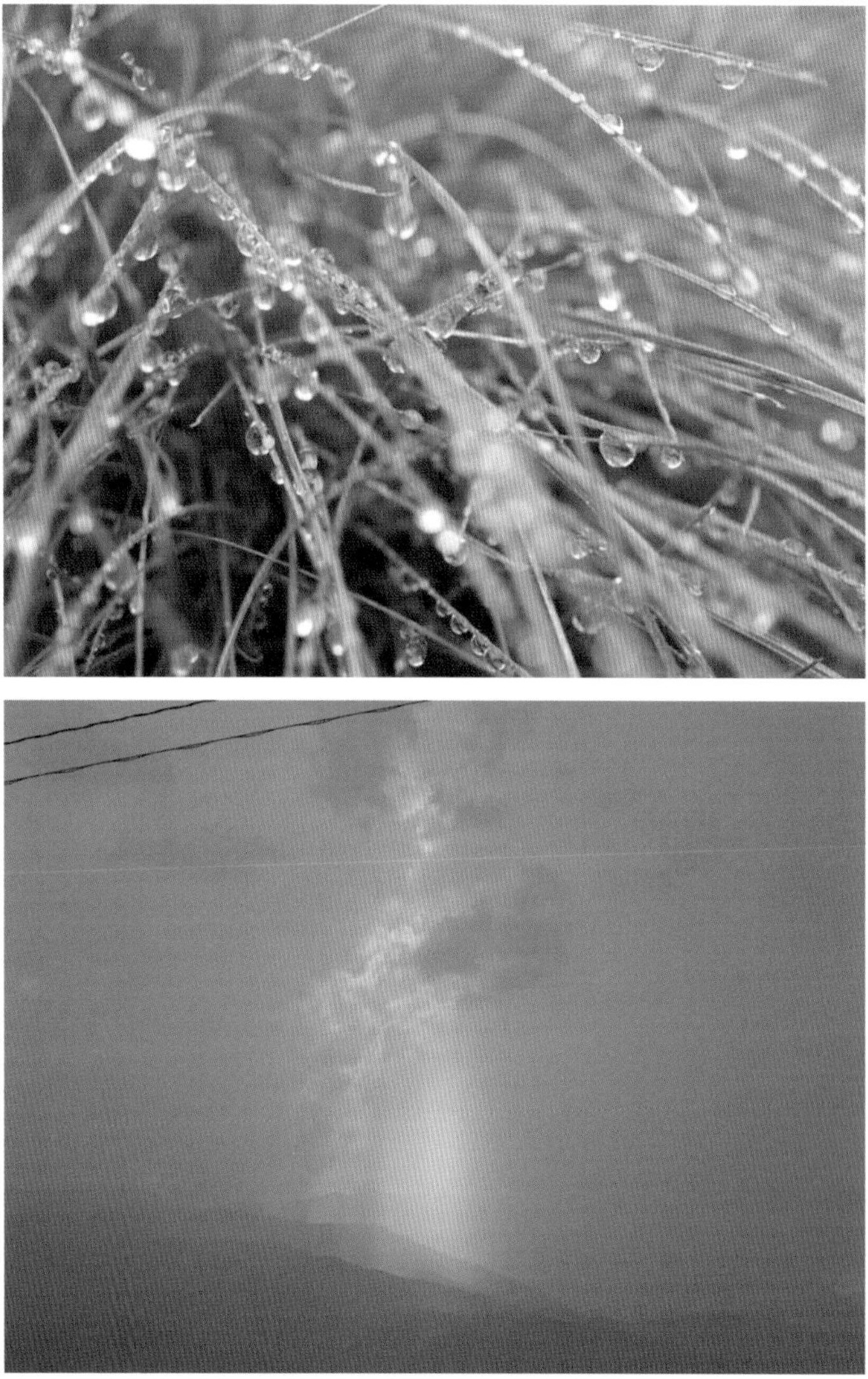

Fig. 67a,b　甲斐市「シンプレクサス工房」で見た風景の一こま

ようなものではないかとも思う。取り返せないものをいつまでも嘆くセンチメンタルとも違って、普段の仕事には登場しないし、またその重圧から逃れるため何かの悪習に逃げ込もうとするわけでもないのだ。ただ日々の繰り返しがあまりにも頼りなく、その延長の先になにも充実は来ないだろうと確信したら僕はどうするつもりだろうと不安になることはある。

僕等の精神のありようを、完全に合理的に説明できるかのような自信にあふれた人々とは、おそらく僕は永久に交差しない線路のように別々の方向に離れていくのだろう。しかし、その人々の少年時代なら僕はどこかで出会っていたのかもしれない。その時、僕等はほんの少し穏やかな挨拶を交わし、限りない優しさをこめてさようならを言ったかもしれないのだ。

第68話　時代劇映画の反乱

時代劇映画の派手な立ち回りから、剣豪の実像をヒーロー物語そのままの姿で想像するようなことはさすがに中学生ともなると疑ってかかってはいたのだが、当時流行していたどっちつかずな時代劇像を破るような映画に或る日遭遇した。黒澤明脚本、森一生監督による「決闘鍵屋の辻」である。観たのは中学生になってからだったと思っていたが、最近調べたところでは公開は1952年1月3日となっているので小学6年生の可能性もあり、その辺は正直言ってはっきりはしない。当時の甲府にはすでに数軒の映画館が開業していたが、その中の一つにオリオンパレスという洋画中心の映画館があった。家からは歩いて10分程のところにあり、この映画館で伝説のソ連アニメ「せむしの子馬」を前後して観た記憶がある。ここで何故か時代劇の「決闘鍵屋の辻」を上映していたのである。

ご存知のように主人公の荒木又右衛門は江戸期の実在の剣豪で妻の実弟の渡辺数馬の仇討ちを助けて、伊賀上野の鍵屋ノ辻で大勢を切り倒し数馬が父の仇：河合又五郎を討ったということになっている。講談などでは「36人斬り」と脚色されていることは知らなかったが、それでも高名な剣豪だから映画は迫力在る大立ち回りとなるだろうと予想して観ていた。しかし、嵐寛寿郎（略してあらかんと言っていた）等の活劇映画とはどうも最初から勝手が違う。三船敏郎演ずる又右衛門の漫画チックな大活躍の後ナレーションが入り、くだんの剣戟が真実を含んだものなのかどうか史実の検証や事実の検証が始まるのである。この中では日本刀の重量についても解説があり、これは数時間

Fig. 68　1953年12月の黒澤明氏写真。「映画の友」よりⓦ

の死闘で重要な意味を持つことになる。さて仇の一行を捜しての旅路の末、いよいよ決闘当日ということになるが、有るのは僕の記憶のみで、黒澤明作品集の中でもこのビデオは入手困難なため正確なことは残念ながら紹介できない。

しかし、茶屋に潜んで河合一行を待つじりじりした緊張のところから斬り合いが始まるまで、とにかく一片の誇張も無く、それでいて背筋が寒くなるような臨場感の虜となったことを憶えている。特に驚いたのは数時間の死闘が続く中、数馬も仇討ち相手の又五郎も精魂尽きて剣を持ち上げる余力さえ無く、それを荒木又右衛門が罵声でけしかける凄惨な場面のところだった。決闘もせんじつめれば剣を使った殺し合い、美談の欠片も剝ぎ取られたかのような実像に、終わっても沈黙だけがあった。暗い場内のがらがらの入りのせいも有ったのだろうか、「鍵屋の辻」の前と後、とも表現できそうな強烈な印象を残した映画であった。自分にとってはそれまでの時代劇の娯楽性を根元から掘り起こしてしまうような、時代劇の反乱とも言える映画の出現だったと思う。

第69話　軍備と政治工作、復讐者のロジック。米映画——「機動部隊」(1949年)の衝撃

オリオンパレスから歩いて5分もかからない所に別の映画館：銀峰があり、ここで印象に残

るような洋画を足繁く観に行った。と言っても、この名称の映画館が有ったことすら戦後甲府の記録には確たるものが無い。残念ながらこれも中学時代の記憶を辿って書き留める以外ないのだが、今の岡島デパートに隣接した一角で松竹館と並んで営業していたと思う。ここでアメリカ映画「機動部隊」を観たが、制作は1949年となっていても僕が観た時は中学2年辺りで、何故こんなにも公開時期が遅れたのかはよくわからない。大体僕が観に行った映画はなぜか観客数は少なく、立ち見など殆ど無かった。それでは一般に映画は不人気で入りが悪かったかというとその逆で、1952年公開の菊池寛原作「父帰る」の映画等はそれこそ押し合い圧し合いだったと父がぼやいていたので、映画館の入りは作品次第でいろいろだったのだろう。幸いなことに「機動部隊」はDVDとして安価に販売されていて最近再度内容を確認できた。受け手の僕のほうがすっかり映像擦れしていて印象はもちろん変わってしまったが、記憶を辿ることは出来るので話を進めることにする。

舞台は1920年代アメリカ海軍内で、戦艦中心か、それとも航空機・航空母艦を中心とした機動部隊かの抗争から始まる。ゲーリー・クーパー演ずる主役：スコットは石炭船を改造した「空母」ラングレーで危険な離着陸訓練を行っていたが、同僚の殉職の後、空母の重要性を説得する政治工作に専念する。このスコットは何者なのかについてはgooのblogで〝ネイビーブルーに恋をして〟さんがこの映画の詳細な実証、解説をしているのでそれに譲るが、実在の人物では無く空母の重要性を体現するために人格化された架空像のようである。それまで現実に存在した航空機、空母、戦艦がどのような経緯でそこに在るのかを技術と経済という面でしか考えてこなかった僕には、戦争の実体がむしろ深く政治と係っていることを考えさせてくれる契機となった場面である。

この政治活動の途上で国内世論形成に大きな影響力を持っているらしい新聞社社長と激論を闘わせたことを咎められて、スコットは事務職に左遷されてしまう。空軍も創設されていなかった時代

Fig. 69　太平洋戦争中の米海軍主力雷撃機：グラマンTBFアヴェンジャー。この機がグラマン社によって最初に披露されたのは真珠湾攻撃と同じ日であった。復讐者（アヴェンジャー）の名称が付けられたのは明らかにこのことと関係がある。戦艦「大和」、「武蔵」、空母「瑞鶴」の撃沈は米軍にとって復讐の意味をもったのだろうか。写真は1942年９月、米国バージニア州ノーフォーク上空を飛行するTBFⓌ。

だから、空軍力の充実とそれを機能的に運用する機動部隊編成でアメリカはすったもんだしていたわけである。これは後で分かったことだが空母機動部隊では日本の方が遥かに先を行っていた。戦艦大和に代表されるような「大艦巨砲」だけに帝国海軍がのめり込んでいたなら「真珠湾攻撃」などの作戦立案は不可能だっただろう。皮肉なことにアメリカ側にこのことを決定的に自覚させたのが真珠湾攻撃だったということになる。

もちろん映画を観ていた中学2年の僕にはそこまでは分からない。映画では早々と左遷先からスコットを空母に復帰させるのだが、クリスマスを控えて安息と祈りに包まれるはずの米国は「真珠湾攻撃」の激震に揺れることになる。現地時間で1941年12月7日（日曜日）の朝のことだった。実写映像と組み合わせての「奇襲攻撃」の場面では、爆弾投下と機銃掃射でハワイは生き地獄に叩き込まれる。米国太平洋艦隊壊滅云々よりは黙って観ている僕にはこちらの方が衝撃だった。怒りによる結束、容赦ない復讐者（アヴェンジャー：avenger）の覚醒のような感情を目撃したと言ったらよいだろうか。それから米海軍機動部隊はミッドウェー海戦に出撃、日本海軍航空艦隊と対決という段になるが、史実や作戦が良く理解できなかったのでもっぱら偵察、空中戦、雷撃、被爆艦船爆発、艦艇の応戦、被爆雷撃機の帰艦、炎上空母甲板の罵声、混乱、消火活動等の映像に心を奪われたというのが正直なところである。これは九州沖の戦いの場面でも同様で、映画は部分天然色ということで突然カラー映画となるが、戦争映画の高揚感のかけらも生まれなかった。木の葉のように引きちぎられ火を噴きながら敵艦に突撃する特攻隊機、ゼロ戦神話が崩れ子供っぽい空への憧れがどこか幻滅に変わる節目だったような気がする。

第70話　道を外した者達、追い詰める物証と捜査官の足

警察の捜査課には一課と二課とがあるが、一課が「強力犯」の範疇に入る犯罪：殺人、強盗、強姦、暴行等を対象としているのに対し、二課は「知能犯」：詐欺、恐喝、背任、偽造等を対象とするとして、対象犯罪領域が区別されている。父の担当は一課が主体の仕事だったと記憶しているが、この分野は戦後の警察改革と不可分の関係の中で抜本的改革が図られてきた。それは硬い言葉でいうと社会正義の実現を目指して事件の真相解明を優先し、不当な外部からの捜査圧力を排除するということではないかと自分なりに解釈してきた。というのは父の蔵書は部内秘文書は別としても家の中で自由に読める状態に成っていたので、活字に貪欲な僕の目からそれらの専門書も逃げることが出来なかったのである。例えば「警察教科書」のような基本的文献の中には犯人検挙は犯罪の認定ではなく、犯罪の実体と証拠を元に検察が裁判所に訴え、これを裁判が有罪の有無を認定するという一連の手続きを経て初めて刑罰が決まるといったことが書いてあった。あたりまえと言えばあたりまえだが、何か警察が罪を裁くといったイメージとは大きく異なることは確かである。したがってあやふやな理由や自白などでは犯人逮捕も

おぼつかないだけでなく、その後の過程で犯罪が認定されるわけもないということになる。当時は全くアナログ物証の時代だから現場検証だけでなく捜査前段階で物証を重ねていくのだが、中でも無視できないのが捜査官や警察との信頼を背景になされる〝聞き込み〟の重要性だった。これは潜在的な警察への敵意が一般的な社会では意味を成さないだろう。

具体的犯罪事例で父が語ったことは皆無だったのだが、犯罪史的な本は本棚に並んでいたので読みふけった記憶はある。その中でも特に少年犯罪にかかわる啓発書などの印象は強烈だった。タイトルは覚えていないが、一般向けに書かれたと思しき単行本のなかに書かれた少年非行の実例を読んで、これは大変な事だと小学校6年生の時にその本を学校に持って行ったことがある。周囲にその箇所を見せて説明したところ、クラスの誰かが先生に進言したらしく、なんと職員室に呼び出されてしまった。「志田君が悪い本をクラスに持ち込んだと報告が有ったけどどういうこと？」と聞かれたので、別に隠す理由も無いのでこれこれしかじかと説明したところ納得してもらい一件落着となった。しかし、この件でこの種の話題が小学生の問題意識とはなじまないと痛感し以後一切話題にするのは止めにした。凶悪犯罪に関してはさらに危険なものになりそうで中学生に成っても僕だけの胸にしまっておくことになってしまったのはしかたがないのかもしれない。ただ父とはもっと一般的なことで捜査官としての考えを尋ねたことがある。それはゆるせないような犯罪‥例えば邪な私利私欲に負けて罪も無い子供を誘拐殺めると言った事案の場合、犯人に強烈な憎しみを感じて私情にかられることはないのかということである。父の返答は「罪を憎んで人を憎まずということかな……」という優等生的返答だったが、どこか自信が無さそうな気配だった。このような「犯人」と対面して激しい憎しみや恐怖を感じるなと言うのは無理な相談で、だからこそ職業的な倫理観の抑制によって犯人を法の枠の中に隔離する、しかし残された澱のようなものに捜査官は苦しめられるのではないかと思った。事実それから2~3年経って、高校の期末試験で夜中まで勉強していた時、それは起こった。

ルポ

〝一件落着〟300超す
捜査に行政に手腕発揮

最近のテレビドラマは〝刑事もの〟が大流行である。スリルとスピード、それにナゾ解きの面白さ。加えて最後には必ず正義が勝つストーリーだから、見ていても安心だ。登場人物もコロンボを筆頭に多士済々で、平次、金さん、伝七なども昔の刑事さんである。

志田鷹吉さん（66歳）もこんな刑事にあこがれていた。テレビもなく、ラジオもあまり普及していない昭和初期のことである。しかし、すんなりとは警察官になれなかった。志田さんは身長の割に胸囲がせまく、それに近視だったからだ。学科は抜群の成績だったが、体格でふり落とされた。

志田さんはそれでもあきらめなかった。二度目の採用試験のとき〈背が低くなれば胸囲の割合いは高くなる〉と考えた。そこで身長を計るとき、ちょっとヒザを曲げた。当時はみなハカマをはいていたので、試験官もこれには気づかなかった。視力の方も検査記号を丸暗記して乗り切った。

ともかく志田さんは警察官になった。昭和九年である。最初の勤務地は甲府署で、受け持ち区域は旧白石町と穴切町の一部だった。穴切町は当時、遊郭街で、そのうえ同僚と若松町の芸者街に下宿していたので、甲府の花街にはだんだんくわしくなった。ところが同僚が近所の芸者さんから好意をもたれ、それを恨んだ恋仇が、交番の書類を川へ流してしまうという事件が発生した。そして〈もっとまじめな街に住め〉と上司から大目玉をくらい、芸者街から追い出された。

名捜査官の厳しかった表情も今は穏やか。奥さんと思い出話にふける志田さん。

その後志田さんは、とんとん拍子に昇進した。昭和十二年巡査部長、十四年警部補、十九年警部、二十二年警視というスピードぶりである。この間、刑事として捜査主任として数々の事件を解決した。

「犯人を捕えた事件よりも、逃げられた事件の方が印象に残っていますね。当時の刑事はよく働きました。むずかしい事件や選挙違反の捜査などでは、一週間ぐらいの泊まり込みが普通

……たものです

「お巡りさん」といえば、泣く子も……時代でしたが、事件……的でした……してくれたり、……親切で、警察官……れました」

志田さんは捜……でなく〝行政官……手腕を発揮した……甲府地区署（旧……設、穴切地区の……ある。

「今だから言……の捜査費は本当……このため刑事協……議ショーや浪曲……ロ野球まで招い……その利益金を捜……のです」

甲府地区署の……非常に少なく……田署が火事にな……らの方に半分近……労しました。寄……をくどいたり……で交渉しました……をあげない前に……札の一東二十六……だから、それは……

志田さんが駆……る範囲した穴切……なった自分の手……皮肉なめぐり合……

「売春防止法……止はやむを得ま……

テレビ・ラジオの県広報番組

＊県の仕事や行事などは、テレビ、ラジオをとおしてみなさんに次のようなかたちで、わかりやすくお伝えしています。

やまなし830（テレビ）

毎週日曜日の午前8時30分から30分間、山梨放送から放送します。

○2月6日　成人病対策－予防週間にあたって－
13日　すすむ土づくり
20日　本県企業の展望
27日　知事さんこんにちは

県からちょっと（テレビ）

月曜日から金曜日までの毎日、午前11時40分から、おもに主婦を対象として、県からのお知らせや

Fig. 70　「やまなし県民だより」昭和52年（1977年）２月１日号に掲載された“一件落着300超す”と銘打った記事。写真の父と母は県政功労者の表彰を受けた際のインタビューのためだろうか、いささか演出っぽい感じがする。

第71話　恐るべき若者凶悪犯罪と苦悩する父

事件が起こったのは昭和30年代と記憶していたのでネットを検索したところ、それらしい記事がヒットした。口に出すのもおぞましい事件で、若い女性が乱暴された上絞殺されて死体を川原に埋められたという。僕がなぜこの凶悪犯罪を忘却の中に沈めなかったかと言うと、その後何十年もこれを上回る類いの若年凶悪事件を報道等で見てきたことを考えると理由は凶悪性にはなさそうである。こんな粗暴かつ無残な事件など早いところ忘れた方が良いにきまっているのになぜ覚えていたのかというと、夜中に戻って来た父の様子がいつもと違っていたからだと思う。短いネットの記述によると事件は昭和31年（1956年）11月のことで被害者は16歳の女性、身延町に映画を観ての帰り中3男子学生の自転車に相乗りしているところを18歳犯人の男に襲われ暴行・扼殺、砂中に埋められたというものであった。同行の中学生に罪を擦り付けるという浅知恵は捜査員にあっという間に見破られて、事件の2日後には犯人が逮捕された捜査上は何の困難も無い類いの事案だったと思われる。

父の帰宅がどの時点かは分からないが、僕は当時高校2年生、〝受験勉強〟があることも知らない世間知らずの脳天気で、大きく出遅れた成績は落ちこぼれレベルでそれを必死で挽回すべく狂気の努力をしていた最中のことだった。一人蛍光灯の下、参考書に読みふけっていると、帰宅した父が珍しく勉強部屋にひょっこり顔を出した。「こんな遅くまで勉強か」と言って「寿人はえらいな〜」と付け加えたのである。なんで？　とちょっと心配になった。そんなことを言われたことはそれまで一度もなかったからである。僕が黙っていると「どうだ、これから屋台で〝夜鳴きそば〟を食べにいかないか」と言い出した。「……うーん、行きたいけど、ちょっと忙しいし……」「そうか、すぐ近くだぞ……」と寂しそうだった。それからすぐに新聞で事件を知って、あっ、このことであの夜、父はすごいショックを受けて帰ってきたのか、とちょっと自分の対応に疑問のようなものが湧き起こった。期末試験勉強程度に囚われて、なぜ尋常ではない父の様子に普通の対応が出来なかったのか、一緒にソバを食べる程度の余裕を持てない自分とは何者か、そんな疑問と絡んで半世紀もの時間を経ても事件の記憶が消えなかったのかもしれない。

一般に、新聞報道などで凶悪犯を検挙した捜査員の苦悩など読んだことがない。しかし、想像もできないような残酷非情な事件については絶対真犯人を逮捕して欲しいと願うのはもちろんであるが、犯人を挙げた後の何ともいえない捜査員の絶望も視野の中に入れて欲しいと思う時がある。別に何かを制度的にするということではないが、そうした極限的嫌悪感の中で時に生きなければいけない職業の場合は社会の尊敬が何より安らぎとなるだろう。逆にあれこれの事情が重なって道を踏み外した犯人に同情する場合もあるかもしれない。黒澤明監督の「野良犬」は昭和24年（1949年）の作品で、一つの犯罪行為が生み出していく悪の連鎖の可能性をしっかりととらえながら、それでも敗戦直後の日本を生き抜く中で追うものと、追われるものの双方に枝分かれしていく人間劇の根元まで理解しようとした秀作だと思う。人間の弱さと強さが了解の範囲にあるならば罪を追及する立場にも悩みは生じうる。理解しようとすることは許すこととは違うにしても、神の役割は人間には重過ぎると考える瞬間があるのが人間だと思う。もちろんこれらは大人になってからの僕の考えである。

第72話　空地

橘町官舎の東側には子供達の遊び場としてはもってこいの大きな〝空地〟が有った。この類いの空地は甲府市の中心地でもいたるところに残っていて、所有者が立看板等を立て有刺鉄線で進入禁止

Fig. 71　昭和30年頃（？）、盟友佐々木秀春氏と碁を打つ父。頭の毛がだいぶ薄くなっているが未だ残っていたので昭和30年としたが本当のところは不明である。二人とも片時も煙草を手放せないのがこの時代を感じさせる。

にしないかぎり他の空地でも遊びは禁止されていなかったと思われる。ここでどんな遊びをしたかと言うと、僕の場合、自作した試作遊び道具の実験が殆どであった。前に書いた模型ロケット機などは校庭では危険すぎて怪我人が出たら大変なことになる。自然、ここがテスト飛行場になった。雪が降りそうな日には板を削ってスキーもどきの用具を用意したが、夜とはいえ道路では危険なのでこの場合でもこの空地が試用場となった。街灯も真っ暗に近い空地で、夕食後ふりしきる雪の中で転げまわる僕の姿はさぞや奇怪な光景だったことだろう。

大雨が降った後は一番わくわくした。コンクリートの土台枠が残っていて、そこに池のような大きな水溜まりができるからである。海に見立てて小さな手作りの帆掛け舟を浮かべると、それは風に乗って驚くほど美しい姿で水を切って走るのだ。時の経つのも忘れて遊んでいると、夕暮れ時の空が赤く焼け、やがて涼しい風と共に夜がせまり遊び仲間は一人二人と帰っていった。当時の僕はその時の感情を表現する詩の言葉を全く持っていなかったが、今ならすばらしいフランスの詩を紹介することができる。A・ランボーの「酔いどれ船」(LE BATEAU IVRE)がそれである。でも、この詩を読んでいる方は、〝フラマンの麦〟と〝イギリスの綿〟を載せた貨物船が嵐のなかで舵も錨も乗組員さえも無くして、広大な大海を酔いどれ船さながら彷徨うこの全100行の近代詩の傑作、地上の拘束から脱して天空に達するかのような近代詩の傑作が、この空地の子供達の侘しい遊びと何の関係があるのかと思うかもしれない。

この話に入るには甲府から遠く離れたフランスに飛ばなくてはならない。しかも時は19世紀の終わり、パリ・コンミューンの騒乱で揺れ動いていた時代である。日本の1955年前後は占領政策が終わって時代に一区切りがついた時だから、あまり共通点は無いように思うが、高度成長前夜の日本では各地で空地が開発に回されて行く。当然子供達の視点から見れば自由が制限されて、強制的に大人になることが要求される時代の到来だ。逆に自宅という閉鎖空間では子供達の自由は一見拡大していくようにも見える。だがその自由の意味が違うのではないかとも思う。広場の遊びは子供達の公空間である。演説は無いにしても、そこでの集団の牽引は創意・工夫の能力に左右される。孤独な人間では人望を得ることができないともいえるだろう。この状況に対処するため遊具や安全を考慮した公園や、遊び場が用意されたではないかと反論が来そうだが、そうした政策によるお膳立てに

Fig. 72　水溜まりに沈んだおもちゃの帆船（自作イメージ）

踊らされるほど子供は馬鹿ではない。だから後戻りできない形で社会の構造が急速に変化していったのだと思う。この話はいささか尻切れとんぼなので次話でもう少し展開を試みたい。

第73話 「酔いどれ船」と少年時代の終焉

ベルギーとの国境付近に位置する北フランスの町‥シャルルヴィルは現在隣り合わせの町‥メジエールと合わさって一つのコンミューンを形成、アルディンヌ県の県都となっている。しかし、現在でも人口は二つ合わせても10万人程度なので19世紀の終わりにはもっと小さな町だったと思われる。ランボー（1854―1891年）が生まれたのはこのシャルルヴィルで、湾曲したムーズ河に沿って水車小屋やなだらかな丘を持つ静かな田舎町だったようである。「酔いどれ船」は、詩人として独立すべくベルレーヌに宛てて手紙を出し、その返事をシャルルヴィルで待つ焦燥のなかでしたためられた作品ということになっている。興味深いのはその背景で、それまでランボーは一度も船旅をしたことが無かっただけではなく海を見たことさえなかった。それゆえこの詩は具体的事象から湧き出たものというよりは、少年ランボーのムーズ河での遊びや、旅行記、冒険譚などの無数の読書等を背景にした彼自身の物語ではないかと言われているのである。それにしてもこの詩は何という荒々しくも美しい言葉の氾濫で満ちた歌だろうか。乗組員も錨も舵も無くした「酔いどれ船」は、引き裂かれた稲妻の天や竜巻を臨み、漂い、時に夕暮れや青鳩が胸をふくらませるような曙を目撃しつつ、幾月も幾月も大波のうねりにのって異国の地にたどり着く。青緑の羊の群れ、手綱さながら張りわたされた虹の橋、発酵する巨大な沼、魚梁にかかり腐る怪魚、凪のさなかに崩れ落ちる水面、大渦へ、瀧へ、目くるめく光景の転生！　85行からの旅の終章はこうである。(17)

〝おれは見た、きらめく星の群島を、
乱れ騒ぐその空を海ゆく者に委ねた島を。
——この底知れぬ夜のなかに、おまえは眠り、潜むのか、
数知れぬ黄金の鳥たちよ、おお、未来の生気よ？〟

ところがここで詩は突然高揚から悲しみに反転する。

〝だがほんとうに、あまりにもおれは泣いた！
曙は胸をえぐる。月はすべてむごく、陽はすべてにがい。
つらい愛が、酔い痺れる思いでおれを満たした。
おお竜骨よ砕け散れ！　海にとけてしまいたいんだ！
ヨーロッパの水に思いが残るとすれば、

Fig. 73a　シャルルヴィルの位置
b　シャルルヴィルを流れるムーズ河
c　「コインドテーブル」（ファンタン・ラトゥールによる油絵）中のランボー、下段左より二人目。いずれもⓌ

黒々と冷やかな森の池、かぐわしいたそがれどきに、
少年は悲しみに心溢れてうづくまり、池水に
5月の蝶さながらのかぼそい舟を放すのだ。
おまえの倦怠に浸った今、おお波よ、もはやおれには
綿運ぶ舟たちにつき従って走ることも、
誇らかな旗や長旗を風になびかせて行くことも、
獄船のおそろしい眼のしたをただようこともできないのだ。〃

後年老いさらばえてこの詩に出会った時、僕ははじめてはっきりと理解できた。あの橋町の雨上がりの溜まり水にちっぽけな舟を浮かべ、夕暮れを迎えたその時に、僕の輝かしい少年時代は終わったのだということを。人生の黄金時代・少年の時、それが終わった時からは、大人としての辛さを胸に畳んで、苦しみを受け止めて生きなくてはいけないことを。

第74話　現代甲府の出現

遊びが終わるのは日常への覚醒によってである。それは食事に遅れないよう促す母親の声であったり、休憩の終わりをつげる鐘の音であったりする。遊びは永遠には続かないのだ。ほと

んどを遊びに結び付けて生きるのが子供であるとすれば、逆に気晴らし以外の遊びを捨てて現実だけに生きるのが大人ということになる。一方詩の女神：ムーサはどちらに微笑むのだろうか。いうまでもなく遊びに生きる子供達のほうであって現実の功利にさとい大人達ではない。でも子供達は言葉が貧しいのだ。そこで女神達は地上にランボーを遣わし、奇跡のような詩を生み出した。そして大人になったランボーは詩を捨ててフランスを去り、現実の中の詩と言う幻を求めてアフリカで事実上死んだ。

ランボー、１８７２年「永遠」の前半だけを引用する（前掲書、粟津則雄訳）。

〝見つかったぞ。
何がだ！　――永遠。
太陽と手をとりあって
行った海。
夜も昼も眠らぬ魂よ、
一緒にそっと打ち明けよう、
あの空しい夜のことを、
火を燃えあがる昼のことを。
人間どものの同意とか、

Fig. 74a　「夕暮れの遊園地」、仙台市折立団地にて筆者撮影、1976年頃

Fig. 74b　「湾の渚と子供達」、宮城県奥松島で筆者撮影、1980年頃

心をあわせた逆上から、
さあ今おまえは手を切って、
心まかせに飛んでゆく。〟
以下略

夕暮れ時、遊びの中で見上げると燃えあがる夕焼け空は祝祭のようだった。あの空腹と戦争の長坂時代でもそうだったし、今のこの空地でもそうだ。顧みればそれらは総て子供時代の終焉をつげるものだったのかもしれない。そして何というめぐり合わせだろうか、1955年の甲府市は〝乱雑な〟、しかし活力ある戦災後の少年甲府市から高度成長という功利にあふれた現代県都甲府市に向けて歩みだそうとしていたのだ。

第75話　広路一号線

橘町官舎の東側には協和銀行甲府支店や第一生命の建物を隔てて、戦後復興道路として早くも昭和22年に着工がはじまった幅36mの広大な道路が甲府駅から南に延びていた。まだ道路を走る車は僅かな時代だから、当初広路一号線なる名称の計画が幅50mであることが明らかになると地元地主や議会の猛烈な反対運動が起こったという。この36m幅はその妥協の産物だともいえるのだが、実際の工事現場で道を横断したときはそれでも僕の目にはとんでもない広さと感じたことを覚えている。米国の実情も知らないし、車社会の到来も想像外だから、先見の明で世の中が動かないのは今も昔も同じなのかもしれない。

この全長0・8㎞、現在の相生歩道橋交差点に至るまでの復興道路は昭和30年には完成し平和通りと名付けられた。この昭和30年こそ日本経済が世界でもまれに見る速さで急成長する分岐点となった年であった。急成長という量的な面だけを強調したが、あらゆる面で質的に現在の生活の基礎を形作ったとも言える激変だったのである。しかし、これを革命というのにはいささかはばかられる。なぜなら生活のモデルはすでに見えていて、独創性はその目標点への到達の早さに集中すれば良かったように思えるからである。言うまでも無くそのモデルとはアメリカ的消費社会だった。もちろん軍事大国としてのアメリカではない。

話が拡散してしまうので、平和通りに話を戻すと、南に延びた駅からの工事は次の新平和通り、新々平和通りとバトンタッチされ国道20号バイパスに到達するまで休み無く続けられていった。1960年代の後半から始まるマイカーブームは経済成長にともなう実質賃金の増大がそれを可能にしたのだが、中でも乗用車数はみるみる道路を車であふれさせて行った。もはや誰も平和通りの幅が広すぎるなどと反対運動をしなくなっただけでなく、むしろ〝狭すぎる〟36ｍの道路幅がすぐに問題を生じるようになってしまった。

一方文明の成熟という面からみると内省という契機はむしろ後退していったようにも見える。

物質面での「幸せ」を第一義的に追い求めることが当然視され、テレビ、電気冷蔵庫、電気洗濯機と追って行くうちにあの「混乱期」の求道的にも見える思考様式は忘れられていったのではないだろうか。僕の場合、空地の消失と共に、それに依存する類いの遊びは視野から消えたのは確かである。しかし、子供達の世界には徐々に目立たない形で広場から撤退し、大人達の強い環境圧のなかで自分の城を求める動きが増大していったと思う。校庭ではもはや模型飛行機は飛ばなくなり、空にあこがれる子供達は科学が切り開く現実を空想の翼で一挙に異世界へと延長した。マクロとミクロの両面で戦前の子供達が想像もしなかったような宇宙や極小世界の奇妙で、魅惑的な映像や物語が登場しだすのである。

Fig. 75　現在の平和通りから甲府駅方面を望んだところ。2018年、筆者撮影

第76話　絵画の位相 ―― 日本画との出会い

生物の進化を示すのに樹を模したような系統樹が使われることがある。その手法の中心になっているのが分岐論で、比較解剖学や比較発生学だけでなく、近年は分子生物学的情報の蓄積を利用することにより仮説的な先祖種の推定や正確な分岐点を議論するようになっている。一方人間の「仕事」の蓄積遺産である絵画の歴史についていては、時代による流派の興亡はあるにしても、そもそも「進化」のような概念が通用しないのではないかという当然の疑問がだされる。それでもこの分野で技術進歩と芸術潮流の興亡がパラレルであるかのような芸術観が絶えず生まれては消えるのはなぜだろうか。文明の歴史的変遷が技術進歩を内に含むため、あたかも技術進歩こそ文明の中心に位置し、芸術を変革する原動力であるとする類いの勘違いが生じうるのだ。一方絵画様式の激変については技術革新の影響以上に日本固有の特殊問題がある。それは日本画をどう位置づけるのかという問題である。明治期に西洋文明の輸入という極めて人為的な上からの方針転換が行われた。それが明治政府による日本画と洋画の区分、洋画の官製養成であることは言うまでもない。今や洋画は日本の伝統の中に繰り込まれ、逆に世界絵画の潮流の中に日本画も含めた日本の絵画を位置づけることが可能な舞台装置は準備されたようにも見える。しかし絵画の本質から見て日本の絵画の存在意義はどこにあるのかの激論は僕の耳には聞こえてこない。そんな暇があるなら一枚の作品でもものにしてみろということだろうか。

本題に戻ると、僕は自分自身の記憶をたどった限りでは〝子供らしい〟お絵かき時代が無い。だれから教えられたということではないのだが、奔放な想像に任せた形や色を使い、自由に対象を描くということが出来ないと言ったらいいだろうか。描いた作品は引っ越しのたびにごみに出されてしまい残っていないが、それでも小学校6年生か中学1年生になって早々に描いた一枚の水彩画だけは紛失を免れて手元に残っている。黄色く変色した紙から画像ソフトで原画を浮かびあがらせると、そこには一匹の鮎が描かれているのがわかる。これはどう見てもよくある子供の絵ではない。水彩絵具を用いたためだろうか、どこか日本画的風情があるのだが、線描による輪郭が無いのが目立つ。

僕の近所の子供で、日本画の先生に弟子入り

Fig. 76　「アユ」志田寿人、紙・水彩絵具・筆、中学１年生前後の習作

していた子に師匠の作風に似た花を見せてもらったことがある。様式が固定しているから、その牡丹はそれなりのまとまりに収まっていたように記憶している。だが、その花に対した彼女の心の亢進が一向に伝わってこない。僕には当時の少年雑誌のペン画の方が遥かに魅力的な芸術に思えた。授業で行われる静物や、屋外風景のスケッチなどは何の緊張も高揚もないから、勢い授業態度が悪いとの評価が固まる。提出課題は波を蹴立てて進む帆船とかだから、級友の評価は圧倒的だが教師は面白くなかったろう。だからといって僕に芸術を見る目が有ったわけではないと思う。未だ自分の芸術とは出会っていないのだから。

第77話　日本画家の即席画

僕の時代は多くの家の床の間には掛け軸が飾られていた時代だった。その家の住人達がどのような絵を好むかは、その家の噂話よりは物語るものが多いようで面白かった。もちろん人物の印象と真反対の場合もあるから、それはそれで興味が湧いたりする。中牧の中村伯父の床の間の絵は天孫降臨のいただけないもので、最新のラジオ技術者との組み合わせが奇妙すぎた。僕の家のそれは何かと言うと虎の絵の表装掛け軸だった。絹に描かれた写実的な作品で若々しい気迫にあふれたものだったと記憶していたが、いつのまにかどこかに紛れ込んでしまった。父に作者を訊いたところでは芸大生の作品だという。横山大観の富士を絶賛していた父のことだから、当然ながらこうした洋画手法を取り入れた類いの日本画に対する評価はあまり高くはなかったが、毎日習慣のように目にしていた僕はどこかで影響を受けていたのかもしれない。

　実は日本画との出会いではもっと直接的な出来事の記憶がある。小学校の高学年の時だろうか、ある日、父が日本画で名の通った先生を囲んでの宴席があるので一緒に行こうと誘ってくれた。甲府の中心地から南に離れた田園地帯に孤立して建つ農家だったと思う。庭には大きな池があり、ここで父は投網を始めたのだが勢い余って網と一緒に池にはまってしまった。ずぶぬれになった父を見て皆は大笑いしていたが、池の鯉で鯉汁をご馳走しようとしたご主人への父らしいサービスだったようであ

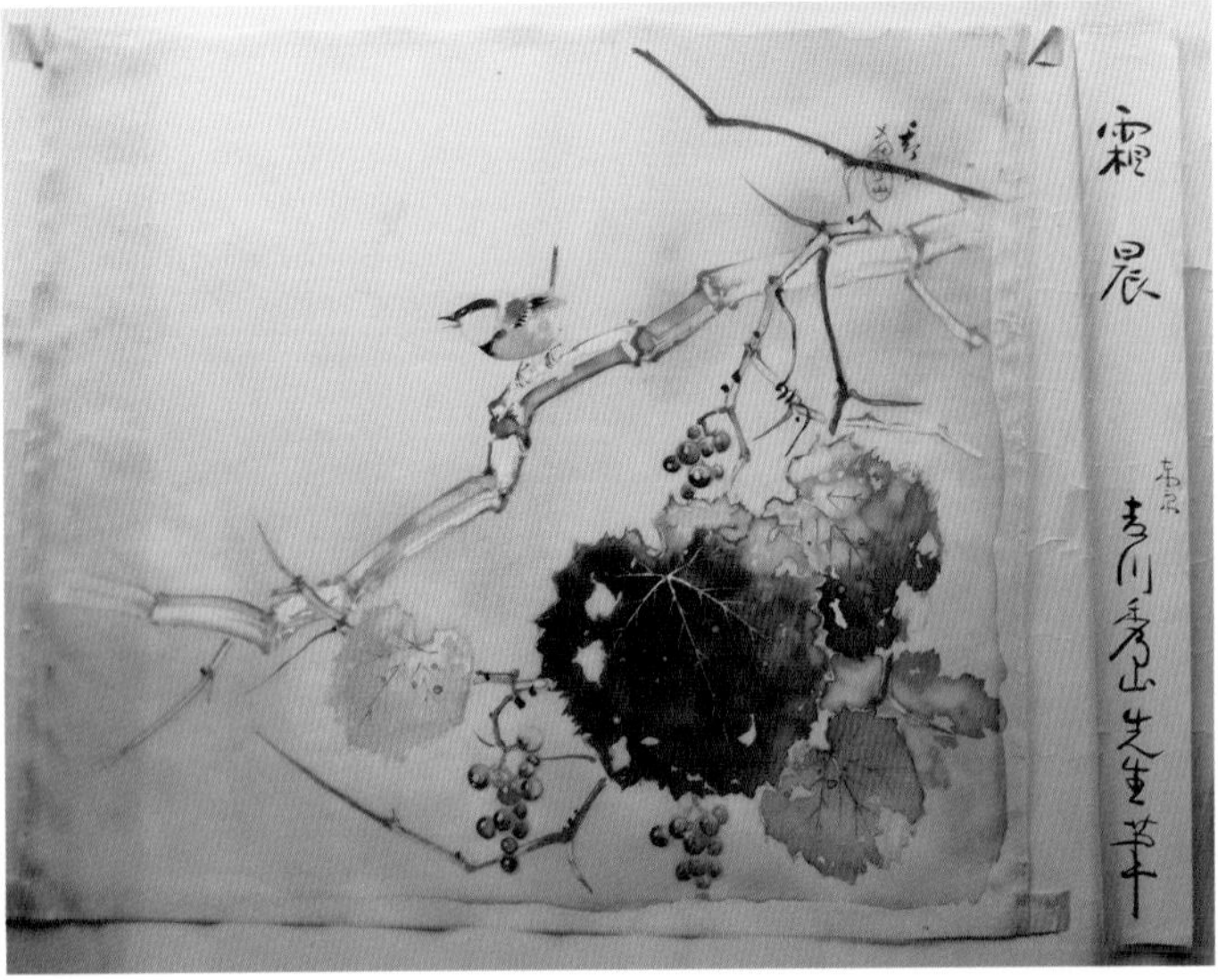

Fig. 77　「霜辰」吉川秀山作、制作年不明、絹布に筆、筆者蔵

る。やがて日も暮れて件の画伯を囲んでの宴席となった。どこか華やいだ雰囲気の中で酒も入り、話もはずんだところで一行は別の小さな部屋に移動していった。

そこで誰かが「お題」を出すと、先生が和紙に（絹ではなかったと思う）即興で毛筆と絵具を使いさらさらと絵になるような情景を描くのである。前席で見ていた僕には金魚や野鳥が紙への滲みを生かして命を吹き込まれていく魔法のように見えた。図画の授業で当然のように行われてきた「写生」とは完全に異なる描写主体の画法を目の当たりにした瞬間だった。家に表装の無い古い日本画が一枚あるが、これには吉川秀山先生筆〝霜辰〟と添記されているので、件の画伯は吉川秀山の可能性はある。しかし、手元に即興画は何も無いので判定のしようがない。

最近ネットを検索したところでは、吉川秀山は長野県出身の画家で茅野市美術館に何点か収蔵されているということである。一時代を画するような変革者ではないが、穏健な伝統の延長に制作を重ねた画家の係累なのであろう。これが僕と日本画との最初の遭遇であった。

第78話　「画壇」的洋画

あらゆる本は読まれる価値があると同様に、あらゆる絵画は観られる価値がある。しかし、それが優れたものであるのかどうかとは別の問題であるのは言うまでもない。画家が形成する専門家集団をとりあえず「画壇」と呼ぶ場合があるが、絵画作品制作の基本はあくまでも独自の絵画論を持って制作にあたる画家個人だから、理論上は絵画の価値判断をするのは集団である「画壇」ではないはずである。ところが画家は他の集団と同様、各種のグループ、組織を形成し、良く言うと切磋琢磨のルールをつくったり、悪く言うと集団内の権力構造を形成したりする。画壇の一角を形成する何かの団体に属することが絵画制作の基本理念に影響するか、などと質問すればどの画家も否定的に答えると思うのだが、外部から冷ややかに観察するものにとっては自己の殻に閉じこもり、画壇特定グループ内の評価を求めて技術向上に固執する奇妙な同質性を目撃することになるのだ。

父は日本画だけではなく洋画にも興味を

Fig. 78a 「おうな」和田英作（1874–1959年）作、油絵、東京国立近代美術館所蔵Ⓦ

持っていたが、安月給の公務員だからコレクターになるようなご身分ではなかった。それでも来客の中には画家もいて、酒を酌み交わしながらとりとめもない会話で宵を過ごすことがしばしばだった。その一人が画家の内田一郎氏である。氏は甲府中学（甲府一高の前身）在学中から画家を志し、洋画の魁《さきがけ》の中心メンバーの一人：和田英作の門に入った。１９２５年から１９２９年のことである。その後文展、帝展、太平洋画会展に出品、特に創元会は創立以来亡くなるまで連続して出品を続けたことからすると、典型的な画壇的洋画家ということになるだろう。しかし、父のような異分野の人間との交流を楽しんでいたことから考えると、画壇の中の位階を駆け上ることに汲々とする狭い人格だったとは考えられない。僕自身の印象も威圧的なところがまったく無い気さくな〝おじさん〟で終始した。父が気に入って購入したという「シャクナゲ」の油絵を観ても、描写の正確さを強調するというよりは受け止め湧き上がる感情をてらいの無いタッチで描いた小品という感じがする。師である和田英作自身、代表作の一つ「おうな」を観ても、すば

Fig. 78b　「シャクナゲ」内田一郎作、油絵、筆者蔵

らしい描写力で夕暮れの老女を情感豊かに描いた稀有な傑作だとは思うのだが、人生の終わりと夕暮れの象徴性に肉薄するような激しい抽象性とは別物に思える。

〝戦争と革命の世紀〟とされる20世紀の進行の中で、ヨーロッパ芸術全体はアカデミズムに収まらない様式で時代の激変に何とか対決しようとして来たと思う。日本の画壇が理解しがたいのは画業というような職人的修練ではなく、芸術の根元にある人間の理解をどの程度深刻に捉えていたのかが見えなかったからではないかと思う。

第79話　さまざまな『罪と罰』

手塚治虫の漫画にドストエフスキーの小説を漫画化した『罪と罰』(33)がある。それまで子供漫画家が誰一人扱うことが可能だとは考えもしなかった人生の難問を、それこそ真正面から見据えて全力で作品化した意図がどこに有ったのか。僕のように子供の世界を疾うに自分から捨てて、子供の無邪気に逃避することを潔しとしなかった若者を目の前にして語りかけるような熱烈な作品だった。発行は昭和28年11月、中学2年生の時である。『鉄腕アトム』の健全路線が定着していく中で手塚マンガへの人気が急上昇していくのとは反対に、僕のマンガへの関心は急速に冷えていったが、この本や類似の手塚の〝不人気マンガ〟(例えば『地球の悪魔』(34))だけは執拗にその問いを叫び続けて脳裏から消えなかった。

金にこと欠いて勉強も生きていくことも儘ならない貧乏学生‥ラスコーリニコフ、それに対して金を貯めることだけにしか存在理由がないように見える金貸しの老婆‥アリョーナ、そこから解説するまでもない個人テロルの物語が始まる。人殺しという手段を選ばない〝社会正義〟の実現は暴力革命と重なり人間に何が許されるのかという究極の問いでラスコーリニコフを苦しめるのだ。論理によってはその解答を得られなかった彼は、世間から蔑まれてもなお人間愛を失わない売春婦‥ソーニャの中に究極の英雄像を見出し大地に伏せて告白した。「金がほしいためにばあさんをおのでころしたのはぼくだ」。もちろんこれは原作とは

Fig. 79a　サンクトペテルブルグはピョートル大帝によって建設された人工都市であるが、その過酷な建設の中で多くの人命が失われたという。記念の彫刻「青銅の騎士像」は墓碑銘的な意味もふくまれているのだろうか。photo; PBF

違う。しかし、その後読んだ長大な原作の読後に勝るとも劣らないインパクトであったことは確かである。学校の授業がことさら避けてきた売春婦や社会の底辺の生活と正面から向き合い、〝パンパン〟という蔑みの言葉を逆転させるかのような真剣さで貧困に苦悩する姿を見て呆然とした。古いロシアの石畳や街灯、冬の街路樹を背景に苦学する学生達、そこにはちゃらちゃらした軽薄の遊びの一片も入り込む余地は無かったのである。

第80話　『異邦人』と『果樹園』

父の蔵書の中には小林一郎著による『法華経講義』のような分厚い大乗仏

Fig. 79b　冬のサンクトペテルブルグ（photo; PBF）。『罪と罰』の物語はこのロシアの美しい都市を舞台に展開された。ネヴァ川河口三角州に広がるこの都市はロシアの文化都市の中心として多くの芸術家を惹きつけてきたが、ソ連時代は一時レニングラードの名称で呼ばれた。

教の書があったが、さすがにこの分厚さには引けてしまいとりかかることはなかった。しかし、父が大切にしていたこの書と、法華経の探求に生涯をささげた小林一郎氏を考えれば、この挑戦からの撤退は不覚だったと残念でならない。来世の永遠の幸福ではなく、今の生き方を問う宗教であればなおさらだが、過ぎ去ったことでしかたがない。

姉のことに話題を切り替えると、僕より2歳年上だった姉は当時山梨英和学院に通っていた。ミッション・スクールの学生の1人としてキリスト教を学ぶことは義務付けられていたのだろうか、『聖書』に布製のカバーをつけて持ち歩いていたと記憶している。だが、姉に宗教への傾倒は見られず、それより印象に残っていたのは蔵書に有ったカミュの『異邦人』とリルケの『果樹園』だった。姉は僕から見ると勉強嫌いのイメージが強く、〝サルトルは賛成できないけれどカミュは面白い〟などと言われても気取って背伸びしているなとしか受け取れなかった状態が続いていたと思う。姉の方はそんな生意気な僕でも結構好きだったのか、両親が旅に出た留守の時など近くに住む英和の同級生の手塚さんを招待して手料理に腕を揮ってくれた。これには古い女性観にこりかたまった母への反発が影響していたらしく、僕との仲間意識のようなものも有ったようである。母は僕に対しても暴君で、しだいに学校の「風紀委員」めいた小言で僕を悩ますようになって来ていた。しかし、姉の母への反発は先を行っていて地方紙の投書欄に批判的見解を投書するまでになってしまった。まさにカミュの〝反抗的人間〟を地で行くような行動である。

姉は僕のような大病に何度も襲われることはなかったのだが、なぜか、死への不安を僕以上に自覚していたように思う。それからすぐに結核に罹り、長野県の富士見高原で療養生活をおくるはめになってしまうので、どこかで暗示的なものを感じていたのかもしれない。当時の僕はカミュにもリルケにも何の興味もなかったが、姉を通してずっと気になってはいた。特にリルケは後年『ドゥイノの悲歌』を読んでから突然虜になった。『果樹園』は姉の蔵書が見つからなくてそのままになっていたが、読み直して強く魅かれたことを告白せざるを得ない。詩人リルケの最晩年の作品である「果樹園」は、畳み込むような言葉による思考の連続から紡ぎだした『ドゥイノの悲歌』の後とは言っても、無時間性の永遠に安住出来ないのがリルケだから、人間存在の不完全さや不条理、不安が見え隠れしてはいる。でもこんな優しい一節がある。

Fig. 80　アルベール・カミュ（1911-1960年）Ⓦ

〝すべてが過ぎてゆくのだから、
過ぎてゆく、かりそめの歌をつくろう、

わたしたちの渇きをいやす歌ならば、
おのずからとどまりもしよう。
わたしたちから去っていくものを歌おう、
愛とあわれみをこめて。
足ばやに迫るわかれに
遅れぬすばやさで歌いきろう。〟

山崎栄治訳『リルケ全集2』1973年、弥生書房、392頁(35)

第81話　家庭内風紀委員

家庭内における母の〝風紀委員〟的監視の目から姉を守ることは、この頃になると僕の無意識の使命のようなものになった。これには母があれこれ注意する前に僕がいち早くそれを察知、情報を入手して姉に伝えるという役目も入る。といっても姉の日常を観察し非行パターンの範疇に入るような動きが認められないか点検するなどという、まるで僕自身が非行を摘発指導する婦人警官のように積極的になったということではもちろんない。家族だろうと友人に対してだろうと他人の生き方に積極的に介入する意思が全くないのが僕である。それよりは目標を探索する姉の危うい姿に僕自身の未来を重ねていたのではないかと思う。

　2歳年上というのは中学から高校にかけての僕にとっては精神的にかなりの不利な条件になる。どういうことかと言うと、例えば聴く音楽も僕がヘンデルの「王宮の花火」や「水上の音楽」だとすると、姉はサンサーンスの「ピアノコンチェルト第二番」や「第四番」だったりするのだ。こんなことが有った。季節は冬だったと思うが、夕食後自転車で橋町の大通りを抜けて買物に出かけたことがある。今と違って7時ともなれば街は暗く、人通りは途絶えてしまう。だから道で何か変わったことが起こると目立つことになるのだ。平和通りとの交差点を過ぎたところで街灯の下、なにやら若い

Fig. 81a　僕が自転車で遭遇した場所は平和通りを渡った向かいの大通りの右手側である。ここには電器屋、パン屋、お菓子屋、洋品店などが所狭しと並んでいて写真館まで有ったと思う。今はそれを示すものは何もない。2018年、筆者撮影

男女が話しこんでいるのが目に入った。日はとうに落ちたし、遠目では街灯も暗いから服装や顔がだれかもあまりはっきりはしない。大声でのもめごとではないし、どうでもいいやと思い、通り過ぎざまちらりと目を遣ると何と女性の方は姉だった。見てはいけないものを見てしまったような気がしてあわててその場を走り抜けたが帰宅してから不安が押し寄せてきた。空っ風が吹く寂しい夜の街角で、若い男とのごたごたで実は姉が困っていたのではないかと悪いほうの想像ばかりが浮かんでくるのだ。しばらくして姉が何事も無かったように帰宅したので、やれやれとこの日は終わりにした。後日母が居ないところで姉に目撃したことを切り出しても姉の反応は平然としたものだった。

「あーあれ、梨大生よ」「梨大生？」「ダンスパーティーの券買えってしつこいの」「へー、大学生か。いいじゃん、大学生なら」姉はちょっとあきれたような顔で僕を見た。「何言ってるの！　下品なんだからあいつは」「下品て……」「下品なの」僕が意味が分からず黙っていると姉の声が大きくなった。「いい寿人。寿

Fig. 81b　姉、高校３年生の正月に撮った写真

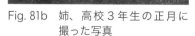

人みたいなノーブルな人間ばかりだと思ったら間違いよ」姉の目は本気で怒っているように見えた。僕も結構下品だったのに、その僕をノーブルというのだからよっぽどその男は下品だったのだろう。

第82話　アルキメデス

加減乗除を中心とした小学校の算数と違い、中学校では初歩的幾何学や三角関数が登場したりして数学的世界はぐんと拡大したはずなのだが、肝心の数学者というものが授業ではまったく見えないままいいかげんに試験をこなして来た。こうした惰性の中にあるから、中学生を終えようとする時期に至っても数学との出会いなどは皆無だった。ところが同級生の三井純一君が衝撃的な内容の本を僕に紹介してくれたことにより、突然眠りから覚醒した（と言っても時すでに遅し、算数から数学への転換は容易ではなかったのだが）。その一冊の本というのは峰田周一著の『偉大な数学者たち』というＢ６判、２５０ページ弱の中学生向け単行本だった(36)。

話はいきなり紀元前２１４年マルケルス率いるローマ軍とギリシャのシラクサ市との包囲・攻防戦に始まる。海から60隻の戦艦と８隻の連結船に載せた投石機という圧倒的戦力でなだれのように攻め込むローマ軍に、シラクサは簡単に蹂躙されたかというと事実は逆だった。シラ

Fig. 82a　同級生の三井純一君から寄贈された『偉大な数学者たち』。ビニールテープや絵具で修理しながら何度も読んだため、かろうじてタイトルが分かる程度である。

Fig. 82b　「アルキメデスの鉤爪」と呼ばれた梃子を用いた武器Ⓦ

クサではギリシャの天才的数学者：アルキメデスが陣頭指揮をとり攻守両用のたくさんの機械を用意してローマ軍を迎え撃ったからである。てこの原理を応用したと思われるこれらの武器で戦艦は空中につりあげられ、ひきまわされ、岩石に打ちつけられて破壊され大混乱のローマ軍の頭上に、カタパルトで巨大な岩石がふりそそいだ。「数学をあやつるかの魔物はわれわれの戦艦をおもちゃにし、一瞬間にうちだす石の数は千の手を持つ鬼神にもすぎている」とマルケルスは嘆いたという。しかし狡知にたけたマルケルスはその3年後にはシラクサを陥落させた。75歳のアルキメデスは問題を解こうと夢中になっていたところを問答無用とばかりローマ軍の一兵士によって刺し殺された。「砂とコンパスに日を送っ

Fig. 82c　19世紀の画家；Thomas Degeorgeが描いた「アルキメデスの斬殺」。この逸話の根拠については疑問も出されているⓌ。

たいやしき小人アルキメデス」（キケロ）と言ったローマに対して、筆者は容赦ない言葉で断罪する。〝一体にローマ人は実用ばかりを重んじて、数学など少しも重んじなかった。アルキメデスにひどい目にあわされても目がさめなかったというより、てんで数学的才能がなかったのであろう〟〝数学についてはローマはどうにもならない国であった〟と。エジプト古代文明の背後にある高度な測量技術こそゲオ（土地）メッリア（測る）：幾何学の源流であり、ここから古代東方民族をへてギリシャで一大哲学、数学、科学の花開くさまは極彩色の歴史絵巻をみるようだった。

第83話　アラビアからヨーロッパ近代へ ―― 5次方程式解法をめぐる物語

時代的な制約の中で壮大な文化を極限まで発展させたギリシャが滅んだ後、ヨーロッパに於いて再度数学が復活できたのはなぜかなどということを一度も考えてこなかった僕は、ルネサンスの輝きが絵画だけにあったのではないことをこの本によってはじめて具体的に知った。しかも古典世界のもう一つの雄：ローマはアレキサンドリア大図書館を焼き払い、先進ギリシャ数学の弾圧者として何百年にもわたる西ヨーロッパの数学的空白を生み出した元凶だとは考えもしなかった。そのギリシャの文化をうけついだのがアラビア民族だったのである。代数学：algebra はアラビア語の al jebr に由来し、あの美しい詩集『ルバイヤート』の作者オマル・ハイヤームは二項定理の発見や3次方程式の研究をしていたというから驚きである。では数学が生き返った16世紀イタリアでは数学的な課題はどのように捉えられていたのだろうか。すでに3次方程式も4次方程式も解かれていたのに、5次以上の方程式についてては手懸かりさえない絶壁のように解決を拒否した難問としてそびえ立っていたというのである。物語は最終的にはこの5次以上の方程式の解法をめぐって300年の時間を費やした恐るべき人間ドラマが繰り広げられていく。

数学の中心はイタリアからフランス、イギリス、ドイツへと移り、我々がおなじみのニュートン、ライプニッツの時代となるのだが、その前史としてガリレイ、ケプラー、デカルト、フェルマー、パスカル、ホイヘンスが登場する。ライプニッツ、ニュートンになると無限小dxを使うことにより殆どの運動は一応正確に記述可能となった。物理学は微分、積分という強力な数学的記述言語を手にして進歩の時代の旗手となる。しかし、この辺りの話は学校の授業の

Fig. 83a　オマル・ハイヤームOmar Khayyamの肖像画。Ⓦ{GFDL} upload by Atilin

ようで大して興味をひかれなかった。むしろ興味を持ったのは数に対する数学史における稀有の天才：ガウスの徹底的な帰納的手法である。一般には数学は論理的な運用が重要で、最小原理から複雑なものへと演繹的に上昇していく分野のようにとられている。しかし重要な発見のプロセスはそうではないのだ。〝口がきけないうちから計算していた〟とガウスは言っていたそうだが、それが冗談だったとしてもガウスは数字を並べ、記憶し、計算して飽くことのない熱意で数の世界を観察し、記憶していたことは確かである。ガウスの頭の中には二桁の数の掛け算の表ができあがっていて、いつでもそれを取り出せた。20代になるとガウスはただ一人書物も教師もいない未知の数の密林にわけいり、素数の表、1000以下の素数の逆数の表、二次余剰、非余剰の表を作成する。この二次余剰や非余剰の説明をこの短文ですることは適当でないので止めにするが、この発見の手法は数学もまた科学であることを示しているようで僕には目がさめるような驚きだった。量を記述する数自体をあたかも客体であるかのように扱い観察し、

Fig. 83b　Christian Albrecht Jensenによるカール・フリードリッヒ・ガウス（1777-1855年）の肖像画Ⓦ

そこから一般法則を見出すこと、それは物理、化学、生物等の自然科学全般に共通する手法でもあるのだから。

第84話　限界を守る数学者と限界を超えていく天才数学者

ある時代がひとつの区切りに到達した時、それをどのように意識するかはその後の時代進展にとってきわめて重要な意味を持つ。個人にとっても、またそれより大きな組織にとっても、あるいは文明の諸相を形作っている多様な文化分野でも、反省や自意識のようなものがなければ混乱の活力の中を漂流するだろう。18世紀が終わった時、数学の進歩についてナポレオンから質問されたパリのアカデミーは次のように答えたと記録されている。「今後の進歩のための機会を見つけることは難しく、恐らく無謀なことであろう。数学のほとんどすべての分野において、人々はうちかちがたい困難にはばまれている。のこされた可能性はただ細部を改良するだけであろう。すべての困難は、我らの数学の力がすでにその能力をつかいきったことを示しているとおもわれる」と。

この閉塞感を破ったのは並みの数学者ではなく新たな天才の出現によってであった。しかしその天才達：ガウス、コーシー、アーベル、ガロアの四人が迎えた運命は一様ではない。それどころかアーベル、ガロアの二人は各々27歳、21歳で亡くなり、生前は業績を認められることなく傷心と怒りのなかで一生を終えている。19世紀最重要の数学上の発見は、楕円関数、関数論、群論、非ユークリッド幾何学であるが、楕円関数はアーベルに、関数論はコーシーに、群論はガロアに、非ユークリッド幾何学はポリアイとロバチェフスキーに負うている。驚くべきはガウスで、この総てに早くからとりかかって発見の手前にまで到達していた。しかし、ガウス、コーシーの人間的評価となると複雑な気持ちにならざるを得ない。国境を越えた評価のうえに安定した職をえていた二人であるが、ガウスはアーベルを認めず、コーシーは送られてきたガロアの論文を検討もせずに紛失してしまった。中学生の僕にはこれらの数学的業績を理解する能力はまったく無かったが、アカデミー重鎮たちの怠慢とガロアがたどった悲劇的一生(37)には言葉にならないような衝撃を受けた。

父はかねてから僕にどのような分野でもよいからその分野の唯一となれと言ってきたのだが、その障壁は自分自身の中だけにあるのではなく、分野の一流を形成している権威のなかにも有りうることを示しているように思えた

Fig. 84a　ニールス・ヘンリック・アーベル（Niels Henrik Abel, 1802–1829年）の肖像：Johan Gōrbitzによる Ⓦ {PD-old-100}

からである。これと決めた一生の仕事を天職として選択することはある意味だれでもできる。しかし行く手に待ち構えている困難とはなんだろうか。もしその職業が人類文化の中心に位置するものなら、それへの憧れは茨の道を歩むことの選択と同じだということを理解しないといけない。一つの障害は自分の中にある才能の限界や困難を前にした時の弱さだろう。別の障害は同業者という集団が作り出す既得権という巨大な壁だ。前人未到の道を歩くと決意したなら必ずその解決が見えたと思った瞬間に、内と外から試練が用意されるにちがいない。だから光り輝く人類の遺産の足もとには累々たる敗北者の亡骸だらけだ。この敗北者には同業者の中で名声を集めた成功者も入るから怖ろしい。だからそれでも創造的な仕事を選ぼうと言うなら、生じてくるあらゆる困難を引き受ける決意がなければ、ほんの小さな成果さえも絶対に成就しないだろう。この時、何か僕の中で確信のようなものが生まれたと思った。

Fig. 84b エヴァリスト・ガロア (Évariste Galois, 1811-1832年)、15歳頃の肖像画：作者不明Ⓦ {PD-old-70}

第85話　ＳＦ映画「月世界征服」と現実との競争

「機動部隊」を観た銀峰（Ｇ）の隣には松竹館（Ｓ）があった。松竹館だからもちろん松竹制作の映画を上映していたのだが、洋画もいくつかここで観たような記憶が有る。当時の配給事情が分からないので上映館の記憶の交差は検証が難しい。１９５６年当時の地図には日活（Ｎ）の名が載っているので洋画配給は松竹や日活が行い、独自制作の映画の上映と合わせてここで複雑な興行形式の上映がおこなわれていたのかもしれない。確かなのは、常盤町のこの一角（ＧＳＮ館）が甲府の映画上映館の中心の一つで、道路をはさんで南に位置する春日町一帯が電気館、大映セントラル館、東宝館などを擁する別の中心地だったということである。このＧＳＮ館で米映画「月世界征服」が公開された。記録では１９５１年3月6日となっているが、その通りの公開日だとすると小学6年生頃ということになる。

この映画のどこが画期的だったのかと言うと、原作脚本がＳＦ小説の大家：ロバート・Ａ・ハインラインで、ライフ誌で読者を驚愕させた天体美術家：チェスリー・ボンステルの協力を得て詳細な考証のもとに映画を完成させていたからである。ボンステルは早熟の努力家で10歳でラプラスの星雲説を読んで天文学に目覚め、ハミルトン山天文台やウィルソン山天文台を訪ねたりしている。18歳になると天体画家という特異な分野をめざして美術学校の夜間部で勉強を始めたが、周囲はこれに批判的で建築を専攻する条件でコロンビア大学進学を認めたという。だが、実際は詩人で数学者のフランク・デムスター・シャーマン教授についた。それからの経歴は省略し「月世界征服」の話に戻ると、専門的天文学の知見を背景にしたレンダリング的正確さを基にしたこの映画の映像は彼の貢献がおおきかったことが頷ける。

しかし、映画としての出来はどうだろうか。特別の主張も希薄で、さしたる根拠もなく地球から月をめざしてロケットで往復するという物語に僕の感動は無かった。真空空間下での低重力月面着陸に地球から飛び立ったロケットがそのまま使われるというのも技術的には奇妙な発想で、事実でこぼこでもろい月面着陸の可能性が現実的に議論されるようになると着陸船のデザインは別の方向が考えられるようになった。つまりこの類いのSF映画の方がほんの短期間のあいだに現実の方に追い越されるわけである。SFと現実との関係は競合関係にある。あまり

Fig. 85a　ボンステルの有名な「タイタンから見た土星」の絵に触発されたと思われるPBF作者不詳の絵

に荒唐無稽なら御伽噺になる。だから御伽噺だと開き直ってエンターテインメントに徹すれば人気を博することだって可能だろう。しかし、僕が期待するSFはもっと鋭い現実批判だ。少なくともこうした「月世界征服」の路線ではなかったと思う。

添付した白黒写真は、当時の新聞記事を基にありあわせの材料を使って月面着陸船モデルを組立て、それを父のカメラで撮影した一枚である。テニスボール、箸、針金で仕上げた機体を白ラッカーで塗り、これを黒い紙の前に置いて撮影した一種の特撮だった。病気で寝込んでいた時、往診してくれたお医者さんが褒めてくれただけで他の反応は記憶に無い。

Fig. 85b　月面着陸船モデル。当時の新聞記事の画像を真似て自作したもの

第86話　「放射能X」：警鐘するSF映画

近未来を想定したSF映画は、それが科学への信頼にもとづくほど現実の動きに追い越され

てたちまち古くなるという傾向が強いように思う。1950年代初めに生まれたSF映画の傑作は、むしろ科学技術の持つ危うさへの警鐘ゆえに支持されたふしがある。GSN館で観た映画の中に「放射能X」というアメリカ映画が有ったが、これは本当に怖い内容だった。記憶がうすれてはっきりしないことが多いので、ネットの検索から得た内容で補足しながら説明すると、映画は冒頭から意表をつくものだった。

ニューメキシコの砂漠を一人の少女が人形をかかえて無表情にさまよっていた。発見した州警察パトロール警官にも何一つ反応しない。やがてその近くのキャンピングカーから父親の惨殺死体が発見される。これは典型的なサイコ犯罪ではないかと疑った警官二人があたりの物証をさがしていると、奇妙な足跡めいたものが発見される。この石膏型をFBIに報告するとやって来たのは昆虫学者を含む一団だった。ここから体長数メートルのアリが登場し砂漠の地下空間での死闘が始まる。黄燐爆弾と青酸ガスで退治できたと考える一行に対して、社会的生物としてのアリを知り尽くしている昆虫学者二人は女王アリと雄アリの飛翔の可能性から破局的局面の出現がありうることを予言するのだ。

やがてその危惧は具体的な姿をとって現れる。しかもその場所はサンフランシスコ、その地下下水網に潜んで数え切れないほどの巨大アリの卵がすでに孵化しているというのである。軍も出動しての戒厳令下での巨大アリと人間の戦いという黙示録的戦闘は結局人間の勝利で終わるのだが、ここには勝利の開放感というのはない。なぜなら砂漠での原爆実験、それによる放射能汚染を背景とした生物の突然変異というストーリーに終わりはないからである。映画の公開は1954年、僕が中学3年生の時だった。

　この背後に原水爆を始めとする核兵器と東西冷戦があることは明らかである。すでに1950年1月「超爆弾を含むすべての核兵器製造続行」を宣言したトルーマン声明以降、世界は得体の知れない不安に覆われてきた。光をもたらす啓蒙としての科学に疑問の目が注がれた。近代が進歩と

Fig. 86　見慣れたアリもほんの少し拡大して見ると、たちまち非日常の世界が登場する。僕等は地球史的レベルでは周囲が不変と思い込んでいるが、地質年代区分に対応した生物史は安定よりは絶えざる変動を示唆している。昆虫を含めたサイズの変更の真因は分からないが、何らかの理由で巨大化が実現されたら……という恐怖はどこかに潜んでいるのだろう。photo; PBF

科学をその核心においていたとすれば、もはや近代は別の核心を求めて動き出していたと考えざるをえない。僕等は1945年以降を戦後と言うが、歴史の視点から見ればそれは大戦の終わりだけでなく、もっと大きな時代の終わりと僕等が生きる現代という時代の始まりを意味するのだ。それでは近代が終わった後の現代とは何かということになるが、僕等が今生きている時代そのものだから自分で考える外は無い。それ以前の近代を特徴付けていたものを全否定することはもちろん出来ないが、いや近代だけでなく、近世だろうと、封建時代だろうと、古代だろうと、とにかく全否定などで何かが生まれたことなど無いのだから、この今を生きる中で僕等が創りだすものの中で何に一番魅かれるのか、そこから出発しないことには話は始まらないのだ。

第87話 「蛍草」——医学と欲望

今から60年以上前の僕の医師のイメージは、病気で苦しんでいるとき看護師と一緒にどこからともなく診療カバンを提げて家にやってくる正義の味方だった。というのは母も僕もひっきりなしに病気に罹っていて、よほど悪くならないと病院には行かずに自然治癒を待つという感じだったからである。当時往診は普通にあって、手洗い用の洗面器を用意しておいたり、清潔な手拭いを「先生」のため準備しておくことは常識だった。むしろ薬の臭いがする病院は秘密めいた怖いところだったように思う。そこでは剝きだしの身体が悲鳴をあげ、白衣の戦士のなかで巨大でいかめしい機械が魔法のように透視したフイルム像を生産したりするのである。だから、家が日常だとすると病院は非日常の場であったといえる。

そんな医師像とちょっと違う映画を松竹館でみたのは中学3年生の時だった。タイトルは「蛍草」と記憶していたのでかなり熱心にネット検索してみたが、どうやら評価があまり高くなかったらしく簡単な紹介のみで映像はついにみつからなかった。主演は大木実、島崎雪子でご存知無い方が多いかもしれない。大木演ずる医師・野村は恩師秋山博士の娘秋

Fig. 87　蛍草はツユクサの別称で一日の儚い花のため文学登場の歴史は古い。しかし原作者の久米正雄が「蛍草」に込めた意図は不明である。筆者撮影

山澄子を恋人と思い込んでいたのだが、アメリカ留学から帰国するとその恋人は同僚医師・星野と結婚していた。野村は原因不明の風土病に取り組むが、その病因をめぐっても星野と対立してしまう。それが野村の所属する民間研究所と星野の所属する国立研究所の対立ともかさなり財政的な困難から野村は公私で敗北するかに見える。この辺の恋人をめぐるごたごたは僕にはよく分からなかったが、この疫病に罹って澄子も倒れる展開には驚いた。新治療法を先に見出すのが野村で星野ではなかったことから澄子は皮肉にも野村によって助けられ、そのことから彼女は自ら命を絶つことになってしまう。

映画はここで終わるが、恋人を奪われた野村が野に下った研究機関で風土病の新治療法を発見することによって個人的なリベンジを果たすと読めないことはない。病気の治療法発見が先陣争いの競争というのもこれが現実なのかもしれないが、どうもこの通俗の世界のルールと医学研究のルールを結びつける手法には抵抗がある。ただ、未知の疫病と取り組む医師が他の組織と同様、官民対立や財政問題と無縁で無いことは当然といえば当然なのだが、そういうことに疎かった中学生の僕には医学研究をめぐる世俗の争いを見せ付けられて少しは大人の気分になったところはあったのだろう。

「少年王者」では癌治療新薬に引き寄せられて、アフリカにおしよせる貪欲残忍な連中は医学研究の外に在る者達だが、「蛍草」では恋愛勝利者や先陣争いの競争が当の医学研究者の底流に在って、これを献身の美学がかろうじて覆っているということだろうか。僕の場合そういったメロドラマ的展開にはあまり興味が無いから、どこが印象に残ったのか振り返ると女優の島崎雪子の美しさだけだったような気もする。

第88話　話し言葉の英語

中学校に入学するとすぐに米国映画をひっきりなしに観に行ったことはすでに何回か触れた。登場人物たちは英語であれこれしゃべるのだから、その会話の一部分は時と共に聞き取れるようになったかという話を今回はしてみたい。結論は否で、その原因としてまず言えることは字幕を観る習慣がすぐに身についてしまい、しばらくは登場人物達の会話を直接生で聞き取ろうという努力をおこたる状態が続いていたことである。考えてみると、すでに中学一年生から英語の授業が始まっていたのだから、簡単な名詞や構文をなぜ聞き取ろうとしなかったのか不思議とも思える。セリフを書き出してみれば“give me”“you”“him”“his”“and”“about”“meet you”など中学生レベルでいくらでも聴き取れるところは有ったはずなのにそれが聴こえてこないのである。

これはずっと後になってから分かったことだが、話し言葉の英語（というよりは特に米語）ではセリフ全体の中におかれると音が弱くなったり、消えたり、隣とつながったり、もっと不思議なことには音が変身するようなことが起こる。give me はギブミーではなくギミ、you はヤとかユにきこえてしまう。ところがクラスの授業ではアイウエオの時のように総て母音を明確にしてヒム、ヒズ、アンド、アバウト、ミートユウみたいに皆で斉唱するから話し言葉の実態とは重ならない。これは実際はhimはイム、ム、でhisはイズ、andはアン、ン、aboutはバウmeet youミーチャに近いので映画から文章を組み立てることなどできっこないことが分かる。

最初におや?と思いだしたのは映画「巴里のアメリカ人」を観たときだった。この映画の日本公開は１９５２年5月2日だから中学1年生に進級したてのころだろうか。いつもの「ＧＳＮ館」で観たのだが、かつてみたこともないような生き生きした人間模様に我を忘れてのめりこんでしまった。ガーシュウィンの軽いとも重いとも表現困難な堂々たる音楽に乗ってクラシック・バレーとタップの踊りがからみあい、ジーン・ケリー、レスリー・キャロン、そして

Fig. 88 「巴里のアメリカ人」の中の主演女優、レスリー・キャロン。写真は1953年12月号の「映画の友」掲載のものⓌ。パリでバレリーナとして活躍中のところをジーン・ケリーにスカウトされ撮った映画が1951年公開の「巴里のアメリカ人」である。

オスカー・レヴァントの姿が深く心に刻まれた。何とかして彼等のセリフを少しでも英語で直接聞き取りたいと何度か映画館にかよったのだが、ところどころキャッチ出来たかと思うまもなく言葉の森の中を迷ってしまった苦い思い出の映画でもある。

第89話　クリスティーナ・ロセッティ

中学生3年間で、英語の話す力がどれほどのものになったか自問するのはあまり愉快な仕事では無い。3年間というのは言い訳のできない期間である。どのような題材の映画でも日本語のセリフや字幕があればそれらのプロットを追えるのに、あいも変わらず字幕なしではまったく手に負えないのである。

それなら文章化された小説ならどうかというと、話言葉の英語よりは少しまし程度としか思えなかった。中学の英語教科書は名前すら憶えていないのだが、印象に残ったテクストを挙げてみよと言われたら一つぐらいは思い出すことは出来る。それは確かクリスティーナ・ロセッティ（Christina Georgina Rossetti, 1830–1894）の詩だったと思う。

彼女は19世紀ヴィクトリア朝イギリスの詩人で子供向けの歌を沢山残しているが、その中の一つだったのだろう。空を流れる綿雲をヒツジに重ねて、Where do you go? と話しかける象徴的な美しい詩だったと記憶している。

White sheep, White sheep
On a blue hill,
When the wind stops
You all stand still
When the wind blows
You walk away slow
White sheep, white sheep,
Where do you go?

このきわめて平易な詩は、声に出して読むとなぜか心に残り記憶のなかに収まった。ロセッティは兄のガブリエル・ロセッティの絵のモデルにもなっているが、絵の中の彼女はどこか夢みる激しさが在って僕には怖い時がある。しかし複雑な意味の言葉を沢山使うのが偉いと勘違いさせる類いの教科書でなかったのは幸いであった。結局中

Fig. 89a　兄ダンテ・ガブリエル・ロセッティによるクリスティーナ・ロセッティの肖像画Ⓦ｛PD-old-100｝

Fig. 89b　ダンテ・ガブリエル・ロセッティ「受胎告知」モデルはクリスティーナ・ロセッティⓌ｛PD-old-100｝

学時代の僕の英語はロセッティの詩のために有ったのだと思うことにしている。

よく英語はコミュニケーションの道具だとされて、日本の英語教育の欠陥が批判される。今やその流れは入試改革の重要な一環となった感が有る。英語圏の映画を聞き取ることに未だに難儀している僕には耳の痛い話だが、どこか違うのでは無いかと思う声が内側から響いてくるのも確かである。言語は一人の人間にとってもそれなしには考えを展開したり、反省したり、表現したりすることのできない最強の精神ツールだ。文学のテクストを排除して日常実用会話だけに英語教育を集中させることは、英語の豊かさも日本語の豊かさも脅かすことになるだろう。

第90話　「風が吹く」

高校の英語教科書になると、もう少し複雑で現代的な作家が登場するようになった。受験英語の定番テキストはウィリアム・サマセット・モーム（William Somerset Maugham, 1874–1965）の「月と六ペンス」「人間の絆」、ジョージ・オーウェル（George Orwell, 1903–1950）の「動物農場」等だった時代だが、僕の使った教科書にはそれらの作家は載っていなかったと思う。教科書名が分かればその内容は一発で分かるのだが、これが難物で結局手を尽くしても分からずじまいということになってしまった。作家名の一人はキャサリン・マンスフィールド（１８８３－１９２３年）ということには自信があったので、この作家を手懸かりにする以外ない。理由は簡単で、この英語の小説の一文がものすごく強い印象を後々まで残したからである。そんなわけで彼女の新潮文庫版短編集はずっと身近に置いて読んで来たのだが、この中には件のテクストは入っていなかった。結局全集を調べる以外方法は無いと思い県立図書館の蔵書目録を検索したところそれは有った(38)。貸し出し可になっていたので、先日家に持ち帰り分厚い本のそれらしい部分をたどっていったところついに結論を得た。タイトルは「風が吹く」（The Wind Blows）である。

これを読んだのは高校何年生の時かは不明だがテクスト自体の内容はだいたい覚えている。それは何の冗長な前口上もなしでこんな風に始まる。「突然 —— 怖くなって —— 彼女は目がさめる。何が起こったの？　何か恐ろしいことが起こったの。いいえ —— 何も起こってなんかいやしない。風が家をゆるがし、窓をがたがたさせ、屋根に鉄板の切れ端をたたきつけ、彼女のベッドを震わせているだけ」（Suddenly—dreadfully—she wakes up. What has happened? Something dreadful has happened. No—noting has happened. It is only the wind shaking the house, rattling the windows, banging a piece of iron on the roof and making her bed tremble.）なおも突き放したような文体で風にゆれる街の描写が続く。窓を横切る木の葉、並木道の空を大きな新聞紙が糸の切れた凧のように舞いあがり舞いおちて松ノ木に突き刺さる。「寒い。夏は終わったのだ —— 今は秋 —— すべてが醜い」。何かとてつもない終章の感覚が彼女をとらえる。揺れながら走る粗末な荷車、野菜かごを天秤にぶらさげよろよろと歩く二人の中国人、揺れる弁髪、風にはためく青い中国服、門の傍らでは3本足の白い犬が吼えているのが見える。「みんな終わってしまったのだ！　何がって？　ああ、総てよ」。彼女は鏡も見ないで震える指で髪を編みはじめる。ピアノのレッスンに出かけるからである。でも彼女の絶望は終わらない。誰かが口汚くののしる声、叫び声が響き、弟のボギーが電話だよ、お母さん、肉屋だよと呼ぶ。「なんて醜悪なの人生って！　むかつく、本当にむかつく」彼女は母親の怒声を振り切って風の町に飛び出す。お母さんなんか嫌い、地獄に堕ちてしまえと叫びながら。海鳴りが聴こえるピアノの先生‥ブレン氏の家の応接間にはしかし平穏がある。レッスンを受けながら彼女は思うのだ。それにしても彼はなぜこんなにも優しく親しげに語りかけるのだろうと。彼女はブレン氏の手を見つめる。僕はここまで読んで、もしかして彼女はブレン氏にこの醜い人生からの救済を感じたのかなと思った。なぜなら彼女はブレン氏の優しさに泣きそうになるからである。

六十数年ぶりで同じテクストを読むことにはちょっとしたスリリングな緊張がある。当時気が付かなかった重大な発見があったり、とんでもない勘違いを発見したりするかもしれないからである。今回はとんでもない勘違いの方だった。

彼女はピアノのレッスンから戻り、いつのまにか帰宅していて部屋にぽつんと一人でいる。でも怖いのだ。一人でいることは無機質なすべてが雄弁になるということだから。鏡、白い水差し、空のようにギラギラ輝く鉢、そしてベッド。このベッドは眠りこけて動こうとしないと彼女は思う。掛け布団の上にはストッキング、それが蛇のようにとぐろを巻いているように見えた時、またもや彼女はいらだち始めた。〝絶対にストッキングの繕いなどしないから！〟家事を当然とする母親への嫌悪感の中で彼女の心が叫びはじめるのである。風だ！　風！（The wind—the wind!）じっと眠りこけて動こうとしないもの、自分を守ろうとするもの、それを蹴散らす風、それにあらがい風に向かう自分もまた風だと声を上げているようである。彼女は彼女同様我慢できなくなった弟のボギーと連れ立って強風の中、夕暮れの暗い海岸通りに向かった。酔っ払いの老人のように風に揺れながら。よこなぐりの潮風、たなびく髪の毛、海水で口が塩辛い、まるでランボー

Fig. 90　マンスフィールド生誕の地、ニュージーランドのウェリントン。風の町であるⓌ。

の酔いどれ船のようである。港からは大きな黒々とした汽船が長い煙を引いて出航しようとしている。そこらじゅうに灯りを輝かせながら、未知の世界に向かって！　その時、沖を行く汽船には腕を組んでいる二人がいる。実はこの二人は何十年後の彼女と弟のボギーなのである。高校生の僕はなぜかこの船上の二人が彼女とブレン氏だと思い込んでしまっていた。どこでこのように重大な勘違いをしてしまったのか、きっとピアノレッスンの情景からの延長で想像してしまったのだろう。でもあまりに時空を越えた斬新な記述で、高校生がこの手法を理解するのはかなり難しいのではと自己弁護したくなる。なにしろ時間と場所を自由に行き来するのだから。

第91話　「古い自然」と牧丘

母の実家は山梨県の北東部に位置する今の牧丘町倉科である。この名称は昭和29年からで、それ以前は中牧村と呼ばれていたことは以前に書いたとおりである。ここに中高時代、休みがとれるたびに泊まりがけで遊びに行ったことがある。１９５０年代の中牧の夜は、新月の時などは文字通り顔先の指も分からない暗闇だった。

高校生に成りたての僕が暇そうに見えたのだろうか、来訪中の幸雄伯父が一緒に中牧に行こうと誘ってくれた。橘町の官舎は夕刻の藍色に包まれ始めている。大急ぎで甲府駅から普通列車で塩山まで行き、そこからバスに乗り継いで降りた時にはもうあたりは真っ暗であった。ここから山道を20分ほど登っていくのだが、遅いので近道すると言って伯父は先にたち、すたすた歩き出した。懐中電灯の灯りもなく、伯父の背中だけを見失わないようにして僕も後にしたがった。広い畑に出た時、星空を背にした伯父の姿が見えない。足元は暗闇に溶け込んでいる。ちょっと足を止めた僕のすぐ近くから伯父の声が聞こえてきた。「だいじょうぶか」。ほんの少し手前にいる伯父のシルエットが見えた。どうやら暗闇に目が慣れている伯父にはこの程度の暗さは問題にならないらしい。アフリカのマサイは真の闇でもキリンの数を数えられるとどこかで読んだことがある。

伯父の家で経験したことで最も印象に残ったことの一つは、夜空に関することだった。今の屋内水洗トイレに慣れた若者達には想像できないかもしれないが、当時のトイレは水洗など普及していないから街中でも汲み取り式だった。訪れた時の伯父宅の厠（便所）は母屋の外の柿の木の側にぽつんと有った。用足しは母屋から出てここでするのだが、日中はともかく夜は一仕事となる。〝トイレ〟は今では清潔な場所のイメージしかないが、そもそも厠は下が川の小屋と言うのが語源で戦後数年時の普通の便所は川の代わりに肥壷が下にあるだけのシンプル構造だった。伯父の家のそれは上からのぞくと蛆虫がうじゃうじゃうごめいていたり、隙間から冷たく悪臭のする風が吹き上げてくるのである。明るい内でも落ちそうで怖いのに、夜ともなれば肥壷に落ちるのではないかと気が気ではない。その屋外の厠に夜二人の従姉妹が行きたいとなって手の離せない親の代わりに僕がついていくことになった。ぽつんと灯る電球の光を頼りに無事用足しをすませ、しがみつく二人の手をとって母屋に戻る途中、何気なく頭上を見上げた時かつて見たことも無い星の数に衝撃を受けた。「上、上！　星！」。僕の声につられてしがみついていた二人も足を止めた。何という広さ！　全天を覆いつくす星々のきらめき！　後にも先にもこのような星空を二度と観たことはない。

それから60年も経って、今は甲府から10㎞ほど離れた里山の中に仕事場を構えている。ここからの夜空は確かに甲府市内から見上げたものとは違う。しかし空は常に町の灯りを受けて

Fig. 91　牧丘の星空の思い出を画像にしてみた。柿の木から葉が落ちているから季節は秋の終わりである。ただ銀河が登場していなかったかどうかは不明である。

うっすらと小さな星を隠してしまう。〝手付かずの自然は〟想像上の存在で、もはやどこにも人間活動の刻印を持たない自然はなくなったといえる。だからこそ自分達の活動によって変形された自然を嘆き、記憶の中の自然を求める声も強くなる。しかし、物見遊山の観光は別として、それを身近なところで少しでも実現しようとすれば犠牲を要求される。衣食住の生活の質向上と引き換えに山野は人間のために加工され、変形されてきた。進歩と科学の為という大儀で、自然の破壊的加工が進行したのが近代だとすれば、現代の僕等はどのような自然の姿を創りだそうとしているのか。実のところその姿ははっきりとしない。

戦後の現代と言う時代は、有るべき姿を見出すことには未だ成功していないと思う。高度成長期の僕等はむしろその問題を棚上げにして、遮二無二近代の問題点を復習してきた時だったともとれるのだ。

第92話　望遠鏡で「観測された自然」

裸眼で見た中牧の夜空はその圧倒的な星の数で強い印象を残したが、実際裸眼で観ることのできる星の数は〝数え切れない〟ほどというわけでは無いのである。夜間照明が極めて少なかった当時の夜空でも、後に分かったのだが南北両半球を合わせても６０００個程度しか見ることができない。しかも森や家屋が遮る視野を勘定に入れるとその数は激減するから、

2000個ぐらいが限界なのだ。中牧で見た星空との衝撃的な出会いは冷静に考えると甲府のそれとの落差から生じた可能性がある。

望遠鏡で観たらどうなるのだろうということは小学校時代から考えていて、自作の粗末な天体式望遠鏡で空を眺めたことはあった。それは小学3年生か4年生の時で、焦点距離の違う凸レンズをどこかで2枚手に入れ、焦点を合わせるため内外二本の厚紙をまるめた筒にそれをセットしただけの超シンプルな代物だった。満月の夜だったから、中秋の名月を見るためだったのだろう。ちょっと思い出し笑いをしてしまうのは、出来あがった望遠鏡を月に向けると霞がかかった空のようで何も見えない。糊が乾いていなかったため、鏡筒内の湿気でレンズが曇っていたのである。こんな望遠鏡でも月のイメージはだいぶ変わった。日本画にあるようなべた一面の無構造では無いと思った。しかし星に鏡筒を向けても少数が点状に輝いているだけで面白くない。口径が小さくて倍率も高すぎるから星の数はそれほど増えないのである。しばらくは天体への興味は減ったが、朗月堂で恒星社厚生閣

Fig. 92a　現在も発刊が継続している天文現象観測のための年鑑

の天文書を観るようになってから興味が戻った。本の筆者は野尻抱影で、星座の解説が中心だったと記憶している。

憧れの口径10㎝反射式天体望遠鏡をせがんで買ってもらったのは高校生になってからだった。橘町の官舎の前の広場に設置して、全天星図をたよりに土星を探し出すと確かに小さな輪が確認できた。近所の子供達が集まってきて順番に接眼レンズを覗き、見えた！見えた！　と歓声があがるのだが、しばらくするとなんか変！　と騒ぎ出した。追尾装置などをアマチュアが備えられるようになったのはずっと後のことで、木製の三脚に望遠鏡を載せただけの代物だから、あっというまに視野からはずれてしまうのである。その内

Fig. 92b　甲斐市の今の仕事場「シンプレクサス工房」に設置してあるアマチュア用反射望遠鏡。追尾はPC制御で目指す場所を簡単に設定できる。

僕が観測を始めてもだれも興味を持たなくなった。「観測された自然」というのは完全に人為的自然で万人が共有できるものでは無いのだ。

しかもこの頃すでに観測は目で見てわかる可視領域の電磁波だけでなく広い波長やエネルギー領域の観測が始まっていた。貪欲な科学は宇宙を人知の届かぬ聖域として残すつもりなど毛頭なかったと言える。星に人間界の神話を投影して、永遠の物語を天空に固定することなど科学は全く興味はない。やがて不動に思えた宇宙は、おそるべき創世の謎を科学によって暴きだされることになる。だが僕が空を見上げていたころはその前夜だった。不動に思えた地球が太陽を回っている発見などその後の発見からみればほんの序章にすぎなかったことがわかる。やがて人類はこの世の始まりを完全に知れば知るほど、その先に科学が終わる絶対的不可知と虚無を認めざるを得なくなるのだが。

第93話　分析され「理論構築される自然」——動く大熊座

星の数が思っているほど多くないことから、比較的明るい恒星の配置を具体的なものに結び付けることが大昔から行われてきた。これが古代ギリシャになると神話と結びついて星座名となり、今日でもその多くが人々を魅了している。しかし、星座を構成する星々の位置関係の絶対的不動性は神話との相性はよいのかもしれないが、現代的な観測との相性は最悪と言わねばならない。

　高校2年生（昭和31年）に読んだガモフ全集2：『太陽の誕生と死』(39)は、星空に対するセンチメンタルな想い入れを排した先端物理学者の野心的解説にあふれた驚くべき内容だったが、その中に北斗七星に言及した箇所があった。それによるとネアンデルタール人が観た北斗七星と現代人が観ているそれとは形がまったく異なるし、さらに紀元10万年になるとそれと判別がむずかしいような位置に変化してしまうというのである。

　ご存知のようにG・ガモフ（1904–1968年）は現代宇宙論のさきがけとなったビッグバン理論の主な提唱者の一人だから、この理論の背景となっている膨張宇宙に関する観測事実をふまえての

Fig. 93　W. H.ブラッグの研究室メンバーと一緒のG.ガモフ（右端）Ⓦ。パイプをくわえて余裕のポーズのガモフは当時弱冠27歳前後、すでにアルファ崩壊の量子論理論をうちたてていた。

記述とみてよいだろう。ガモフはレニングラード大学在学中、フリードマンの講義を聴いているので38歳で夭折した彼の後継者と言えなくもない。フリードマンが「空間の曲率について」を発表したのは彼が32歳の時だった。ガモフの著書に戻ると序に述べているようにこの著書の主題の一つは太陽エネルギーの起源に関する解明で、それは観測によっては得られない別のルートの研究に基づく必要があった。その別ルートの研究こそ原子転換の研究：原子核物理学である。

この極微世界と極大世界のリンクにこそ現代天文学の特徴がある。太陽や星が輝く原因をつきとめようとしても、それは観測だけからは絶対に理論は生じてこない。直感から地上で起こる燃焼理論を延長しても太陽の輝きの実態には到達できない。この想像を絶する巨大さと永遠に続くかに思える〝燃焼〟の秘密は、物質のおおもととなっている目には見えない素粒子のふるまいから生じてくるからである。だからガモフのような原子物理学者が天文学のような世界に参入してくるのは必然の時代であった。さらに驚くべきことには生物学のような物理学とは無縁と思われていた領域にも、この時すでにガモフは係り始めていた。ガモフの全集は全部で16巻あったが、その内、高校時代に読んだのは『1、2、3、……無限大』『太陽の誕生と死』『不思議の国のトムキンス』『生命の国のトムキンス』の4冊だけだった。いずれもばらばらの時期、一冊ずつ朗月堂で買ったものである。これらについてはもう一度別の話の中で登場することになるだろう。

第94話　ルネサンス期の天才と現代の画家──職業としての画家

高校に入学してすぐの昭和30年に漫画家志望の中高生を対象とした「日本児童漫画研究会」が新旧の中堅漫画家の支持を受けて発足した。会長は「漫画少年」編集部の加藤宏泰氏で、僕もその呼びかけに賛同してすぐに入会したが、正直言って会誌第一号を手にするころにはもはや少年漫画に対する関心は消えていたと記憶している。自作の原稿を持っての上京など完全に小中学校時代の思い出となって風化し、未熟な作品が残ることを恐れてそれらは総て破り捨ててしまった。物語を語ることにはもちろん強烈な魅力を感じ続けてはいたが、「悪書追放運動」の中で古色蒼然とした大家による「子供の純な気持ちをむしばむ毒素を含んでいる」作品を排除せよ、「先生も歓迎する栄養豊富な」「明るいゆかいな」漫画をと叫ぶ檄文が巻頭を飾るようでは大した作品は生まれないだろうと見切りを付けたのだと思う。

一方ファイン・アートの世界では、身近に観てきた範囲の話なのだが、物語性を排除して絵画を構成する要素の技術的先鋭化ばかりが強調されているようで、魅かれる状況は何も生じなかった。そうした動きに同調しなかったせいだろうか、中学における僕の美術の成績はついに〝悪い〟、つまり5段階評価の中で2という評価を下されてしまった。

しかし、高校に進学すると、はっきりとは場所も時期も特定できないのだが、イタリア・ルネサンスの大家の作品と美術書で遭遇し、説明できないような衝撃を受けた。絵画的表現が映画や小説とも違う形で〝人間とは何か〟をここまで強烈に表現できるとはそれまで思っていなかったのだろう、しばらくはその衝撃を整理できない日が続いた。イタリア・ルネサンスと言っても初期のジョットやマサッチョ等ではなく、また盛期のラファエロ、レオナルド・ダ・ヴィンチというよりはとりわけミケランジェロの一連のシスティーナ礼拝堂天井画がそれに当たるのだが、言葉で説明することは簡単ではない。創世記の主題に由来する人物群を通して人類の堕落と救済を物語っていると言ったところで、底流の全体的人間像を語ることにはならないのである。ただ確実に言えることはどの人物もある巨大な物語の中で、それと拮抗するぐらいの力強さで各々が自分自身を示しているということである。大学に入学するころにはその影響は別の

Fig. 94　ミケランジェロ「リビアの巫女」に基づく習作。志田寿人、1962年頃、鉛筆、水彩絵具

方向に向いていったのだが、それでも入学した直後に「リビアの巫女」に基づくデッサン（P. 308 Fig. 94）を残していたので、たぶん消しがたい影響を僕の中に刻印して後方に退いていったのだろう。

しかし、同時代の日本で見聞きしてきた現実の画家達の生きる姿から、自分の将来像を重ねて自分の一生をそれに賭ける気持ちにはなれなかった。職業的な画家達の生活は一部の〝大家〟を除いてはあまりにも不安定に見えたこと、さらには周囲の評価が尊敬というよりは自己の価値観に固執する変人で大方が一致していたことである。しかし世界の歴史から俯瞰すればミケランジェロのような画家達の影響は巨大で聳え立つ近寄りがたい霊峰に思えた。自分のちっぽけな才能を棚に上げて勝手な妄想もいいところだが、自分の一生だから下らないことで終わりたくないと思っていたに違いない。

第95話　白馬に乗った技術者の信仰①

中学生になり、それまで世界名作云々といった子供向けの翻訳本ばかり読んでいたが、ぶ厚い豪華本のわりには文章が平板だと思うようになった。甲府には朗月堂と柳正堂という二大書店が中心部に店を構えていていつも店内は賑わっていたが、中学生の小遣銭程度で買える一般書となるとそう多くはない。その中で文庫本を集めた棚というのは10円単位の値段で手の届く貴重な一角であった。ここで『白馬の騎者』(40)を購入したが、作者のテオドール・シュトルムなどもちろん知ってのことではない。タイトルから冒険活劇の類いと勘違いしたのだろうか。古ぼけた件の本が手元に残っていて発行年は昭和26年9月10日、角川文庫の一冊で訳は關泰祐、定価は70円とある。発行年からすると小学6年生となってしまうが、読んだのは中学生のどこかか、高校入学直後あたりだったと記憶している。この作者の作品とはその後何度も遭遇しているが、「白馬の騎者」はシュトルム最後の白鳥の歌、最高傑作と評価されるだけあって、今思い出してもそこから湧き上がる強いメッセージは忘れることができない。

主人公：ハウケ・ハイエンは北海の荒

Fig. 95　シュトルムの生まれたフーズムは北海に面した北ドイツにある港町である。海辺のこの地では風が強いため風力発電が今は盛んだが、クロッカスの群生でもよく知られている。photo; PBF

波に面する堤防近くに居をかまえる労働者の家に生まれた。秋から冬にかけてうねり押し寄せる波と風は人間が土木作業によって築きあげてきた堤防を幾度と無く決壊させ、低地になだれこんだ濁流の中で人も家畜も何度か命を落として来た歴史が背景に有るのだ。この堤防の日常的点検・修理の仕事は高度な土木技術を必要とするのはもちろんだが、人々の財や労苦の動員を不可欠とするため、きわめて忍耐強い意志的仕事が要求されることは容易に理解できる。

ハウケは前述したように財力や権力の背景に乏しいどちらかと言うと貧しい出自だった。しかし強烈な克己心できつい車押しの労働の傍らユークリッド教本をポケットに入れて日夜独学でそれと取り組んだ。そして何時間も何日も堤防を観察し堤防の現状についてある結論に到達する。それは現状の堤防が北海の荒波に対して傾斜が大きすぎ耐えられないだろうという恐るべき予想だった。堤防修復作業の労働者であるハウケの父は息子の意見を一笑に付すが、内心は自分の現状以上の地位を息子が手にすることはありえない、だから息子は大きく傷つくだろうと心配していたのである。ところが或る日、堤防監督官が計算助手を必要としているところからハウケの人生が動きだす。

ハウケは堤防監督官：テーデ・フォルケルツの下男として採用されるが、それはハウケの計算能力の評判を伝え聞いてのことだった。強靭な身体を要求される下男の仕事ではなく、堤防管理のために自分の助けというよりは代わりとなって沢山の計算をこなす「助手」が欲しかったのである。しかし、下男頭：オーレはそんなことにはおかまいなくハウケをこき使って自分の仕事を軽くしようとするのだが、それを仲裁しようとしたのが堤防監督官の娘・エルケ・フォルケルツだった。彼女もまた計算によって監督官を助けてきたが、人物評価については厳しい目をもっていて「うちではしっかりした腕二本よりも、しっかりした眼二つの方が役に立つ」と言わしめる背の高い峻厳な女性だった。いよいよ堤防に関する検閲時期がせまりハウケの能力が試される時となる。ハウケは多量の計算をこなしただけではなく、堤防管理の問題点に関する具体的な事例を次々と指摘し監督官を驚かせた。それまでの緩んだ管理業務の評判は一変し、郡長兼堤防監督長官をも巻き込む業務改革の機運が生まれてくる。このような動きは堤防業務の質的向上を望んできた者にとっては喜ばしいことではあったが、一方、従来の怠慢から利益を得てきた者にとってはハウケに対する隠然たる敵意を醸成するきっかけとなっていく。この話はもう少し続けないと全体が見えてこないから次話にもちこすことにしよう。

第96話　白馬に乗った技術者の信仰②

この小説の筋書きをいちいち追っていくことはしないが、天職を自覚し、下積みから刻苦勉励して大きな目標に向かおうとする時、何が行く手に立ちはだかるのか、弁護士や行政・司法長官を歴任してきたシュトルムの筆は遺言のような迫力で動・反動の現実をありのままに描きつくそうとしているかのようである。この行く手を直接阻む役割を演じる人間達も実はある動機故に運命に従わざるをえないのだろうか。その動機とは嫉妬、羨望、身近に簡単に手に入る利益、ルール違反、思い込み（迷信）、そして弱さを束ねて得られる集団の扇動力等である。例えばハウケを支配下に置こうとしてそれを実現できなかった下男頭：オーレはハウケのあらゆる行動：地位の獲得、遊戯の勝者、人格的声望、エルケとの生涯の信頼、そして何よりも強靭な堤防建設を阻むことによってしか自己の人間の何たるかを示すことはできない。ハウケがエルケという生涯の伴侶と新堤防監督官の地位を獲得し、百年の荒波にも耐えうる新堤防建設に向かってすすむ時、物語は悲劇的最後に向かって進行することになるのである。

堤防監督官のテーデ・フォルケルツが老衰のため亡くなると、ハウケは父やエルケの協力を得て数年の実績を買われ新堤防監督官に就任した。責任の増大する中、家庭の平穏に安住するいとまもないハウケだが、忙しく働く彼に対して周囲の目は尊敬で報いるわけではない。構造的な欠陥を持つ堤防は頻繁な点検・修復を繰り返さないと重大な事故に繋がる

Fig. 96　シュトルム晩年の写真Ⓦ
{PD-old-100}

恐れが増すのだが、受ける恩恵は眼に見えるものではないので出費の不満を誰かが大声で叫びだすとそれは収拾困難となってしまう。居酒屋に集まった地主達は堤防修理の負担増を背景にその矛先を新堤防監督官に向けていくが、その扇動の先頭に立ったのが元下男頭だったオーレ・ペーテルスだった。彼は相続でかなりの土地を得ていたので自分こそ堤防監督官にふさわしいとの思い込みから以前にも増してハウケに対する嫉妬、不満、怨恨をつのらせていくのだった。酒の勢いにまかせて「今度のやつは女房のおかげ」とぶったものだから酒場はどよす黒い哄笑につつまれてしまう。めぐりめぐってハウケやエルケの耳にもその噂は聞こえて来たが、ハウケは新しい堤防建設と放牧可能な新排水地（低湿地）の開発によってこの難局を切り抜けようとする。膨大な調査と測量を背景に計算や見取り図、製図を用意し冬の嵐の中でも超人的な計画作成が続くが、請願書がまとまったのは春風が氷を割るようになってからだった。そして町に送られた新堤防請願書は堤防監督長官より承認の知らせを受け取ることになる。ちょうどそのころ、ハウケはこの物語のタイトルにも登場する白馬と不思議な縁で出会うことになる。監督長官からの吉報を聞いたハウケは浮浪者のようなみすぼらしい男が引く痩せこけて肋骨が浮いた白馬を見かけた。なぜか魅かれるようにハウケは捨て値でこの馬を買い取り家に持ち帰るのだが、数週間もすると輝く毛並みの駿馬へと変身しハウケに従う忠臣となった。しかしこの白馬にたいしても〝悪魔〟の化身でもあるかのような悪意ある中傷は容赦なく浴びせられる。新堤防工事は大勢の人々が放牧地拡大の恩恵を受けるはずなのに、無言の敵意に囲まれての着工となってしまった。旧堤防は30年以上もちこたえたというのが反対する地主連の理由だが、修復の費用にも不平不満が絶えないのだから構造的欠陥を考えれば決壊は必然でもあったのである。それでもハウケの強靭な信念の下に新堤防工事は続けられていく。そしてハウケとエルケは結婚9年にして女の子：ヴィーンケを授かることになるのだ。11月工事は新堤防と旧堤防の接続部分を塞ぐ最後の山場に来ていて、雨と嵐の中一刻も早く完成させなくてはならない。火のような白馬にまたがりハウケは降り続く雨のなか工事の指令のためいたるところに飛びまわる。ところがその間隙になげこまれる土砂の中から一匹の子犬の鳴き声が聞こえてきた。助けようとするハウケに誰一人協力しようとする者は無く、子犬をしっかりと抱いたハウケを怒りに燃えた顔と拳が取り囲んだ。本当は子供を投げ込むのがいいのだが子犬でがまんしてやるというのが彼等の言い分だったのである。工事はともあれ完了した。新堤防の恩恵によって新しい土地を得た人々はハウケに対する攻撃の矛先をひとまず収めた。3年も経過して人々の生活のなかにどっしりと新堤防とそれによって生み出された新低湿地が繰り込まれ、あちらこちらから〝ハウケ・ハイエン低湿地〟の声が聴こえてくると孤独なハウケも落ち着きを取り戻した。しかしハウケとその一家を待つ運命はそれほど単純な成功物語には収まらないのである。

第97話　白馬に乗った技術者の信仰　終章

エルケは我が子ヴィーンケについて夫にも言えない悩みを抱えるようになった。それは日を追うごとに大きくなるのだが、実はハウケもとうにそのことに気付いていたのである。重度の知的障害、それがヴィーンケの背負った人生の重荷だった。しかし、ハウケが心からヴィーンケを愛していることを理解したエルケもまた夫の胸に身を投げて泣きたいだけ泣いた後は穏やかな微笑で運命を受け入れることになるのである。その年の冬に入り新しい年を迎えると、今度はハウケが重い熱病にかかり生死の境をさまようことになってしまった。エルケの献身的看病もあってなんとか回復に向かったものの彼女の目にはハウケの精神的衰えが気懸かりだった。そんな心配もどこへやら、3月の終わりになると白馬に乗っての堤防見回りを開始したハウケだが、一カ所重大な欠陥箇所を見つけて慄然とする。新堤防はびくともしていないのだが、新堤防との接続箇所の旧堤防が抉り取られていてネズミの巣穴が覗いていたのである。この箇所だけは旧堤防の脆弱箇所として新堤防建設時に構造的な変更をしておくべきだったとハウケは歯軋りするのだが、もう後の祭りでどうしようもない。

読んでいて思ったのだが、新堤防建設時、敵意に囲まれて孤軍奮戦する中で起こったこのミスをハウケの人為的ミスとして誰が責めることができるのかということである。自然対技術者の対決は技術を物化する段階でその時代の人間が許容する技術と自然との対決となる筈である。

北ドイツの当時の人々の中でハウケは彼を補佐できる右腕を獲得することは出来なかった。しかし精神的な支えとなったエルケの深い愛情、ハウケに絶対失いたくないと言わしめた知的障害を持つ我が子ヴィーンケという人間の存在、そして最後まで忠実にハウケと共に闘った白馬によってハウケは死の限界まで誠実な人間として生きることが出来たのだと思う。

やがて恐れていた津波のような荒波が堤防におしよせ旧堤防は決壊する。波うち咆哮し盛り上がる水の山、それは薄明の中であらゆる猛獣の咆哮を加算して大地を叩き重なり合う破壊の饗宴のような光景だった。そしてその中でハウケが見たのは黒くうごめく人々の集団、新堤防を自らの手で壊しはじめた数十人の人々だったのである。彼等はあのオーレ・ペーテルスの扇動に踊った北ドイツの群集だった。阻止しようとしたハウケに襲い掛かるシャベル、それを白馬が蹴り上げるなかでハウケははっきりと旧堤防の決壊を目撃した。なおも群集の一人が叫び声をあげる。〝あんたの罪だ！　罪を背負って神の前に出ろ！〟怒りに蒼ざめ馬を駆るハウケがそれから見たのはもっと恐ろしく、もっと悲しい光景だった。はるか彼方で白馬の彼を認めて安全な高地から彼に走りよろうとするエルケと我が子！「エルケ！　エルケ！　戻れ！」「我が子よ！　おお、エルケ、誠実なエルケ！」旧堤防の決壊は総てを飲み込んでなおも荒れ狂う。足元の堤防が崩れた時、彼にはもはや生きる意味は残されていなかった。彼と白馬は濁流の中に消えていった。

読み終わった時に僕は、胸の中から湧き上がってくる感情をどう表現したらよいのか分から

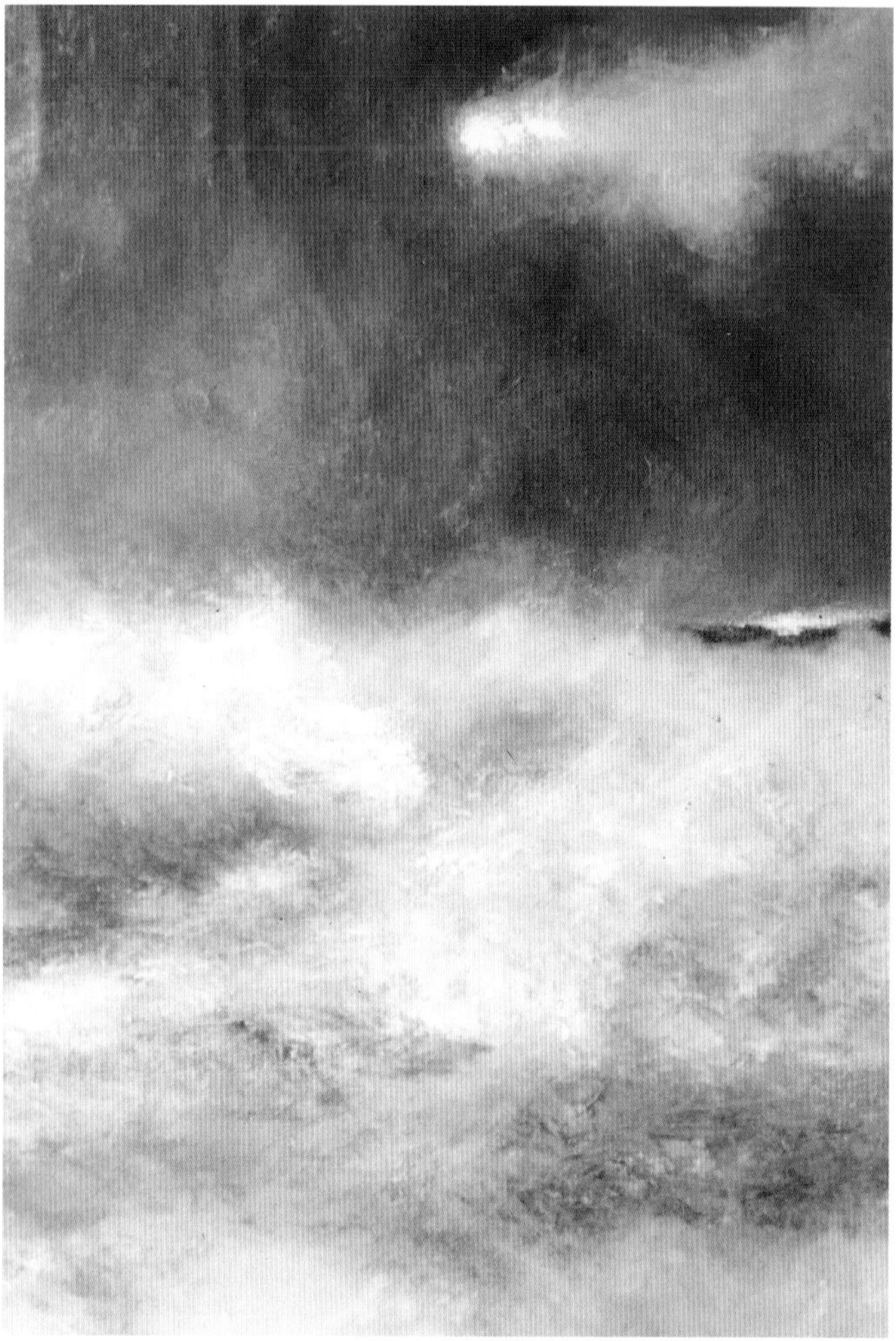

Fig. 97　「荒れる海」志田寿人、1962年。F120号、油絵。大学２年生教養部時代、仙台市近くの菖蒲田海岸に出かけてのスケッチを基に描いた作品。その後の周囲の反応の少なさに絶望して破り捨ててしまい、今残るのはこの写真だけである。

なかった。ハウケは最後に神様、私は職務の遂行に怠慢でしたと叫んでいたのである。たとえオーレの反対があったとしても、旧堤防の弱点を知る自分こそ新堤防工事を起こすべきだったとの無念がそう言わせたのだろう。技術者の誠実さというのはもはや通常の理性の領域を超えて信仰にまで至るものなのだろうか。航空機へのそれまでの関心から、心のどこかでこの分野の開発技術者になりたいという希望が芽生えていたのだが、技術は単に夢の実現を目指すものではないことははっきりとした。それでは何を目指すのか？　そこに人間というものが登場して当時の僕は大きな迷路の中に迷い込んでしまったようである。

第98話　未知への殉教者 ――「四次元漂流」

科学者というと身近なところにいくらでも居て、その生きる姿からどのような人物かを描くことは簡単そうに思えるが、実際は画家や音楽家以上に掴みどころがなかった。技術関連の職業については電気通信、機械、化学、土木、建築、果樹園芸、農業分野で働いている人々は周囲に居ないわけではなかったので、仕事ぶりや価値観も或る程度想像できた。しかし、科学者となると科学の持つ世界観的なものと技術の仕事内容とは大きくずれているように見え、科学・技術と一つに括る考えのなかに当時の僕は居なかったのである。どうしてこういうことになったのかを振り返ってみると、僕が夢中で読んだ少年向けＳＦ小説の中に登場する科学者像の影響が考えられる。

以前紹介した「東光少年」連載の「少年探偵長」に登場する机博士のように科学技術をツールとして割り切り秘密結社の集団的悪に全く倫理観無しの奉仕をする科学者ではなく、「四次元漂流」(41)の主人公女性科学者：雪子のようなタイプである。「四次元漂流」は海野十三の戦後まもない昭和21年から22年にかけて「子供の科学」に連載されたSF小説ということになっている。なぜこんな他人事のような言い方をするかというと、昭和21〜22年当時というと僕は小学校1〜2年生であり、どう考えてもこの類いの本を読んだとは考えられない。と言ってもそれではいつ頃どこで読んだのかは全く記憶にないのである。幸い小説そのものは海野十三の全集が三一書房から出版されていて、この第11巻に収められているので読むことは出来た。

内容そのものはかなり荒唐無稽のいわゆる4次元もので、自宅を改築して私設研究所とし未知の世界探求に突き進む姿は最初に読んだそのままの印象だった。結局4次元世界に入ることに成功したものの、3次元世界に戻ることに失敗した彼女は壮絶な死をとげてしまうが、その苦悶の最後はとても子供向けの物語とは思えないほどの残酷さである。

泡立つコップを高くさし上げ、研究の勝利と喜びに震えながら一気に3次元世界への帰還調製薬を飲み干すのだが、とその瞬間、彼女の手からコップは横にすっ飛び、壁にあたってこなごなに砕け散る。上半身はゼンマイ仕掛けの乗馬人形のように踊り、炎のように逆立った髪とかっと見開いた両眼は閉じることなく、苦悶の痙攣と真黒い吐瀉物の中でおびただしい皺を浮

Fig. 98　「四次元漂流」のクライマックスは科学の最前線で生死を懸けて探求に殉ずる女性科学者の壮絶な死で終わる。このような求道的科学者の姿が子供達の物語に登場したのが僕等の戦後であった。「科学に殉ずる者の最後」志田寿人、2019年、鉛筆

かべて死んでいった。究極の未知を極めようとした科学者に対する容赦ない仕打ちには、どこか科学の越えてはいけない限界を見せつけようとしたかのようである。

しかし、僕の受け止めかたは違っていた。未知領域を前にした真の科学者は功利的理性に従うかどうかと言えば逆に狂気の探求をとるのだと受け取ったのである。技術応用分野では最終的には人間福祉の歯止めが要求される。何でも開発してもらっては困るのだ。ところが自然の中の法則的真理を追究する基礎科学にはそのような限界はない。この非制約の自由、そこから生じる究極の自己責任こそ求めた世界だと僕が受け取ったとしても不思議ではないだろう。

第99話　戦争・国家・究極の未知へ向かう好奇心――放射性崩壊

中学3年生になると将来科学者になろうとする方向性はもはや変更出来ないほど強いものになりつつ有ったが、自由な自然探求に懸ける科学者というイメージに関しては時に疑問を感じるような出来事も生じるようになってきた。きっかけは昭和29年（1954年）1月から読売新聞紙上に連載された原子力開発史の長期連載特集だった。「ついに太陽をとらえた」(42)と銘打ったその記事は読売新聞編集部の精力的な取材をもとに社会部次長辻本芳雄が起草し、それを原子物理学者の中村誠太郎が校閲したもので、原子物理の初歩的知識も持ち合わせていなかった僕には衝撃的内容だったと記憶している。今の視点から読み直すともちろん問題点は多々あるのだが、1898年のレントゲンによるX線発見から始まり、ベクレル、マリー・キュリーの目に見えない放射線の発見を経て20世紀の原子力開発に至る歴史的経過を追う展開は、それまで一度も見聞きしたことの無かった極微の世界への導入としては画期的なものだった。

身の回りのすべての物質が100程度の元素の組み合わせによってできあがっているということは中学でも学習したことであるが、これ以上細かくはできない不変の元素の一部が実は不断に放射線を出しながら壊れていく、放射性崩壊とはその壊れた先に別の元素があるとの発見だから元素は不変ではなかったということになる。ただし壊れた先の元素が皆化学的性質が異なる元素になるかというと重さだけが違って化学的性質は同じと言う場合もある。これを同位元素と呼ぶが、放射線を出す同位元素を放射性同位元素に分類すると1911年までにその数は40以上に達してしまうのである。世界中の科学者がまるで物に憑かれたように物質の真相に突進していく姿は凄まじいとしか言いようがない。

その先陣を切った一人：マリー・キュリー（1867－1934年）はラジウムが出す三つの放射線の破壊力に恐怖を感じながらも、それに魅せられて放射線障害により亡くなった。その根元では僕が読んだSF：「四次元漂流」の雪子女史と共通するものがあるように思ったのだが、ただ違いも有って現実の科学の歴史ではその好奇心の先に信じられないほどの破壊力の発見が待ち構えているのである。つまり好奇心に殉じた基礎科学の方が、役に立つことを旨とする技術よりははるかに悪魔的影響力を社会全体に及ぼしうるといったらよいのだろうか。その好例がアインシュタインの相対性原理だが、「ついに太陽をとらえた」はこの理論そのものについてはあまり詳しくは説明していない。

さすがに相対性原理ともなると、わかりやすく解説した本は高校生の僕でも目にすることができた。その中でもアインシュタイン自身による平易な解説書：『物理学はいかに創られたか』（岩波新書上、下[43]）は簡単に入手できたので僕の愛読書となった。こうした正攻法の本はもちろん面白かったが、ちょっと視点を変えて、それが日常的な世界にもちこまれるとどれだけ奇妙なことになるのか、絵入りで解説したガモフによる『不思議の国のトムキンス』[44]もまた魅力的だった。

Fig. 99　亡くなった年のマリー・キュリーⓌ。治療困難な再生不良性貧血に苦しんでいた頃とは思えないような一種の狂気のような情熱を感じる。

しかし、相対性原理の怖さは別の方向から提起された一つの式からも生じたのである。特殊相対性原理から数学的に導き出される一つの結論が、現実的に実現されうる予言的意味をもっていたことだ。

第100話　相対性原理の予言

99話からの続きとなるが、チューリッヒ工科大学を卒業したアインシュタインはベルン特許局に職を得て、ここからドイツの*Annalen Der Physik*誌に驚くべき論文を発表した。全く無名の技官の論文を掲載したこの学術誌は編集者にプランクやレントゲン等を擁する当代物理界の一流誌である。１９０５年３月の論文は光量子発見に関するもので、６月発表の論文は特殊相対性原理に関するものだった。この二つの論文は世界に衝撃をよぶことになるのだが、今回紹介するのは同じ年の９月に出された特殊相対性原理の補足論文の方である。この中には特殊相対性原理から数学的に導き出すことの出来る式：エネルギーＥは質量Ｍと光速の２乗C^2の積であることが記載されていた。これは物質が消滅してエネルギーに全て変換される時、その放出エネルギーが途方も無く大きいことを予言的に示していたのである。しかし、この式が有ったからと言って、１９０５年時点では誰も物質が消滅して実際に想像もできないほどのエネルギーが放出されるとは思っていなかったといえる(45)。

ここで話を一気に飛ばして三十数年後のヨーロッパを眺めてみると、第一次世界大戦後最大の危機にヨーロッパ全体が席巻されていたことがわかる。僕が生まれたのは１９３９年の晩秋だが、この年は本当に不穏な年だった(46)。ヒトラー率いるナチス・ドイツ軍が3月にはボヘミア・モラビアに侵入しこれを併合、チェコスロバキアは地図から抹消された。一方ではドイツはソ連と8月に不可侵条約を締結、9月に入ると電撃作戦でポーランドになだれこみ独ソで東西にポーランドを分割して山分けにしてしまう。たまりかねた英仏がついにドイツに宣戦布告、第二次世界大戦が勃発したのがこの年の9月なのである。

ドイツ国内のユダヤ人弾圧は熾烈を極めるようになるが、それは科学者の中にもナチス党員を輩出するなど科学者を内側から全体主義に動員する形をとった。ドイツの科学の中心はベルリン、ダーレム、ハイデルベルク等に拠点を置くカイザー・ウィル

Fig. 100a　1939年、ポーランドに侵攻した後握手を交わすドイツ軍とソ連軍の将校Ⓦ

ヘルム研究所（下写真参照）だったが、ハイデルベルクに居たノーベル賞受賞学者でかつナチ党員でも有ったフィリップ・レナルトはアインシュタインに敵意を燃やして、相対論等は他人の研究成果の上に気楽な考察を加えた程度のものと学生達に教えたというから呆れてしまう。

科学者を自認する人々が民族的憎悪に無縁だというのは事実ではなく、むしろ憎悪と科学の間をとりもつような説が編み出されたりする事実が明らかとなると、僕の基礎科学への信頼はだいぶ変わらざるを得なくなってきた。他の分野と同様、真理の聖域等はあるはずもないのである。とすると基礎科学者を生きる方向として選ぼうとしている自分はどうすれば良いのか。しかもこの「ついに太陽をとらえた」の記事を読み進めていくともっともっと大きな問題を基礎科学自体がはらんでいることが分かってきた。科学的真理そのものが持つ巨大な破壊力の問題解決の方向がどうしても見えてこないのである。

Fig. 100b　カイザー・ウィルヘルム研究所（ベルリン）Ⓦ {PD-old-100}

第101話　宇宙的エネルギーによる大量殺戮兵器

アインシュタインのその後から話を進めると、1933年、ヒトラーは首相に任命されるとすぐに自分に全権委任する法案を可決させ国会を無力化してしまう。こうした状況からドイツを見限ったトーマス・マン、ブレヒト、グロッス、カンディンスキー、シェーンベルク、フリッツ・ラングと続々ドイツからの脱出が続くことになるのだが、アインシュタインも例外ではなかった。アメリカ訪問からベルギーに戻っていたアインシュタインはそこからプロイセン科学アカデミーに辞表を提出、そのままアメリカに脱出したのである。行先はアメリカNJ州にあるプリンストン高等研究所だった。

一方、ナチス独裁下のカイザー・ウィルヘルム研究所にあってオットー・ハーン（1879－1968年）と共にウランに中性子を衝突させる実験を続けていたリーゼ・マイトナー（1878－1968年）はオーストリア国籍のユダヤ人だったため研究を継続していた。ところが1938年、祖国オーストリアはナチス・ドイツに併合されて彼女は国籍がドイツ人となってしまう。当然彼女の辞職を迫る声が大きくなり、ドイツ脱出を決意するのだがタイミングはいかにも遅すぎた。結果的にはこの脱出行は成功するが、この辺りの事情は『ついに太陽をとらえた』では書いていない。当時中学生の僕はまったく新聞記事に無防備で、物語仕立ての核分裂発見劇を信じ込んでしまったが、この解説特集ではドイツ脱出の危険な旅の途中でマイトナーはプリンストンに向けて出発しようとしていたニールス・ボーアと会って実験結果がウラニウムの核分裂である可能性を告げたということになっていた。マイトナーは化学者でその物理的意味が分からなかったけれどボーアにはピンときた。2億電子ボルトの核分裂反応が起こったのだとその場で計算してオランダを後にしたというが、これらの記述は最近調べたところでは殆ど創作物語のようである。

カイザー・ウィルヘルム研究所に所属する3人の科学者：オットー・ハーン、リーゼ・マイトナー、フリッツ・シュトラスマンが共同して実験・分析を行いウラン核分裂の物証を得た、その結果の解釈にボーアの下で研究していたマイトナーの甥のオットー・フリッシュも加わって核分裂の筋書きが明らかとなったと考証は明らかにしている。

しかし、実際はどうであれ物理学者達は上記4人が報告したウラン核分裂に伴う天文学的レベルのエネルギー放出という結果を受け入れた。それが国家の政治レベルの

Fig. 101a　カイザー・ウィルヘルム研究所で研究するオットー・ハーンとリーゼ・マイトナーⓌ {PD-old-70}

舞台に持ち込まれて核爆弾となり、広島・長崎という都市に実際（！・！・！・！）投下されて老いも若きも一緒くたに地獄へと叩き込まれて亡くなって行った。この動きの総体を知って科学者は科学というものをどのように捉えたのだろうか。

一番簡単なのは、悪いのは科学ではない、それを使う側の人間の組織に問題が有るというものだろう。しかし、政治の側から言わせれば我々はそのような深遠な法則を知る力は無い、それを解明した科学者が深遠な法則に潜む巨大な破壊力を我々の前に開示したとすればそれを政治の武器に用いるのは当然ではないのか、と反論するだろう。事実ドイツも日本も原爆開発に成功はしなかったが着手はしていた。要するに基礎科学は今や強力な国力の一つとなったのだ。最も影響力の大きい科学者をユダヤ人故に国外に弾圧・追放したナチス・ドイツは国力を自ら低下させる自滅の道を選んだことが一つの失敗した原因となった。科学は国力の道具としてもう逃れられないという絶望のようなものがこうして僕の核心に居

Fig. 101b　1979年、筆者がプリンストン大学留学時に訪ねたプリンストン高等研究所の風景

座った。しかし、僕にはかすかな希望として、科学者が育つ土壌が、遊びや自由な思考と結びついているのではないか、そしてその対極にある整然と組織だった計画的な思考動員的な科学には達成しえない科学者がその中から育っていくのではないかという期待は未だ消えなかった。自分が科学の世界に入ることは至上命令のように思えたが、それには条件が有って、科学者は思考の自由の中で、研究しない自由までも許される、深夜まで死ぬほど考えたり実験に没入したり、瞑想にふけったり、芸術に没頭したり、きちんと政治的な見解を持ち、人々の言葉で語れる自分を持つ、それならば科学者にならなければならないということである。

第102話　原子核物理学者の生物科学への転身

以前読んだG・ガモフの『太陽の誕生と死』や『不思議の国のトムキンス』と全く毛色の違う本が高3の時に白楊社から出版された。タイトルは『生命の国のトムキンス』(47)で、物理学者から生物学の方向に転進しようとしていたガモフがその途上で書き上げた意欲作だったようである。転進の理由はよく分からないが、核物理や相対論を背景に宇宙創造の謎に迫ろうとしていた視野の中には、その時宇宙最大の謎：〝生命〟がすでに有ったのかもしれない。

身長が2ミクロン（1万分の1㎝）に縮小したトムキンス氏が血管に注射されて自身の体内を潜水艇で探査するというのが第一話の始まりだが、この身長との対比だと小さな細胞だけでなく分子を直接見ることができるはずだというのが伏線になっている（縮小が人体そのものの機能原理を変えるわけではないので少し飛躍？）。そこで体内に侵入したバクテリア、ウイルスとトムキンスの免疫系の戦いや、ホルモン、ビタミン、生体高分子等の働きが説明されるが、ここまではまあ教科書的とも言える話で面白いというほどのものではなかった。第二話・遺伝

Fig. 102　1946年に開発された世界最初の電子式コンピュータ：ENIAC（エニアック）Ⓦ。18,000本の真空管と膨大なリレー、抵抗、コンデンサーを結線する30tのコンピュータは今のコンピュータのイメージからはかなり遠い。事実フォン・ノイマンが改良を加えてプログラムを穿孔カードにあらかじめ入力するまでは、数千のスイッチの設定は「エニアック・ガールズ」によって一つ一つセットされていた。

子の気持、も同じように体内に入っていくが遺伝の解説書を長椅子で読んでいるうちにウイスキー・ソーダに手を出し夢を見るという設定で笑える。

問題は第三話：頭脳をつくるもので、銀行員のトムキンス達が新型キー・パンチャー納入で大騒ぎしていると納入技術者が本物の真空管式超高性能計算機：マニアック⁉　を見せるという展開になっていた。もちろんこのマニアックというのはジョークでエニアックをもじったものである。このマニアックが人間のようにしゃべりだし未知数Xを含む数式を解く手順（プログラム）を解説、人間よりはその解を得るのに1000倍以上早いと自慢するが、トムキンスも負けていない。人間の脳機能は超高性能計算機のようなものかとマニアックに質問すると、答えられなかったマニアックは脳の中に入るようトムキンスをけしかける。これはルイス・キャロルの「鏡を通り抜けて」を参考にしているのだろう。脳の神経ネット・ワークに入ったトムキンスを待っていたのが「ナザード・アゴルテレーイ！」と叫ぶ白髭の老人だった。多数のイヌ達を従えて条件反射の研究をしていたこのパブロフ博士風の人物があれこれ神経伝導や神経伝達、さらには脳波などについて説明するが、怖い話がこの時始まる。これはその説明を感心して聞いていたトムキンスがふと、それでは哲学者が使うところの自我とは何だろうと質問したからだった。老人は語りだす。ある町で若返り研究で高名な医者がついにそれを実現したと宣言して若返りの希望者を募り出した。もちろん最初は眉唾だと誰も信じ無いのだが、数十歳も若返った著名な名誉教授が登場してこれが本当だと分かる。そこで貴方も〝治療〟を望んで20〜30歳若返りたいということで受付を済ませて眠りに入るところで手違いがおこり、看護婦間の会話を聞いてしまうのだ。どうやらこの病院では秘密の保育・教育施設を持っていて違法な手段で手に入れた人間を身体的には完全で、頭脳は白紙の状態で用意しているのだった。この「脳なし」人間に整形手術を加え、若返り希望者と肉体としては近い状態にして、巧妙な電子装置で脳情報全体をこの若い肉体に移動させて若返りを実現させていたとしたら貴方はどうするか問うのである。トムキンスがこの悪魔的計画に抗議すると「古いノート・ブックに書いてあることを、新しくより上等なノート・ブックに写しかえることに、誰も異議は唱えないでしょう」と老人は平然と答える。このように考える医学・生物学者がどれだけ居るのか僕には分からないが、研究の目標設定自体をよほど考えなくては大変なことが起こりうると薄ら寒い気持ちで読み終えた記憶がある。

その後、生物学分野に係ってから感じたのは、一体に先端を行く物理学者は物事の究極を求める思考様式が強く、生物のようなシステムを簡潔な一つの究極原理に還元して考える傾向があるということであった。事実DNAという遺伝情報分子から生命のすべてを説明しようとする「分子遺伝学」が生物学の主流となった。ガモフはDNAからタンパク質への橋渡しをする生体情報の流れの環として決定的に重要なコドンの理論で重要な貢献をしている。しかし、別の見方から生物学を俯瞰すると、生物の階層構造をふまえた医学分野や、個体や個体の集団がつくりだす多様な構造をシステムと捉える生態学的分野が大きく発展した時代であることを物理学的思考は見落としている。

　この短い話でこれ以上語ることは意味が無いのでこの辺で止めるが、すでに1950年代終わりにこのような問題提起がなされていたことは、重大な科学論的議論のさきがけとして興味深い。

第103話　大学受験前夜

　以前少し触れたが、うかつにも僕は高校に入学するまでは受験勉強なるものが有ることを知らなかった問抜けな中学生だった。参考書にカバーをして中身を見せないようにしたり、期末試験でがり勉しても何もしなかったようなふりをする級友がクラスに居たわけだから、こうしたことをきっかけに考えそうなものなのに、その場限りの期末試験対策に終始していたのである。当時甲府一高にも入学選抜試験があったのは事実だが、これも何ら考える材料にならなかった。殆ど全員が合格するような代物だと聞いていたので、その先に大学受験が控えていたからこそ多くが高校入試といえども真剣に考えていた時に、目先の合格安泰に居座って特別対策を立てる必要性を感じなかった当時の僕は、まるで馬鹿若殿としか言いようがない。

　しかし将来についてはこれまで書いてきたように過剰なまでに真剣だった。中学の高学年になっても将来何を目指すのかが定まらない状態が続いていたが、或る日理科の授業で飛行機原理を先生が説明している時、小さなハプニングが起こった。誰かがジェット戦闘機の翼端にオイルタンクが付いているのはなぜかと質問したのである。不意をつかれた先生がちょっと困っているのを見て、普段は受身の僕が僕なりの理由を皆の前で手を挙げて説明した。これが口答では伝わらなかったので、黒板に図を描いての解説になったが、さらに皆狐につままれたようだった。翼上の流速が翼下より速いため翼端で気流の渦が生じる、それを防ぐための方策の一つとして翼端に砲弾状のオイルタンクを設置したのではないかというのが僕の説明だったが、当時『航空ハンドブック』を読み終わったところだったので僕にとっては難しい問題ではなかったのだろう。

その時の休み時間かどうか忘れたが、同じクラスの酒井忠弘君が僕に話しかけてきて「東大

Fig. 103　戦後の米空軍主力戦闘機F-80。主翼両端にタンクが増設されているⓌ。

工学部に航空学科が設置されたよ」と教えてくれた。酒井君というのは超優秀な同級生で、毎回毎回大小の試験でトップと分かってもクラスの誰一人驚かないほどの秀才だった。その彼が僕のような鈍才の将来を考えてくれたというだけでその後もこの一言は深く心の中に残った。とは言ってもその時はすでに、航空機開発は僕の進路候補からは外されていたのだが。

高校に入るとあれこれ有って3年生の頃には進路選択は基礎科学方向、それも相対論と素粒子論とを結びつけるような理論分野と決めていたが、この時点でも〝地に足を付けろ〟と言われてもしかたがないような成績が続いていた。その状況にしおらしい反省をしたかと言うと逆で、僕に言わせれば成績がどうこうの前に自分の天職を探すのが先決ではないかと周囲に対する無言の批判に燃えていたふしがある。この尖った生き方の背後に有ったのは不思議なことに受験勉強そのものの苛酷さではなく、生きている人間の熱意や希望を過小評価し、逆に集団への帰属意識を良しとする周囲の環境圧に怒りのようなものが蓄積していったからだった。

このような環境に居ると僕自身も自分の周りについて理性的な眼差しや、注意深い観察を持ち続けることが困難に成る。故郷を出て、外部に身を置き、そこから自分を含めてその時のありのままを理解しようとしたのはそれからかなりの年月を必要とした。一般に各個が求めるものは未来と過去の双方に向けられている。今の瞬間の充実だけを求めて生きているわけではないのだ。

大学時代の緩やかな時間の中で長大なトルストイの「戦争と平和」(48)の読了に挑戦したこと

がある。〝奇跡の文学〟と称される形容し難い重厚な人間ドラマに呆然とするほど圧倒された。その中の多様な人物像の中で特に魅かれたのがアンドレイ・ボルコンスキーである。なぜトルストイの分身とも言われるピエールではないのか。あれこれ理由は考えられるが、彼は根底に強烈な生きる意志と溢れる生命と美への共感を持っていることである。それが、革命の輸出と領土拡大の野望を持つナポレオン軍に対峙し、貴族として前線で戦わなくてはいけなくなった時どうなるのか。自己の中の沸き立つ善良さを押し殺し、義務に徹したなら普通のロジックでは言葉も失った冷酷な人間に変身するに違いない。しかし、アンドレイはそうはならなかった。ナターシャという少女の若々しい生命の躍動に戦慄し、最後は憎しみも裏切りも含めた総ての人間達と和解してこの世から消えていった。１９６７年日本公開のソ連映画‥「戦争と平和」は12万人を超すエキストラでボロジノの戦いを再現する等、６時間半の上映時間を壮大なロシアの歴史絵巻で倦めつくしたが、僕にはやはり小説同様アンドレイの姿が強く焼きついたと記憶している。それから20世紀に入りまたもやヨーロッパからナチス・ドイツがロシアの国土・国民を蹂躙するのだが、それはナポレオン軍以上に悲惨な物語を各地に残すことになった。この20世紀の戦いではもはやアンドレイの姿はない。タルコフスキー監督の「僕の村は戦場だった」のイワンは敵に対する憎しみの中で消えていく。しかし、イワンもまた世界の美しさに感動し、生きる喜びを全身で体現した少年である。20世紀の戦争は人間への信頼を根こそぎ奪う怪物になったとすれば、僕等が人間としての平衡をこの中で保つのは難しいということだろうか。

第１０４話　孤独と猛烈受験勉強

昭和32年（１９５７年）の春に高校３年生になったが、その前年辺りから僕の猛勉強が始まった。当時の大学入学試験は一期校と二期校に分かれていて、選抜試験の日程が重ならないようになっていた。旧7帝大は総て一期校に所属していたので、失礼な言い方を許して頂けるなら地域に縛られず質の面で最高の教育を受けたいと望む受験生は一期校が本命で二期校は滑り止め程度にみなしていた者が多かったのである。私立大学を含めると受験機会は増えるはずだが、僕のような理学部志望となると学習院とか立教に限られてしまい、学資を考えると旧7との競合は考慮外ということになって実質的に選択肢を増やす効果は見込めない。物理、それも理論分野では湯川博士が在籍する京大理学部が圧倒的な影響力を持っていたため、むしろ困難では有っても僕にとっては話は簡単だとも思えた。

当時の一期校の殆どが受験科目として高校履修科目のおおかたを課していて、数学（解析、代数）、理科（物理、化学）、社会（日本史、世界史）、国語（古文、漢文、現国）、英語というところが大多数だった。これを全部やり直すとなると普段通りの勉強の仕方では一年間かけても時間切れになってしまう。必然的に寝食を忘れて集中する以外方法は無いということで、そうした。夜中の2時、3時まで集中が続くと、理由は分からないが家で勉強中、鼻血が参考書にボタボタ落ちて止まらなかった事がある。授業中睡魔に襲われて椅子から転げ落ちたのはちょっとした失態だった。それをとがめたのか分からないが、通信簿には担任からの伝言として〝あまりにひ弱過ぎる〟と書いてあった。甲府の冬は底冷えがし、部屋の暖房は無いから、どてらと毛布を巻いても窓側が寒い。夜明けが近いと吐く息が白くなった。一番困ったのは霜焼けで指がグローブのように腫れ上がり壊死したところが崩れて鉛筆が握れなくなった時だった。治療法は自分で考えた乱暴な方法で、餅を焼くように丼の醤油に手を浸して電気コンロで痛いほど焙ることを繰り返したら治ってしまったから不思議である。8月になると父が甲府警察署長となるに伴い、珍しく5年間も居た橘町官舎を後にして、近くの錦町官舎に転居した。甲府署の敷地内の木造平屋で近くに大きなイチョウの木が聳え立っていたのを憶えている。この木の思い出を辿って大学時代パステル画にしたが、この後すぐにそれは台風で倒れてしまった。今度の官舎の良いところとしては洋風の応接間が有り、プロパンガスのストーブで暖をとることができたことであった。客用のソファーで小説を読みふけることが唯一の楽しみで、孤独な受験勉強も悪くは無いなと思ったものである。でも良いことばかりではない。繁華街が近く、ムーランという風車形のネオンが光るキャバレーからの酔客がうるさいところだった。特にクリスマス・イブには大声で群れて家の塀近くで用足しをするのには驚いたが、家の中もそのころは賑やかさでは負けていなかった。父が一年の労をねぎらうと言う事で母が手料理を用

Fig. 104　「大きな銀杏の木」の習作、志田寿人、1960年、パステル

意して自宅の広間で忘年会になったからである。皆酒が入ると陽気になって僕の勉強部屋におしかけ、「寿人君、勉強？　えらいね〜」とか話しかけてきて集中できない。面白いから座敷に見に行くと芸者さんまでいつのまにか登場しての大騒ぎの最中で、普段怖い印象の刑事さん達の酔態を見ているだけで息抜きになった。1月になって京大理学部に願書を出し父には京都を受けるとだけ言うと「そうか」と言っただけだった。この間、地元のライオンズ・クラブのようなところで、父が僕の成績に関して教育関係者の一人から不愉快な嘲笑を受けたと聞かされた。不甲斐ない僕を信じて戦場に送り出す気持ちだったのではと面目無いのと悔しいのとで一杯だったのだが、当然ながら現役での受験は試験が終わった時点で失敗したと分かった。

第105話　さようなら甲府！

京都大学理学部入試に失敗し、さてこれからどうしようかと思った。僕自身はもちろん一度失敗することは織り込み済みで、あきらめるなど論外だったが、どの大学だろうと大学に進学させてもらえるだけでありがたいと思わなくてはいけない時代である、とても再度京大挑戦のため浪人したいとは自分からは言い出せなかった。後で分かったことだが、当時の大学進学率は10％である。高卒の10人に1人しか大学に行けなかった状態を急速に改善するためには高度成長期を待たなければならなかったのである。

或る口応接間でふさぎこんでいる僕のところに父がやって来て、もっとやる気は有るのか訊ねてきた。はいともいいえとも言えない複雑な気持ちを表現できずに黙っていると、父がだんだんいらだって来て取調べのような尋問調になってきた。「家は金持ちではないし、僕だけが」とここまで言ったところで津波のようにいろいろな感情がわっと押し寄せ突然涙が溢れて止まらなくなってしまった。僕はこう見えても弱虫ではなく、どんな苦痛に直面しても涙を見せたことはそれまでほとんど無かった。だから父も事の複雑さを理解したのだろうか、優しい口調に変わって僕の真意を聴く姿勢に変わったように思う。お金のことは心配するな、なんとかするから好きなようにやってみろと言う父の言葉を受けて僕もこれ以上話をこじらすことはやめにした。

それからすぐに駿台予備学校四谷校に入学手続きをすませて、ここで来年の京都大入試に備えることになった。問題は下宿先をどうするかで、これが高いと家の収入程度では僕の生活を支えることはできない。今のように斡旋業者が沢山なかったので伝手をたよって母が探しまわってくれた

Fig. 105a　高校２年生の正月に撮った記念写真

が、結局どこも論外の場所ばかりで行き詰まってしまった。こんな時、山梨県の警察官子弟を受け入れる寮が四谷に有る事を父が聞きつけてきて、上京先の住居の問題もその「山峡寮」に入寮することでうまい形に落ち着いた。

思い出が一杯つまった盆地だが、高校生活の息苦しさから脱出できると思うと、もはや甲府への未練は何もない。父も母もまだ元気である。故郷へのしがらみを捨てた解放感と新しい未知の世界への期待で心は湧き立っていた。一つだけかすかに不安のようなものがあって気になっていたのは、それまでの京都という町の印象がどこか排他的でなじめなかったことである。でもこれはちょっとした外からの一訪問者の印象にすぎない。歴史ある古都だから、ものを

Fig. 105b　勝沼より甲府盆地方向を望んだ2000年代初期の写真

知らない一田舎出の若者の印象など何の意味も無いはずである。今はファイト有るのみ！　こうして勇躍上京し新生活が始まった。昭和33年（１９５８年）の春のことだった。

第一部完

あとがきにかえて

これで僕の自分史はひとまず終わりにしたいと思う。戦前から戦後を生きた同世代の沈黙をほんのちょっぴり埋めることができたらと始めた日記風のつたない文章だが、わざわざ読むことの労をとって頂いた方々には心から御礼申し上げる。

半世紀以上前の、しかも幼かった少年時代を含む古い話ばかりだから、記録らしいものがほとんど無く、1話毎に資料を探してこの1年その事に時間を費やして来た。しかも、適当な資料を見つけ出しても、著作権を考慮してその多くが使用できなかったことを告白しなくてはならない。1話毎に挿入した画像が時に不自然に思えたとしたら、このことと関係がある。だから、多数のパブリックドメインを提供してもらったWikipediaや、高品質のフリー画像を公開しているPixabayなしには、このノンフィクションをまとめることは出来なかったろう。快く画像使用を許可していただいた方々と合わせてこの両サイトに心から深謝申し上げる。

これから上京、舞台を東京、仙台、アメリカに移しての科学、政治、芸術、文化の話となるとさすがに気後れがして取り組む決意が固まらなかった。それに、今を生きる多くの方々にとっては僕が生きた時代との断絶感は強く、考える対象としての意義を感じない方々が大部分ではないだろうか。

僕個人にとってもこの続編を書くことは、何事が起こったのかよりも自分が何者かを語ることになり、リスクは第一部とは比較にならないと思っている。そんなわけで再度今まで支えていただいた方々にお礼を申し上げてひとまずここで退場ということにしよう。

志田寿人

2019年11月

参考文献

1　『アメリカひじき・火垂るの墓』野坂昭如、1971、文藝春秋
2　『甲府空襲の記録』1974、甲府市
3　『本土決戦』土門周平ほか、光人社NF文庫、2015、潮書房光人社
4　『天皇の決断　バランタイン版・第二次世界大戦ブックス21』アービン・クックス、加藤俊平訳、1975、サンケイ新聞社出版局
5　『甲府空襲の実相「諸星廣夫体験記」』諸星廣夫ほか編著、2007、山梨平和ミュージアム
6　『点滴―半生の記録抄―』佐々木秀春、1988、山梨ふるさと文庫
7　『ロタコ（御勅使河原飛行場跡）』2007、南アルプス市教育委員会
8　『日本のいちばん長い日』半藤一利、1995、文藝春秋
9　『昭和二万日の全記録第7巻、8巻』講談社編、1989、講談社
10　『長坂町誌 上、下巻』長坂町誌編纂委員会編、1990、長坂町
11　『写真集甲府物語』甲府市「写真集甲府物語」編集委員会編、1990、甲府市
12　『黄金バット　上下巻』永松健夫、1947、明々社

13 『少年王者』山川惣治、1947、集英社
14 『別冊太陽 子どもの昭和史 昭和25年〜35年』高橋洋二編、1987、平凡社
15 『海野十三全集第13巻』海野十三、1992、三一書房
16 『少年小説体系第5巻高垣眸集』尾崎秀樹 小田切進 紀田順一郎監修、1987、三一書房
17 『ランボオ全作品集』アルチュール・ランボオ、粟津則雄訳、1979、思潮社
18 『少年画報大全』本間正幸監修、2001、少年画報社
19 『手塚治虫の「新宝島」その伝説と真実』野口文雄、2007、小学館クリエイティブ
20 『龍王村史』1955、龍王村役場
21 『ロストワールド（復刻版）』手塚治虫、1977、桃源社
22 『メトロポリス（復刻版）』手塚治虫、1975、講談社
23 『来るべき世界①、②（復刻版）』手塚治虫、1977、講談社
24 『新世界ルルー（復刻版）』手塚治虫、1980、講談社
25 『鉄腕アトム1』手塚治虫、1951、光文社
26 『手塚治虫とボク』うしおそうじ、2007、草思社
27 『有害コミック撲滅！——アメリカを変えた50年代「悪書」狩り』デヴィッド・ハジュー、小野耕世訳、2012、岩波書店

28　『星の王子さま』サン・テグジュペリ、内藤濯訳、１９５３、岩波書店

29　『人間の条件』ハンナ・アレント、志水速雄訳、１９９４、筑摩書房

30　『コンピュータ　写真で見る歴史』クリスチャン・ワースター、Shiho Suda訳、２００２、タッシェンジャパン

31　『初歩の航空ハンドブック』木村秀政編、１９５１、山海堂

32　『郷愁（Peter Camenzind）』ヘルマン・ヘッセ、芳賀檀訳、１９５０、人文書院

33　『罪と罰』原作フョードル・ドストエフスキー、手塚治虫作画、１９５３、東光堂

34　『地球の悪魔』手塚治虫、１９５５、東光堂

35　『リルケ全集2』ライナー・マリア・リルケ、山崎栄治訳、１９７３、弥生書房

36　『偉大な数学者たち』峰田周一、１９５０、筑摩書房

37　『神々の愛でし人』L・インフェルト、市井三郎訳、１９９６、日本評論社

38　『マンスフィールド全集』キャサリン・マンスフィールド、大澤銀作ほか訳、１９９９、新水社

39　『ガモフ全集2　太陽の誕生と死』G・ガモフ、白井俊明訳、１９５６、白揚社

40　『白馬の騎者』テオドール・シュトルム、關泰祐訳、１９５１、角川書店

41　『海野十三全集第11巻』海野十三、１９８８、三一書房

42　『ついに太陽をとらえた』読売新聞社編、中村誠太郎校閲、１９５４、読売新聞社

43『物理学はいかに創られたか　上下巻』A・アインシュタイン、L・インフェルト、石原純訳、1950、岩波書店
44『ガモフ全集1　不思議の国のトムキンス』G・ガモフ、伏見康治&山崎純平訳、1957、白揚社
45『アインシュタインの世界』フランソワーズ・バリバール、南條郁子訳、佐藤勝彦監修、1996、創元社
46『20世紀全記録』講談社編、1987、講談社
47『ガモフ全集8　生命の国のトムキンス』G・ガモフ、市井三郎訳、1957、白揚社
48『戦争と平和Ⅰ、Ⅱ、Ⅲ』レフ・トルストイ、中村白葉訳、1962、河出書房新社

■全体を通しての参考文献
『角川日本地名大辞典　19』山梨県、竹内理三編、1984、角川書店
『甲府市縦横明細地図（1956年の甲府市）』大西章、1956、日本地図編集社

■画像使用に協力頂いた以下の団体、個人の方々に深謝いたします。
岩波書店／甲斐市（龍王村役場）／甲府市（「写真集甲府物語」）／人文書院／誠文堂新光社／草思社／手塚治虫・手塚プロダクション／白揚社／扶桑社／北杜市（長坂町誌編纂委員会）／北

杜市郷土資料館／南アルプス市教育委員会／山梨県（県民だより）／山梨平和ミュージアム／Wikipedia／Pixabay／浅井新一〈K・K・アサイ・エンジニアリング〉／池田かずお・池田裕／伊藤彦造・伊藤布三子／佐藤秀隆〈弘前の津軽衆〉／中村桂子〈弥生美術館〉／諸星廣夫

志田　寿人（しだ　ひさと）

1939年、山梨県甲府市生まれ。1960年、東北大学理学部入学。理学研究科修士課程（動物生理学専攻）を経て博士課程に進学（1971年、Ph. D.）。1970年、東北大学医学部解剖学教室助手。1978年より１年間、米国プリンストン大学客員研究員（発生生物学教室）。1980年山梨医科大学助教授（生物学教室）。1983年、再度プリンストン大学客員研究員として１年間細胞接着斑；desmosomeに関する共同研究を行った。山梨医科大学での主な授業担当科目は分子細胞生物学、研究テーマは細胞接着と多細胞系。1996年、山梨医科大学教授を経て2005年に大学を定年退官、私設のシンプレクサス工房を立ち上げ、現在に至る。

一方絵画の本格的な制作を大学入学と同時に開始、油絵を始めとする多様な技法を独学で学びながら発表を行ったが、国内で適切な発表機会が得られないため国際的な場での発表に切り替えた。1986年、ジョアン・ミロ　ドローイングコンクール（バルセロナ　ミロ美術館）を皮切りに、多数の国際展に出品、1993年スペイン美術賞展金賞受賞、2006年日・仏・中現代美術世界展金賞受賞等受賞多数。サロン・ドトーヌ、ル・サロン会員。

工房ギャラリー展示中作品；Nocturnal Dialogue in The World 油絵、2.7 m×４m等。

僕の町の戦争と平和

2020年5月24日　初版第1刷発行

著　　者　志田寿人
発 行 者　中田典昭
発 行 所　東京図書出版
発行発売　株式会社 リフレ出版
〒113-0021　東京都文京区本駒込 3-10-4
電話 (03)3823-9171　FAX 0120-41-8080
印　　刷　株式会社 ブレイン

ISBN978-4-86641-318-1 C0095
Printed in Japan 2020